한국에서
선수하는
여자들의
이야기

이유미 지음

한국에서 선수하는 여자들의 이야기

bs
브레인스토어

들어가는 글

25년 전 나는 스포츠 현장에 첫발을 내디뎠다. 지금보다 더 남초 현상이 뚜렷했던 스포츠계, 현장의 취재진도 남성 위주였고, 여성 선수가 아니라면 지도자와 관계자까지 여성을 찾아보기 힘든 곳이 스포츠 현장이었다. 게다가 나는 기자도 아닌 리포터였다. 한 종목 한 구단을 오랜 시간 취재하는 기자가 아니기에 취재 현장에서 리포터인 나는 주변인에 불과했고 그래서 언제나 그곳은 나를 작아지게 했다. 여성이라는 이유만으로 스포츠 현장에 있는 것이 눈에 띄던 시대, 여성의 스포츠 이야기가 남성의 이야기보다는 신뢰를 받지 못하는 시대에, 기자라는 타이틀도 내겐 없으니 내가 아무리 스포츠를 좋아하고 그 누구보다 스포츠 지식들이 많다 해도 "여자가 무슨 스포츠를…"이란 선입견과 겹쳐 나를 증명할 기회가 거의 없었다. 하지만 25년이 지난 지금 리포터의 경험은 현장을 아는 스포츠 전문 작가로 평가받게 했고 아이러니컬하게도 여성이 스포츠 소식을 전하고 분석하는 것이 방송에서는 매력적으로 느껴진다며 여러 곳에서 연이어 출연 요청을 받고 있다. 한국의 여성 선수들 역시 이렇게 편견의 시선과 싸워야 했을 것이다. "왜 여자가 운동을 하려 하나", "왜 굳이 남자나 하는 종목을 하려고 하나", "그 나이면 결혼해야지", "결혼했으면 애 낳아야지", "여자 지도자가 웬말이냐" 등등. 시대가 바뀌며 이런 이야기는 시대착오적 발언이라는 이야기를 듣지만 이런 말들이 아무렇지도 않게 나오던 때가 있었고, 그럼에도 불구하고 편견의 허들을 넘어 가며 새로운 시대를 연 선수들이 있다. 그리고 그들의 도전은 역사가 됐다. 혹시 지금도 큰 벽 앞에서 주저하고 있는 분들이 있다면 책 속 선수들의 도전이 벽을 넘을 수 있는 용기의 씨앗이 되길 바라 본다.

2024. 10. 18. 이유미

1

레전드, 그리고 키즈 탄생

박세리

김연아

박세리

1998년 7월 7일(한국 시간) 미국 위스콘신주 콜러의 블랙울프런 골프클럽에서는 미국 여자프로골프투어 메이저 대회인 제53회 US여자오픈 연장전이 열렸다. 우승컵의 주인공을 가리게 될 연장전은 단 두 선수, 박세리와 태국계 미국인 제니 추아시리폰만의 대결이었다. 두 선수는 4라운드까지 합계 6오버파로 동률을 이뤘고, 당시 대회 규정에 따라 18홀 '연장 5라운드'를 치르게 됐다. 둘은 당시 모두 20세로, 박세리는 LPGA 투어 신인이었고, 추아시리폰은 듀크대 재학생인 아마추어였다는 점에서도 세계 골프계의 시선을 끌기에 충분한 대결이었다. 그리고 이 연장은 드라마 같은, US여자오픈 역사상 최고의 명장면을 탄생시켰다. 17번 홀까지 박세리와 추아시리폰은 나란히 1오버파를 기록하고 있었다. 그리고 들어간 마지막 18번홀, 박세리의 드라이버 티

샷이 왼쪽으로 날아가 왼쪽 연못 턱에 걸렸다. 모두가 '졌다', '힘들겠구나'라고 생각할 정도로 어려운 지점에 공이 떨어져 있었다. 발을 디딜 곳은 연못 속밖에 없었던 상황, 박세리는 주저 없이 양말을 벗고 물속으로 걸어 들어갔다. 이때 세계 골프 팬들은 두 번 놀랐다. 박세리가 양말을 벗고 연못 속으로 들어갈 때 드러났던 '뽀얀 발등'에 한 번 놀라고, 양말을 벗고 연못으로 들어가 공을 안전하게 쳐 낸 그 과감함에 한 번 더 놀랐다. 박세리는 3온 2퍼트 보기로 먼저 마쳤고, 이겼다고 생각했던 추아시리폰은 박세리의 기적 같은 플레이에 놀란 탓인지 파 퍼트를 놓치고 역시 보기를 기록해, 두 선수는 4라운드 72홀에 연장 18홀까지도 동타가 돼 승부를 가리지 못했다. 연장 열아홉 번째 대결부터는 서든데스로 들어갔다. 한 타라도 앞서는 선수가 우승이었다. US여자오픈 사상 처음 있는, 가장 긴 연장전, 연장 열아홉 번째 홀도 두 선수 모두 보기. 그리고 경기는 연장 스무 번째 홀까지 왔다. 두 선수 모두 티샷에서 페어웨이에 공을 안착시켰고 박세리는 홀 5m 남짓 거리에 붙여 버디 기회를 잡았다. 추아시리폰은 그보다 먼 거리의 퍼트, 하지만 공은 홀 1m 이내에서 멈췄다. 박세리는 여기서 과감했다 망설이지 않고 강하게 홀컵을 향해 공을 쳤고, 버디! 박세리는 주먹을 불끈 쥐었다. 이렇게 장장 92홀의 승부는 한국에서 건너온 무서운 신인 박세리의 승리로 끝이 났다. 까맣게 탄 종아리와 대비되는 하얀 맨발은 필드에서 쏟아부은 그녀의 노력과 시간을 미루어 짐작케 하며 감동을 안겼고 끝까지 포기하지 않았던 그녀의 결단과 투혼은 당시 힘겨웠던 대한민국 국민들에게 희망의 메시지로 다가왔다.

Seri Pak, K-골프의 시작을 알리다

1998년 7월 대한민국은 또 한 번의 뜨거운 여름을 맞이하고 있었다. 프랑스 월드컵에서 레전드 차범근 감독이 이끄는 축구대표팀이 당시 히딩크 감독이 이끌던 네덜란드에 5 대 0으로 완패를 당하고 당연한 듯 조별리그 탈락을 한 후 막바지를 향해 가던 월드컵을 남의 잔치를 보듯 관망하던 때였다. 지금은 은퇴한 레전드 이동국이 19세 2개월이라는 최연소의 나이로 월드컵에 출전했던 그해는 프로야구는 처음으로 외국인 선수 제도를 도입하며 새로운 도약을 준비하던 때였고 여자프로농구가 출범을 한 해였다. 스포츠계는 프로스포츠 문화가 정착해 가고 있었으나 대한민국 사회는 1997년 연말 발생한 외환위기IMF로 절망에 빠져 허덕이던 시기였다. 실직한 가장, 흔들리는 가정 등 모두가 공감할 수 있는 현실을 소재로 한, 모 신문의 연재만화 〈광수생각〉이 당시 절망에 빠졌던 국민들에게 위로와 응원의 메시지를 전달하며 선풍적인 인기를 끌었다는 것이 그 당시 시대적 배경을 상징하는 현상이기도 했다. 〈광수생각〉만큼이나 국민들의 시름과 우울을 잠깐이나마 달래 주는 게 해외에서 전해 오는 스포츠 스타들의 낭보이기도 했다. 메이저리그에 진출한 박찬호의 호투가 그랬고, 미국 정복에 나선 박세리의 우승 소식이 그랬다. 골프라는 종목 자체가 생소할 때였지만 한국 선수가, 그것도 20세의 어린 선수가 세계 최고 권위의 대회에서 우승에 도전한다는 뉴스들이 신문과 방송을 도배하면서 그날 아침은 골프를 몰라도 알아도 TV 앞에 모일 수밖에 없었다. 돌아보면 그날이 대한민국 골프 중계의 중요한 기점이 됐을지도 모르겠다. 그동안 지상파에서 보기 힘들었던 골프 경기가 지상파로 생중계된 날이기도 했으며, 골프가 4라운드를 치르고 연장을 가며 미국 LPGA 투어가 있고, 그 중에서도 메이저 대회가 있으며, US여자오픈이 그중 가장 권위 있는 대회라는 것을 대중들이 알게 된 첫 시발점이 바로 이날이었다. 지금은 당연한 듯 여러 스포츠를 채널 돌려 가면서 보지만 1990년대 후반 케이블 TV의 출범 당시에는 스포츠 전문 채널이 단 하나였고 그나마 그 채널이 있어서 US여자오픈은 4라운드 내내 그리고 연장 라운드까지 중계될 수 있었다. 물론 케이블 TV를 설치하지 않은 가정은 그마저도 시청이 불가했고 지상파로 중계된 마지막 연장 라운드 정도를 보는 것에 만족해야 했다. 그럼에도 불구하고 1998년 7월 7일 새벽, 대한민국 국민들은 새벽 잠을 설치며, 아침을 준비하면서, 출근을 준비하면서 TV에서 눈을 떼지 못했다. 당시 한국스포츠TV에서 4라운드와 연장라운드까지 US여자오픈 중계해설을 맡았던 김재열 SBS 골프 해설위원은 하루하루 달라지는 국민들의 관심을 방송국 가는 길부터 체감했다고 밝혔다. "대회 기간 동안 내내 새벽 같은 시간에 동부이촌동에서 잠실로 운전을 해서 방송하러 갔는데 1라운드 때는 어두컴컴했던 주변의 한강변 아파트가 연장이 있던 날 새벽엔 창문마다 불빛이 환하게 밝혀져 있는 모습을 볼 수 있었다. 그 정도로 분위기가 달라져 있었다"고 회상했다.

골프 천재의 등장을 알린, 초등생 박세리

골프가 아닌 육상선수로 운동을 시작했던 박세리는 초등학교
6학년이던 때 아버지의 권유로 1989년 처음 골프채를 잡았다. 박
세리는 당시 상황을 방송에서 이렇게 밝혔다. "아버지가 골프를
좋아해서 권유를 받았지만 어르신들이 많은 연습장이 너무 재미
가 없었다. 그래서 골프를 안 했다. 그런데 아빠의 친한 친구분이
대회에 내보내라고 아빠에게 권유를 했고 거기에서 같은 또래인
데 '전국 최고'들을 소개받으니 질투가 생기기도 하고 해봐야겠
다는 생각을 하게 됐다."라고 말했다. 아버지 친구와 아버지의 눈
은 틀리지 않았다. 박세리는 골프 시작 1년 후 우승 트로피를 들
어 올리며 파란을 일으켰고 국내 골프계는 슈퍼루키의 등장으
로 술렁였다. 당시 '중학생 아마추어의 드라이버 비거리가 프로
들보다 20~30m 더 나왔다'란 기사가 나올 정도로 박세리는 프
로 잡는 아마추어로 알려지면서 신선한 충격을 안겼다. 중3이던
1992년에는 초청받은 KLPGA 대회 '라일앤스콧 여자오픈'에서
당시 국가대표이자 아시안게임 금메달리스트였던 원재숙 프로
를 연장 끝에 이기고 우승을 차지해 다시 한번 골프계를 놀라게
했다. 골프장에서 밤늦게까지 연습하는 박세리를 보고 '공동묘지
에서 훈련한다'는 소문이 돌 정도였으니 박세리의 어린 시절이
얼마나 골프로 가득 채워져 있었는지, 또 얼마나 피나는 노력과

인고의 시간이 있었는지 미루어 짐작할 만하다. 공동묘지 훈련에 대한 에피소드는 '박세리' 하면 바로 떠오르는 유명한 일화로 알려졌지만, 은퇴 후 박세리가 직접 오해라고 밝히기도 했다. 골프장이 많지 않았던 시절이고, 골프장은 산을 깎아서 만들다 보니 거기에 알게 모르게 다른 분들의 묘지가 있어서 와전이 된 것 같다고 전했다. 돌아보면 US여자오픈 우승 당시 보여 준 박세리의 대담함과 침착함이 부각되며 공동묘지 훈련 이야기는 기정사실로 받아들여졌던 것으로 보인다. 박세리는 고3이었던 1995년에 아마추어 신분으로 시즌 4승을 거두는 파란을 일으켰는데, 지금도 시즌 4승이면 대단한 일이지만 연간 10개 대회 좀 넘게 운영되고 있던 당시 KLPGA의 4승이면 1/3 이상의 대회를 우승했다는 얘기가 된다. '프로 잡는 아마추어' 수준을 넘어선 박세리는 지체 없이 다음 해인 1996년 프로로 전향했고, 정식 프로로 데뷔한 후에도 확실히 다른 행보를 보였다. 총 11경기에 출전해 4승, 2위 5회, 출전 전 경기 TOP 10에 가장 부진했던 것이 6위라는 있을 수 없는 기록을 세우며 프로 데뷔 첫해를 보냈다. 당연히 국내 여자 투어 신인왕은 물론 상금왕까지 거머쥐었고, 다음 해인 1997년에 2승을 기록한 박세리는 더 큰 꿈을 위해 전격 미국행을 결정했다.

세리의 시대를 연 LPGA Q스쿨 수석 합격

박세리의 거침없는 발걸음은 미국에서도 달라지지 않았다. 아

니 시작부터 남달랐다. 미국 LPGA로 가기 위한 시험, 퀄리파

잉시리즈(Q시리즈)에서 박세리는 당당히 1위로 수석 합격을 하

며 LPGA 입문에 성공했다. 미LPGA 입학시험을 수석으로 통과

하고 1998년 미국 무대에 진출한 박세리는 곧바로 1998년 5월

18일 메이저 대회인 맥도널드 챔피언십에서 최종 합계 11언더파

273타로 우승을 차지했다. Q시리즈를 1위로 통과한 지 7개월 만

에 거둔 첫 우승이자 남녀 통틀어 역대 최연소(만 20세 7개월 20일)

메이저 우승이었다. 특히 박세리는 1955년 이 대회 창설 이후 최

초로 매 라운드 선두를 지키며 우승하는 기록을 세우기도 했다.

우승 인터뷰에 관련된 후일담도 화제가 됐다. 박세리는 "그때 영

어를 못해서 '첫 승리가 메이저인데 느낌이 어떻냐'는 질문에 '메

이저'라는 단어만 알아듣고 '디스 이즈 메이저?'라고 말했다"는

일화다. LPGA 무대에 혜성처럼 등장한 박세리는 그렇게 데뷔

한 한 해에만 4승을 거두며 아니카 소렌스탐과 함께 공동 다승왕

에 오르기도 했다. 당연히 1998년 신인왕은 박세리의 차지였다.

박세리의 활약은 동료들에게도 큰 자극이 됐는지 박세리가 맹활

약을 펼친 후 이듬해인 1999년, '슈퍼 땅콩'으로 불리던 김미현

이 등장한다. 김미현은 1999년에만 2승을 올렸고 박세리에 이어

1999년 신인왕에 등극하며 한국인이 2년 연속 LPGA 신인왕에

올랐다. 그리고 같은 시기 미국 아마추어 무대를 휩쓸던 박지은

도 우승자 대열에 합류해 2000년 첫 우승을 시작으로 박세리, 김

미현과 함께 2000년대 초반 한국인 선수들의 우승 레이스를 이

끌며 1세대 트로이카 시대가 펼쳐지기도 했다. 이후에도 한국 선

수들의 미국 진출은 계속되며 LPGA 투어에 부는 한국 돌풍은
갈수록 거세졌다.

세리키즈의 등장, 그리고 올림픽

박세리의 US여자오픈 우승은 한국 골프계를 크게 변화시켰다.
당시 100개 안팎이던 골프장이 지금은 500여 개가 되는 데 기폭
제가 됐으며 골프용품을 비롯해 골프로 파생되는 많은 사업들이
비약적으로 발전하는 계기가 됐다. 골프 인구의 증가는 스포츠
꿈나무들에게도 영향을 미쳐 골프 유망주들이 생기기 시작했고
그 흐름 속에 박세리의 LPGA 첫 우승 이후 10년이 지난 2008년
을 전후로 한국 골프계에는 신조어가 등장했다. 박세리의 맹활약
을 지켜보며 열 살 안팎에 골프에 입문한 선수들이 성장해 프로
무대에 등장했고 이들은 '박세리 키즈'라 불리며 한국 여자골프
를 이끌어 나갔다. 2016년 박세리는 세리키즈들인 박인비, 양희
영, 전인지, 김세영과 함께 116년 만에 정식 종목으로 부활한 여
자골프 올림픽 금메달 정복에 나섰다. 그리고 박인비는 16언더파
268타를 기록하고 금메달을 목에 걸었다. 손가락 부상 등 악조
건 속에서도 나흘 내내 흔들림 없이 우승, 골든 그랜드 슬램(4대
메이저 대회와 올림픽 석권)을 달성했고 박인비의 금메달에 박세리
는 선수 때도 흘리지 않던 눈물을 흘렸다. 그리고 예정됐던 은퇴
의 시간이 왔다. 1998년 LPGA에 데뷔해 메이저 대회 5회 우승을
포함해 통산 23승을 거두고 2007년 LPGA 명예의 전당에 입성

한 박세리는 인천 영종도에 위치한 스카이72 오션코스에서 열린
LPGA 투어 '2016 KEB 하나은행 챔피언십' 1라운드를 마지막으
로 필드와의 작별을 고했다. 이제 박세리를 선수로의 모습으로는
볼 수 없지만 그녀를 빼고 한국 여자골프를 말할 수는 없을 것이
다. IMF의 고된 시간을 잊게 해 줬던 박세리로 인해 한국 골프
계에는 제2, 제3의 박세리를 꿈꾸는 세리키즈가 탄생했고, 이 과
정 속에서 신지애의 프로 통산 64승도, 박인비의 그랜드 슬램과
IOC 선수위원 도전이라는 새로운 역사도 우리는 만날 수가 있
었으니 말이다.

새로운 역사가 된 박인비

세리키즈 중 가장 두각을 나타낸 선수는 단연 박인비라는 데 이
의를 제기할 사람은 없을 것이다. 골퍼로서 큰 꿈을 꾸며 2000년
미국으로 유학을 떠났고, 미국주니어골프협회 주관 전국대회
에서 9차례 우승, 2년 만인 2002년에는 US여자주니어선수권대
회를 우승하며 미국 주니어 골프계를 평정했다. 열여덟 살이던
2006년 프로로 전향해 1년 만인 2007년 LPGA 정규 멤버로 데
뷔했고 투어 2년 차인 2008년 US여자오픈에서 우승컵을 들어
올리며 자신의 생애 첫 우승을 메이저 대회 우승으로 장식했다.
골프채를 잡은 지 10년 만에, 그것도 10년 전 TV로 박세리가 우
승했던 모습을 지켜봤던 바로 그 대회에서 19세의 나이로 대회
최연소 우승자 기록도 세우며, 한국인으로는 다섯 번째로 LPGA

메이저 퀸에 등극했다. 이후 갑자기 슬럼프에 빠지기도 했지만 이 시기를 잘 이겨 낸 박인비는 2013년 크래프트 나비스코 챔피언십(현 셰브론 챔피언십) 정상에 오르면서 본격적인 메이저 대회 우승 트로피 수집에 나섰고 2013년에만 크래프트 나비스코 챔피언십부터 US여자오픈, LPGA 챔피언십(현 여자PGA 챔피언십)까지 메이저 대회에서 3승을 따냈다. 2013년 메이저 3개 대회 우승은 이 부문 역대 최다 공동 1위이자 27년 만의 기록이었다. 그리고 2014년과 2015년 LPGA 챔피언십 3연패를 차지한 데 이어 2015년 여자 브리티시오픈(현 AIG여자오픈) 우승을 달성하며 메이저 대회 통산 7회 우승과 함께 한국 최초이자 유일한 커리어 그랜드 슬램을 달성했다. 그리고 박세리에 이어 LPGA 명예의 전당에도 이름을 올렸다. 만 28세 최연소라는 기록과 함께. 여기에 올림픽 메달을 추가하며 116년 만에 올림픽 정식 종목으로 부활한 2016년 리우데자네이루 올림픽에서 금메달을 따내 골프 선수로는 최초로 '골든 커리어 그랜드 슬램'을 이뤘다. 이후 임신과 출산 소식을 마지막으로 공식 대회에 나서지 않고 있던 박인비는 "더 많은 아이가 즐겁게 운동할 수 있는 환경을 만들고 싶고 전 세계 워킹맘들에게도 용기를 주고 싶다"며 파리 올림픽에서 IOC선수위원에 도전했지만 아쉽게도 당선이라는 결말을 맺지는 못했다. 하지만 IOC에서 펼치려 했던 '엄마' 선수들의 권리 강화와 은퇴 이후의 삶을 위한 교육과 진로상담 등 박인비가 생각한 후배들을 위한 포부가 어디서든 언제가는 구현될 날이 올 거라 기대해 본다.

COMMENT

나도 세리키즈, 김재열 골프해설위원

한국에서 골프에 관련된 사람들은 모두 박세리에게 고마워
해야 한다. 박세리 덕분에 국민적인 붐이 일어났다. 박세리
없었으면 한국 골프가 이 정도로 발전할 수 없었다. 나 역시
박세리의 US여자오픈 우승 덕분에 해설자로서 자리를 잡을
수 있었다. 그래서 나도 '세리키즈'라고 말하고 다닌다. 박세
리가 국내 투어를 할 시기 미국에 있었던 나는 97년부터 한
국에 나와서 중계를 했다. 골프를 모르는 국민들이 많았던
시절이었다. 다른 때 대회였으면 아마도 그 정도의 관심을
못 받았을 수도 있다. 하지만 US여자오픈이니 미국 내셔널
타이틀이 걸려 있다는 것, 대한민국의 시대적 배경이 IMF
시절이었다는 것이 한 몫을 했고 국민들에게 뭔가 발산이
필요한 시점에 언론에서 대대적인 보도까지 이뤄지니 골프
를 모르는 사람들까지도 관심이 높아졌었다. 4라운드에 연
장까지 중계를 다 했다. 나는 동시통역까지 가능한 상황이
라 더 주목을 받았고 그 일을 계기로 한국에 정착을 하게 됐
으며 박세리의 은퇴 후에는 같이 해설을 하는 인연을 맺기
도 했다. 박세리가 US여자오픈 우승 이후 국민적인 영웅이
되었던 당시 아마추어였던 연장 상대 선수 추아시리폰은 이
후 이렇다 할 성적을 거두지 못하고 학교 졸업 후 간호사가

됐다는 후문이다. 그렇게 박세리의 운명도, 추아시리폰의 운명도, 양말 벗고 호수로 들어간 그 순간의 결정이 바꿔 놓았다고 할 수 있다. 그 이후 박세리가 노력과 타고난 배짱으로 세계를 놀라게 했다면, 한 · 미 · 일 프로 무대 개인 통산 64승의 신지애는 일관성과 꾸준함에 있어 가장 좋은 본보기가 돼 주고 있고, 박인비는 5대 그랜드 슬램에 명예의 전당, 올림픽 금메달과 IOC위원 도전에 엄마 골퍼로서도 새 장을 열어 가며 이들의 뒤를 잇는 후배들과 함께 여전히 세계 무대에서 호령하고 있다.

김
연
아

2010년 2월 26일 캐나다 밴쿠버 퍼시픽 콜리세움, 목 부분에 은색 액세서리가 장식된 푸른색 홀터넥 스타일의 코스튬을 입은 선수가 숨을 고르며 음악이 나오길 기다리고 있다. 쇼트 프로그램에서 역대 최고점인 78.50점으로 1위에 올라 올림픽 금메달을 눈앞에 둔 대한민국의 여자 피겨스타 김연아의 프리 스케이팅이 시작되기 직전이었다. 드디어 조지 거쉰의 〈피아노 협주곡 바장조〉의 선율이 흐르고 김연아는 부드러운 연기력과 높은 점프력, 안정된 스텝을 선보이며 화려하면서도 섬세한 연기로 빙판 위를 가득 채웠다. 4분 10초의 무결점 연기가 끝나자 관중석을 가득 메운 1만 6천여 명의 관객들은 환호와 함께 기립 박수를 보냈고 링크장에는 쉴 새 없이 꽃다발과 인형이 쏟아졌다. 김연아는 그제야 안도한 듯 기쁨의 눈물을 흘렸고 경기장 안의 모든 사람들은 심판들의 점수가 집계되기만을 기다리고 있었다. 점수가 나오자 관중석은 다시 술렁였고 키스 앤 크라이 존의 김연아는 점수판에 150.06점(기술 점수 78.30, 구성 점수 71.76)이라는 점수를 확인하는 순간 브라이언 코치와 함께 깜짝 놀라며 기쁨을 함께 나눴다. 압도적이었다. 쇼트 프로그램(78.50점) 점수를 합친 총점 228.56점은 세계 신기록이었고 당연히 금메달이었다. 김연아가 프리 스케이팅 경기를 마치자 미국 NBC 방송의 해설진 중 톰 해먼드 캐스터는 "Long live the Queen!"(여왕 폐하 만세)이라고 외쳐 피겨 퀸의 등극을 전 세계에 알렸고, 월스트리트저널은 "김연아는 얼음판 위에 단 한 점의 점수도 남겨 두지 않았다"고 전했으며 로스앤젤레스타임스는 "미식축구라면 다섯 번의 터치다운으로, 야구라면 5회 콜드게임으로 승리한 것과 같다"며 찬사를 쏟아 냈다.

김연아에서 퀸연아로

시상대 가장 높은 곳에 김연아가 서 있고, 태극기가 게양돼 있으며 애국가가 울려 퍼진 2010 밴쿠버 동계 올림픽 여자피겨 싱글 시상식은 우리가 지금 김연아 시대를 살고 있음을 알린 피겨 여왕 즉위식이었다. 그도 그럴 것이 김연아에게는 숙명의 라이벌이 있었다. 김연아의 이름 뒤에 늘 따라오는 그 이름, 일본의 국민 여동생 피겨요정 아사마 마오였다. 아사다 마오가 아사히 TV에 출연해 김연아를 "운명과도 같은 존재"라고 소개했을 정도로 두 선수는 서로를 이겨야만 하지만 서로를 그 누구보다 잘 알고 있는 동료이자 그렇다고 마냥 친해질 수도 좋아할 수도 없는 친구였다. 아사다 마오는 "열세 살 때부터 '한국에 나처럼 잘하는 선수가 있다'고 들었다 경기장에서 처음 만났을 때 앞으로 좋은 라이벌이 될 것이라 예감했다"고 말했다. 첫 만남부터 김연아가 자신의 라이벌이 될 것이라는 점을 직감했다는 얘기다. 김연아 역시 아사다에 대해 "어쩔 수 없는 운명인 것 같다. 주니어 때부터 한 번도 비교당하지 않은 적이 없었다"면서 "참 징한 인연"이라고 말한 적이 있을 정도다. 그래서 밴쿠버 올림픽을 오직 하나의 태양을 정하는 자리로 보는 시선들이 많았다. 당시의 흐름상 김연아가 다소 앞서는 분위기라 해도 아사다 마오에게는 김연아에게 없는 트리플 악셀(3회전 반 점프)이라는 무기가 있었다. 그 때문에 당시 미국 스포츠 전문 채널 ESPN은 '밴쿠버 동계 올림픽 5대 라이벌전' 중 최대 라이벌전으로 이 두 선수의 대결을 꼽기도 했을 정도였다. 하지만 김연아의 침착함과 완벽한 경기력이 아사다 마오의 비장의 무기를 눌렀다. 밴쿠버 올림픽 피겨 여자 싱글 쇼트 프로그램은 아사다가 먼저 나섰다. 결과는 2009~2010시즌 베스트 점수인 73.78점을 얻으면서 1위, 하지만 곧바로 뒤이어 나온 김연아는 78.50점으로 아사다를 2위로 밀어내고 1위를 차지했다. 화려한 비즈로 장식된 검은색 홀터넥 의상을 입고 〈007 제임스 본드 메들리〉에 본드 걸 포즈로 연기를 마무리 지은 김연아는 자신이 지난해 10월 그랑프리 1차 대회에서 세웠던 쇼트 프로그램 역대 최고점(76.28점)을 2.22점 앞선 놀

라운 점수를 기록하며 1위에 올랐다. 이렇게 기선 제압에 성공한
김연아는 이틀 후 프리 스케이팅에서 두 번의 트리플 악셀을 모
두 인정받은 아사다를 완벽함으로 누르며 총점 228.56점의 세계
신기록으로 금메달을 따냈고 해외 언론마저 '아사다 마오는 더
이상 김연아의 적수가 아니다'라고 평하기도 했다.

TV 분당 시청률 최고 41.9%, 홈쇼핑 콜은 제로

김연아가 피겨 세계 신기록만 세운 건 아니었다. 2010년 2월
26일 김연아의 프리 스케이팅 경기가 펼쳐진 오후 1시 22~29분
의 시청률은 36.4%까지 치솟았고 점유율도 62%(AGB 닐슨 서울)
로 나타났다. 분당 최고 시청률은 김연아의 금메달이 확정된 오
후 1시 36분으로 41.9%를 기록했고 이 기록은 이틀 전인 2월
24일 여자 쇼트 프로그램에서 기록한 최고 시청률 36.2%를 또다
시 경신한 기록이었다. 온라인 중계도 폭발적인 반응을 보였다.
당시 아프리카TV를 운영하는 나우콤은 김연아 경기 온라인 중
계의 최고 동시 접속자 수가 41만 명을 기록했으며 "2006년 3월
서비스를 시작한 이래 최고 기록"이라고 밝히기도 했다. 그리
고 김연아가 밴쿠버에서 금메달을 따는 순간에 어느 한 홈쇼핑
의 주문 콜이 0을 기록했다는 뉴스까지 나왔을 정도였다. 김연아
신드롬은 여기서 그치지 않았다. 밴쿠버 동계 올림픽에서 김연
아 선수가 착용한 왕관 귀걸이는 특별 판매에 들어갔고 김연아
가 경기 및 아이스 쇼에 사용했던 BGM을 수록한 음반 판매는

전일 대비 2배 이상 늘었다는 소식도 있었으며 김연아의 이름을 붙인 과일음료 판매도 경기 당일 평소의 2배 이상으로 뛰었다는 뉴스도 나왔다. 김연아의 경기를 대형 화면으로 방송했던 편의점의 매출도 전날보다 20% 이상 증가하는 등 제조업체는 물론이고 유통업체들도 '김연아 특수'에 때아닌 대목을 맞이하기도 했다. 이렇게 대한민국은 스포츠에서도 광고에서도 유통에서도 그리고 음반시장에서까지 김연아 시대를 열어 가고 있었다.

18년간 이어진 '김연아의 7분 드라마'

김연아에게도 꼬꼬마 스케이터 시절이 있었다. 방학 특강으로 시작해 각종 점프와 기본적인 스핀을 배우는 마스터 반을 거쳐 1998 나가노 동계 올림픽을 보며 미셸 콴 같은 선수가 되겠다는 꿈을 가지고 선수의 길에 들어선 김연아는 차별 없이 찾아오는 사춘기에, 부상에, IMF로 가정 형편이 어려워짐에 피겨를 그만둘 위기에 처하기도 했다. 김연아가 자신의 도전과 꿈을 펼쳐 놓은 책《김연아의 7분 드라마》를 보면, 2003년 2월 동계 체전을 끝으로 피겨를 끝내기로 했었다는 이야기가 나온다. 하지만 마지막 대회라는 생각으로 부상을 안고 나갔던 동계 체전에서 1위, 그것도 부상이라는 걸 자신조차도 믿을 수 없을 만큼 완벽하게 트리플 5종 점프를 뛰었고, 당시 발목은 여전히 아팠지만 마음은 날아갈 것만 같았다고 회고했다. 운동을 그만두겠다며 마지막으로 나선 대회 후 정말 그만두게 될까 봐 조마조마해하는 자신을 발견한 김연아는 다시 스케이트화의 끈을 고쳐 묶었고 부상 치료를 하며 슬럼프와 성장통을 이겨 냈다.

2003년 당시 중학교 1학년이던 김연아는 최연소 국가대표로 발탁되었고, 그때부터 아침 8시에 눈을 떠 러닝과 스트레칭, 아이스링크 훈련, 이어서 체력 훈련 그리고 다시 아이스링크 훈련을 하는, 밥 먹고 자는 시간 외에 모든 시간을 훈련에 쏟아부어야 하는 치열한 선수의 일상을 보내게 됐다. 그리고 2004~2005시즌 주니어 국제 대회에 데뷔한 김연아는 2004년 9월 국제빙상경기연맹ISU 주니어 그랑프리 2차 대회에서 한국 피겨 사상 최초로 금메달을 거머쥐며 '여제'를 향한 여정을 시작해 2004년 그랑프리 파이널 2위, 2005년 세계주니어선수권대회에서 준우승, 이듬해 같은 대회에서 우승을 차지하는 등 아사다 마오와 함께 주니어 무대를 평정하고 시니어 무대로 넘어갔다.

정열적인 쇼트 프로그램 〈록산느의 탱고〉와 우아한 프리 프로그램 〈종달새의 비상〉으로 시작한 시니어 무대, 데뷔전이었던 2006~2007시즌 그랑프리 2차 대회 '스케이트 캐나다'에서 김연아는 쇼트 1위를 했지만 프리에서 4위로 밀려 종합 3위로 출발했다. 이후 5차 대회 '트로피 에릭 봉파르'에서 시니어 대회 첫 정상에 오른 뒤 그랑프리 파이널에서도 아사다 마오를 제치고 우승했다. 하지만 김연아는 그랑프리 파이널부터 허리 부상이 있었고, 그 여파 탓인지 세계선수권대회 프리에서 두 번이나 넘어지는 바람에 3위로 대회를 마쳤다. 그리고 브라이언 오서 코치와 준비한 2007~2008시즌, 발랄한 〈박쥐 서곡〉과 애절한 〈미스

사이공〉으로 레퍼토리를 짠 김연아는 러시아에서 열린 그랑프리 5차 대회에서 프리 역대 최고점(133.70점)을 경신했고, 5차 대회와 파이널에서는 각각 197.20점과 196.83점을 받아 '꿈의 200점' 돌파에 접근했다. 그리고 2008~2009시즌에는 김연아의 연기와 기량이 절정으로 향해 갔다. 쇼트 〈죽음의 무도〉와 프리 〈세헤라자데〉라는 완벽한 프로그램에 김연아의 완벽한 연기가 어우러졌고, 두 번의 그랑프리 대회를 190점대 점수로 우승한 후 고양시에서 열린 그랑프리 파이널에서는 아사다에게 왕관을 내줬지만 4대륙선수권에서 다시 쇼트 역대 최고점(72.24점)을 기록하며 우승했다. 그리고 2009년 3월, 세 번째 도전한 세계선수권에서 역대 최초 76점대의 쇼트 점수에 총점 207.71점, 신기록을 세우며 우승했다. 그리고 드디어 밴쿠버 동계 올림픽이 예정돼 있던 2009~2010시즌이 시작됐다. 블랙 의상에 진한 스모키 화장을 한 본드 걸로 변신한 김연아는 쇼트 프로그램으로는 〈007 제임스 본드 메들리〉를, 프리에서는 블루 의상을 입고 등장해 〈피아노 협주곡 바장조〉에 맞춰 섬세한 감정 연기를 보여 주며 거의 모든 대회를 석권한다. 그 기세를 밴쿠버 올림픽에서도 이어 갔고 쇼트 78.30점, 프리 150.06점으로 228.36점이라는 사상 초유의 점수를 받으며 올림픽 피겨 역사상 최고의 선수가 됐다.

굿바이 연아, 그리고 연아키즈

김연아는 2010 밴쿠버 올림픽이 끝난 후 한동안 은퇴를 고민했

다. 하지만 은퇴 무대를 다음 2014 소치 동계 올림픽으로 잡았
고, 2012년 7월 2일 김연아는 태릉선수촌 국제스케이트장 2층 대
회의실에서 기자회견을 열고 2014년 소치 동계 올림픽까지 선수
생활을 이어 가겠다고 밝혔다.

　　　이날 김연아는 "2014년 소치에서 현역 은퇴하겠다"며
"어릴 때 종착역은 밴쿠버였지만 소치로 연장했고 그곳에서 '유
종의 미'를 거두기 위해서 새로운 마음으로 새로운 출발을 하겠
다"고 공언했다. 김연아의 두 번째 올림픽 도전은 첫 번째 올림픽
만큼이나 관심을 모았다. 이미 챔피언에 올랐던 여자 피겨 선수
가 두 번째 올림픽에 나간다는 게 흔치 않은 일이었고 그렇기에
소치 올림픽은 김연아의 마지막 무대가 확실했기 때문이다. 따라
서 김연아의 의상과 프로그램 콘셉트, 음악들까지 모두 화제였고
큰 관심사였다. 김연아는 소치 올림픽 시즌의 프로그램 콘셉트를
'그리움'으로 잡았다. 쇼트 프로그램으로는 〈어릿광대를 보내주
오Send in the Clowns〉와 프리 스케이팅으로는 〈아디오스 노니노Adios
Nonino〉로 정했다. 팬들은 18년 피겨 인생을 돌아보며 느꼈던 아
쉬움과 그리움을 전하고 떠나겠다는 김연아의 의지로 받아들이
며 마지막 무대를 기다렸다. 그리고 김연아는 두 번째 올림픽 무
대에서도 완벽했으며 아름다웠다. 그러나 올림픽 2연패는 실패
했다. 김연아는 러시아 소치 아이스버그 스케이팅 팰리스에서 열
린 2014 소치 동계 올림픽 여자 피겨 스케이팅 싱글 프리 스케이
팅에서 144.19점을 받아 합계 219.11점으로 2위에 올라 은메달을
목에 걸었고 금메달은 합계 224.59점을 받은 러시아의 소트니코

바에게 돌아갔다. 소트니코바는 착지에 실수가 있었음에도 한 달 전 유럽선수권과 비교해 총점이 무려 22.23점이나 올랐고, 김연아는 완벽한 클린 연기를 했지만 심판들의 생각은 달랐던 모양이었다. 국내에서는 비정상적인 개최국 효과라며 분개의 목소리가 쏟아졌고 해외 반응도 다르지 않았다. 미국 NBC 방송은 SNS에 "김연아 은메달, 열일곱 살의 소트니코바 금메달, 코스트너 동메달. 당신은 이 결과에 동의하십니까? — Yuna Kim Wins Silver. 17 year old Sotnikova wins Gold, and Kostner wins bronze. Do you agree with the results?"라는 말을 남기며 의아함을 감추지 못했다. 올림픽 2연패에 빛나는 카타리나 비트도 김연아의 우상으로 거론된 미셸 콴도 의아하다는 목소리를 냈지만 김연아는 늘 그렇듯 결과를 담담하게 받아들였고 팬들의 가슴에는 찬란했던 김연아의 시간을, 한국 피겨에는 연아키즈를 남기고 "숨이 차게" 운동했던 18년의 선수 생활과 이별했다.

COMMENT

김연아의 피날레를 함께한 스승, 한국 피겨계의 대모 신혜숙 코치

김연아는 백 년에 한 번 나오는 선수라는 등 어릴 때부터 유명했다. 그런데 어느 날 한 시즌이 끝나고 그만뒀다는 소문이 돌았다. 그래서 '아깝네' 하면서 잊고 있었는데 김연아 선수 어머니가 배우고 싶다며 연락을 해 왔다. 처음에 만났을 때는 쉬었다 온 상황이라 평가가 힘들었고 두세 달 지나고 나면서부터는 무척 빠르게 기술을 습득하는 걸 느꼈다. 그러던 차에 연아보다 선배인 선수들을 데리고 국제 대회에 나갈 일이 있어서 해외를 다녀왔다. 연아는 국내에서 연습을 하고 있었고 그때가 김연아에게 트리플 러츠lutz(러츠: 후진하며 왼발은 아웃사이드에 둔 상태에서 오른발의 토를 사용하여 뒤로 점프하며 회전하고 착지하는 기술)를 연습시키던 때였다. 그런데 일주일 만에 왔더니 트리플 러츠를 딱 뛰는 거다. 3회전 점프 중에서 제일 어렵다는 기술인데… '어? 잘했다. 그러면 트리플 플립이라는 게 있는데 그거 한번 뛰어 보자.' 했더니 고개를 끄덕이고 가더니 바로 뛰더라 너무 쉽게 뛰어서 연아가 더블을 뛰었는지 트리플을 뛰었는지 혼동할 정도였다. 너무 깜짝 놀랐다. 대단하다고 생각했다. 그 후 중학교 들어가면서 다른 팀으로 떠났는데, 보통은 나를 떠난다고 하면 코치로서 기분이 좋을 순 없는데 그런데도 다른 데 가서도 절대 그만두지 말고 열심히 하라고 당부했다. 그만큼 특별한 선수였다. 체격 조건이 동양인은 안 된다고 하던 시절이었다. 그 편견을 연아가 바꿔 놨다. 습득력이 너무 좋고, 승부욕이 있고 또 올바른 선수였다. 이런 일이 있었다. 소치 올림픽 때 경기 끝나고 기념품 가게에 갔다. 사람이 무척 많았다 연아가 앞에 서 있는 상황에서 줄이 뒤로 길어져 있었는데 연아 후배가 달려와서 같이 서려고 하니 안 된다고 뒤로 가서 제대로 서라고 했다. 그런 성격이다.

연아가 밴쿠버 올림픽에서 금메달 딴 후의 일이었다. 태릉 아이스링크에서 선수들을 지도할 때였다. 그곳에는 선수들을 지도하기 위해서 훈련하는 선수들의 순서를 적는 판이 있었는데 내가 그곳에 선수들의 이름을 다 지우고 '김연아를 세계선수권으로'라는 문구를 적어 놨다. 나의 바람을 적어 놓은 것뿐이었다. 가끔 훈련을 왔던 연아가 이걸 보고는 그냥 웃고 말았는데 나는 연아를 세계선수권에 보내고 싶었다. 아까웠기 때문에, 그리고 그만한 선수가 우리나라에 없었다고 생각해서 써 놨다. 물론 그 때문은 아니었겠지만 얼마 지나지 않아 어머니가 연아를 지도해 달라고 전화를 했다. 하지만 나는 세계 챔피언이자 올림픽 챔피언을 지도하는 게 영광이지만 부담스럽기도 했다. 다시 오리라고는 생각도 못 한 일이었다 세계 탑이 돼서 온 제자, 과연 이 선수가 내가 가르치는 방법을 별말 없이 따를까 하는 걱정이 당

연히 있었다. 하지만 연아는 한 번도 나의 지도에 토를 단
적이 없었다. 나는 연아가 어릴 때 했던 그대로 지도를 했고
그 지도를 따라 줘서 고마웠다. 소치 올림픽은 너무 아쉬웠
다. 나는 너무 화가 나서 그 이후로 소치 동영상을 보지 않
았다. 소트니코바가 완벽하게 하고 우리가 졌으면 받아들일
수 있었다. 하지만 (전문가 눈으로 볼 때) 분명 실수가 있었다.
정작 김연아 선수는 털털하게 아무렇지 않은 듯했지만 속상
하지 않았을까. 하지만 국민들은 모두 금메달이라고 생각할
것이다. 점프를 포함해서 움직임과 표현 등 차원이 다른 경
기를 했다.

연아 선수의 올림픽 금메달 이후 코치가 모자랄 정도로 피
겨 붐이 일었다. 그 당시는 어떤 링크를 가도 쇼트트랙을 가
르치고 배우는 인원이 가장 많을 때였다. 연아로 인해서 피
겨를 배우러 오는 학생들이 많아졌는데 코치가 없었다. 오
죽하면 선수 생활을 안 했어도 피겨를 할 줄 알면 코치를 할
수 있을 정도였다. 하지만 지금은 그렇지 않다. 당시 그렇게
배운 연아키즈들이 코치가 돼서 후배들을 육성하고 있다.
그리고 선수들도 TV로 경기를 많이 보다 보니까 빨리 기술
을 습득하더라 악셀이 뭔지 스핀이 뭔지를 미리 알고 오니
까 실력이 느는 속도가 아주 빨라졌다. 이렇게 한국 피겨는
김연아를 빼놓고 이야기할 수 없다. 하지만 이제는 연아가
즐겁고 평화롭게 여유 있는 삶을 살길 바란다. 힘들게 운동
했던 걸 아니까 그런 말을 해 주고 싶다.

2

계
보
는

이
어
진
다

김진호

서향순

김수녕

기보배

안산

임시현

박찬숙

전주원

정선민

박지수

이에리사

현정화

신유빈

2024년 7월 29일 프랑스 파리의 앵발리드에는 파리 올림픽 양궁 경기를 관전하러 온 수많은 관중들로 가득 찼다. 바람은 동서를 오가며 예고 없이 불었다 말았다를 반복했고 내리쬐는 뙤약볕은 선수들의 체력을 고갈시키고 있었다. 게다가 아침보다 낮에 더 까다롭게 바람이 분다는 앵발리드 양궁 경기장, 하지만 한국 여자 '태극궁사'들은 흔들림 없이 우승을 향해 한 걸음 한 걸음 나아갔다. 그리고 대망의 결승전, 결승전 상대는 중국이었다. 전 훈영의 첫 화살이 10점 과녁으로 들어가며 시작한 첫 세트는 56 대 53, 한국의 승리였다. 두 번째 세트 역시 55 대 54로 한국 승리, 한 세트만 승리하면 우승할 수 있는 기회를 얻었고 이때까지만 해도 무난한 우승이 예상됐다. 하지만 앵발리드의 바람은 쉬운 승리를 용납하지 않았다. 3세트에서 10점을 한 번도 쏘지 못한 한국은 51 대 54로 세트를 내줬다. 세트 스코어 4 대 2 상황에서 펼쳐진 4세트. 중국의 첫 격발이 과녁 정중앙인 엑스텐에 꽂히더니 결국 4세트도 중국이 가져갔다. 4 대 4가 된 경기, 결국 승부는 결승전다운 긴장감을 연출하며 슛오프까지 이어졌다. 준결승에 이어 다시 맞이한 슛오프. 올림픽 금메달보다 어렵다는 국가대표 선발전을 통과한 우리 선수들에게 슛오프는 변수라 할 수 없는, 경기의 일부일 뿐이었다. 전훈영이 10점 라인에 걸치는 화살을 쏘며 쾌조의 시작을 알렸다. 중국은 8점. 이어 남수현은 9점을 기록하며 앞서 나갔다. 중국은 다시 10점을 기록했다. 마지막 주자, 임시현도 10점 라인에 걸치는 점수를 기록했다. 임시현은 10점을 쏘고 우승을 확신했지만 10점 라인에 걸친 한국의 두 발에 대한 표적심의 확인이 필요했다. 긴장된 순간 심판은 전훈영과 임시현의 화살 모두를 10점으로 인정했고, 한국은 우승을 확정했다. 이로써 대한민국 여자양궁은 단체전이 처음 도입된 1988년 서울 대회부터 한 번도 빼놓지 않고 우승하며 올림픽 10연패의 위업을 달성했다.

원조 신궁, 김진호

1984년 로스앤젤레스에서 첫 금메달을 딴 이후 한국 양궁의 올림픽 금메달 레이스는 계속됐다. 특히 여자양궁은 1988 서울 올림픽 때 단체전이 도입된 이래 2024 파리 올림픽까지 한 차례도 금메달을 놓치지 않고 10연속 금메달을 따냈다. 올림픽 금메달

보다 더 어렵다는 국가대표 선발전을 통과해야 하고 그래서 대
표팀에는 언제나 새로운 선수들이 들어왔다 나가길 반복하지만
어떤 선수들이 와도 간혹 위기가 있을지언정 결국 여자 단체전
우승은 대한민국의 몫이었다. 한국 양궁의 독주를 견제하기 위
해 세계양궁연맹WA이 세트제 도입 등 여러 변화를 줬지만, 언제
나 시상대 가장 위에 선 건 한국이었다. 이것이 가능했던 건 전통
의 힘이다. 올림픽만 따져도 40여 년의 전통, 그사이 세계적인 스
타들이 탄생했고 국내 경쟁은 더욱 치열해져 그 과정에서 어릴
때부터 체계적인 시스템을 접할 수 있게 됐다. 이런 시스템을 통
해 일찍부터 많은 경험을 쌓게 되고, 그만큼 극한 상황을 이겨 내
는 힘을 키우게 된 게 오랜 세월 세계 최강을 지킬 수 있는 원동
력이 되고 있다. 사실 한국 양궁이 국제 무대에서 존재감을 과시
하기 시작한 건 1970년대로 거슬러 올라간다. 한국 양궁의 국제
대회 첫 메달이 나왔던 1978년 방콕 아시안게임이 그 시작이었
다. 당시 김진호(現 한체대 교수)를 중심으로 오영숙, 황숙주가 팀
을 이룬 여자 대표팀이 단체전에서 은메달을 땄고 당시 예천여
고 2학년이자 팀의 막내였던 김진호는 개인전에서는 금메달까지
목에 걸었다. 이때가 한국 양궁 금메달 신화의 시작이자 한국 신
궁 계보의 출발점이었다.

　　김진호의 메달 레이스는 한동안 계속됐다. 1978년 방
콕 아시안게임 여자 개인전 금메달 및 단체전 은메달을 시작으
로 1979년 독일 베를린에서 열린 제30회 세계선수권대회에서는
30m · 50m · 60m · 70m 그리고 단체전까지 전관왕을 차지했다.

이어 1982년 뉴델리 아시안게임에서 단체전 금메달과 개인전 은
메달을 획득했고, 1983년 미국 로스앤젤레스에서 열린 세계선
수권에서 또다시 5관왕을 차지했다. 단지 아쉬운 것은 올림픽이
었다. 베를린 세계선수권대회 전관왕에 빛나는 김진호지만 하필
1980 모스크바 하계 올림픽에는 냉전으로 인해 불참하게 되면
서 금빛 도전은 4년 뒤로 미뤄졌다. 4년 후라 해도 김진호의 금메
달을 의심하는 사람은 없었다. LA 올림픽을 앞두고 1983년 10월
에 열린 LA 세계선수권에서 다시 한번 5관왕에 오르며 기대감을
오히려 더 높여 놨다. 하지만 선수들이 늘 말하는 것처럼 올림픽
금메달은 정말 하늘이 주시는 것인지 아니면 너무 큰 부담감 때
문이었는지 벼르고 별렀건만 금메달의 주인공은 김진호가 아니
었다. 당시 열일곱 살의 여고생 서향순이 중국의 리링주안을 9점
차로 따돌리고 깜짝 금메달을 차지했다. 당시는 개인전만 열렸
던 상황이라 김진호에게 다른 기회는 없었으며 자신의 세계기록
(2,636점)에 한참 모자란 2,555점으로 동메달에 그쳤다. 한국 양궁
이 금, 동을 따면서 세계 최강이란 걸 증명한 대회였지만 한참 후
배인 당시 막내 서향순에게 밀렸다는 것은 김진호에게는 큰 충
격으로 다가올 수밖에 없었고, "향순이가 금메달을 획득해 '욕'을
먹지는 않았다"고 스스로를 위안하기도 했다. 그리고 세월이 한
참 지난 후 이때를 회상하며 "인생의 쓴맛을 배웠다"면서 "돌이
켜 보면 지금까지 겸손한 삶을 살 수 있었던 건 올림픽 금메달이
없었기 때문"이라고 말했다. "그 어린 나이에 금메달을 손에 넣었
다면 '얼마나 건방진 삶을 살았을까'라는 생각을 한다"면서 "처음

으로 경기에서 패한 선수들의 심정을 이해했다"는 말도 덧붙였
다.

대한민국 첫 올림픽 여성 금메달리스트, 서향순

원조 신궁 김진호에게 쓰라린 실패를 안긴 LA 올림픽은 서향순
이라는 새로운 스타를 탄생시켰다. 서향순의 금메달은 역대급 이
변이었다. 17세 여고생의 반전 드라마를 만들어 낸 서향순은 동
명여중 1학년 때부터 활을 잡았다. 70~80년대 운동을 시작하는
선수들이 거의 그렇듯 또래 아이들에 비해 체격이 크다는 이유
로 체육 선생님으로부터 권유를 받아 생각지도 못한 양궁부에
들어가게 됐지만 실력 부족으로 양궁부에서 나오기도 했다. 하지
만 당시 교생 선생님이 체육 선생님에게 적극적으로 나서 준 덕
분에 다시 양궁부로 돌아갔다. 교생 선생님의 도움이 없었다면
올림픽 금메달은 없었다고 서향순은 말하지만 양궁부로 돌아간
서향순의 달라진 마음가짐이 올림픽 메달의 시작이었다고 할 수
있다. 서향순은 당시를 이렇게 회상했다. "양궁부에서 탈락했다
가 다시 복귀하면서 오기가 생겼다. 오기가 생기면서 활 쏘는 게
달라졌다. 승부욕 때문인지 그 후론 대회 나갈 때마다 성적이 났
다. 전국 중학교 양궁 선수들 중 탑을 하더니 고등학교 1학년 말
에 국가대표로 뽑혔다". 이쯤 되니 적어도 대한민국 같은 또래 중
에서는 가장 활을 잘 쏜다고 생각했겠지만 태릉선수촌에서는 달
랐다. 서향순은 선수촌 생활을 시작하자마자 6개월 만에 그곳을

나왔다. 자만심, 교만한 마음들이 문제였는지 다시 성적이 안 좋아지며 주위에서 어떻게 대표팀에 들어왔느냐는 말까지 듣게 됐고, 선수촌을 나와서도 꽤나 오래 방황을 했다. LA 올림픽 국가대표 선발전이 있던 고3 때까지도 슬럼프는 이어졌는데, 광주시 추천으로 국가대표 선발전에 나설 수 있었다. 1984년 4월 국가대표 선발전에 나선 서향순은 세 차례의 평가전 동안 3위, 2위, 2위의 성적을 올렸고 최종 2위로 올림픽 대표팀에 뽑히게 됐다. 당시 1위는 당연히 김진호였다. 당시 여자 양궁의 간판 스타는 김진호였기에 그에게 올림픽 금메달을 기대하는 건 당연했다. 반면에 오히려 관심의 시선에서 살짝 비껴 있던 서향순은 부담 없이 경기에 임했고, 그래선지 어린 나이답지 않은 침착한 경기 운영으로 중국의 리링주안을 제치고 합계 2,568점으로 감격의 금메달을 획득했다. 하지만 서향순의 특이한 루틴 때문에 보는 이들은 긴장감을 늦출 수 없었다. 당시 올림픽의 양궁 룰은 2분 30초 안에 세 발의 화살을 쏴야만 했지만 서향순은 1분 30초 동안 바닥만 응시하고 있다가 나머지 1분 안에 세 발의 화살을 몰아서 쐈다. 지켜보는 사람들로선 입이 바짝바짝 타들어 갈 수밖에 없었던 것이다. 서향순은 당시 상황에 대해 경기를 지켜보는 사람들은 애가 탔겠지만 나는 활을 쏘는 루틴이 있던 상황이라 어쩔 수 없었다"고 전했다. 모두를 애타게 한 끝에 시상대 가장 높은 곳에 올라 기쁨이 크기도 했지만 동메달 단상에 올라 하염없이 눈물을 흘리는 '언니' 김진호를 보면서는 가슴이 아팠다. 사람들이 김진호의 눈물이 후배에게 금메달을 빼앗긴 데 대한 아쉬움 때문이라고 오해하는 것도 아쉽게 느껴졌다. 어느 정도 감정을 추스른 김진호는 시상식을 마치고 숙소로 돌아온 서향순에게 '네가 금메달 따서 정말 기쁘다. 너까지 메달을 따지 못했다면 내가 더 많은 욕을 먹었을 것'이라며 진심을 다해 축하를 보내 줬다고 한다. 특히 김진호는 서향순보다 다섯 살이 많은 언니다 보니 여러 조언을 해 줬는데, 공인으로서의 행동을 조심해야 한다는 내용이 가장 기억에 남는다고도 했다.

올림픽 깜짝 메달이라는 수식어가 언제나 따라다니는 서향순의 금메달은 대한민국 올림픽 출전 사상 처음으로 여성이 획득한 금메달이었다. 물론 대한민국이 첫 금메달을 딴 건 1976 몬트리올 올림픽이었다. 당시 레슬링 종목의 양정모 선수가 대한민국 수립 이후 첫 금메달의 주인공이었다. 그 대회에서 여자배구가 한국 구기종목 사상 최초로 동메달을 획득했었다. 그때부터 대한민국에게, 그것도 여성 선수에게 올림픽 금메달은 언젠가 이뤄야 할 꿈이었다. 한국 스포츠의 그 목표와 바람을 여고생 궁사 서향순이 이뤄 낸 것이었다. 서향순은 이후 이대에 입학한 후 LA 올림픽 이듬해인 1985년 아시아선수권 대회에서 개인전과 단체전을 제패하고, 1986년 서울 아시안게임 단체전에서 금메달을 따는 등 깜짝 등장해 2년 사이에 폭풍처럼 메달을 휩쓸고는 어찌 보면 조금 이른 나이에 조용하게 은퇴를 했다. 당시에는 선택지가 크게 없었을 것으로 보인다. 서향순의 금메달이 나오고 1988 서울 올림픽을 앞두고서야 유망주 발굴에 집중하는 분위기가 형성됐기 때문에 서향순이 은퇴를 고민할 당시에는 선수들이 실업

팀 소속으로 활약할 수 있는 구조를 갖추지 못한 상황이었다. 서
향순 역시도 이 점을 아쉬워했다. "팀이 돼 있는 그런 회사가 지
금처럼 있었으면은 아마 양궁을 계속했었을 것이다. 하지만 그
때만 해도 그게 잘 안 돼 있었기 때문에 이대를 가면서 학교 공
부를 하느라고 양궁을 못하게 돼서 자연스럽게 그만두게 됐다"
고 밝힌 적이 있다. 서향순의 전성기가 짧았다는 아쉬움이 남기
는 하지만 그 짧은 시간 동안의 활약은 현재 한국 양궁의 기반이
됐다고 해도 과언이 아니다. 서향순의 금메달을 계기로 가능성
을 본 현대차그룹의 정몽구 회장이 1985년 대한양궁협회장에 취
임한 것을 신호탄으로 인재 발굴과 장비 개발에 더욱 과감한 투
자를 하기 시작했고, 초등부부터 대학부 그리고 실업팀까지 한국
양궁의 유망주와 엘리트 선수들의 풀은 급속도로 확장됐다. 이렇
게 형성된 탄탄한 저변은 한국 양궁을 40년 동안 올림픽을 호령
하는 세계 양궁계의 독보적인 존재로 자리매김시켰다.

세계양궁연맹이 인정한 20세기 최고의 신궁, 김수녕

서향순의 LA 올림픽 금메달이 한국 양궁의 새 역사에 기틀을 마
련했다면 단체전이 처음 도입된 1988 서울 올림픽은 한국 여자
양궁 신화의 시작이었다. 김수녕과 왕희경, 윤영숙으로 꾸려진
여고생 트리오가 한국에서 개최된 첫 올림픽에서 금메달을 합작
했고 김수녕은 개인에서도 금메달을 획득하며 대한민국 최초의
올림픽 2관왕이 됐다. 그리고 4년 후에도 김수녕은 이은경, 조은

정과 함께 나선 1992 바르셀로나 올림픽에서 시상대 가장 높은 곳에 올라 올림픽 2연패를 기록했으며 2000 시드니 올림픽을 앞두고 복귀한 김수녕은 김남순, 윤미진과 함께 다시 한번 금메달을 따냈다. 17세 때인 1988 서울 올림픽 개인전, 단체전 2관왕을 시작으로 1992 바르셀로나 올림픽 개인전 은메달과 단체전 금메달, 2000 시드니 올림픽 개인전 동메달, 단체전 금메달을 목에 걸면서 김수녕은 올림픽에서만 총 금메달 4개, 은메달 1개, 동메달 1개를 수집해, 2024 파리 올림픽에서 김우진이 3관왕에 올라 금메달 5개를 수집하기 전에는 올림픽 양궁 역대 개인 최다 금메달 기록을 가지고 있었다.

1971년생인 김수녕은 청주 대미초교 4학년 때 체육 교사의 권유로 양궁을 시작했다. 그리고 중학교 재학 시절부터 두각을 나타냈다. 중학교 3학년 때인 1986년 전국양궁종합선수권 예선에서 싱글라운드 1319점을 기록해 국가대표를 제치고 여자개인종합 1위를 차지하면서 김수녕의 시대를 예고했다. 중3 선수가 국내 최고 권위의 종합선수권에서 우승한 것은 김수녕이 처음이었다. 이어 청주여고 1학년 시절인 1987년 쟁쟁한 선배들을 제치고 태극마크를 달며 양궁계를 다시 한번 깜짝 놀라게 했고, 서울 올림픽을 1년 앞둔 1987년 7월 처음 출전한 국제 대회인 프랑스 COQ오픈 30m 경기에서는 세계 신기록까지 세웠다. 36발 중 32발을 과녁 중앙(10점)에 명중시키고 4발은 9점짜리를 쏴 356점의 세계 신기록을 세우며 개인 및 단체전 우승, 이 기록을 시작으로 국제양궁연맹 세계기록집을 모두 자신의 이름으로

채웠고 기네스북에 올랐을 정도였다. 2011년 세계양궁연맹은 이러한 김수녕을 '20세기 최고 여자 궁사'로 선정했다. 당시 그만큼 독보적인 존재가 김수녕이었다. 그리고 17세 때인 1988 서울 올림픽에서는 개인전과 단체전을 석권했다. 개인전에서는 팀 동료이자 선배들을 제치고 금메달을 목에 걸었고 단체전에서는 다시 선배들과 힘을 합쳐 단체전 금메달을 차지하며 대한민국 운동

선수로는 최초의 올림픽 2관왕이라는 기록을 달성하게 됐다. 이
후 1989년 스위스 로잔에서 열린 세계선수권대회에서도 개인전
과 단체전에서 모두 금메달을 획득했고 1991년에 열린 세계선수
권에서도 2관왕을 차지하며 사상 최초 2년 연속 2관왕에 올랐다.
이 기록들이 모두 불과 10대 후반과 20대 초반에 이뤄진 것들이
었다. 어느새 무적이 된 김수녕은 또 한 번 올림픽 메달에 도전
했다. 그 어느 나라에도 김수녕을 막을 선수가 없어 보였지만 대
한민국 양궁 선수의 가장 큰 라이벌은 대한민국 대표팀 안에 있
었다. 김수녕은 1992 바르셀로나 올림픽 개인전 결승에서 조윤
정에게 103 대 112로 패하고 은메달에 그쳤다. 양궁의 신을 꺾은
조윤정은 4년 후 1996 애틀랜타 올림픽에 아예 출전조차 못 하
는 등 그 후에도 한국 여자양궁의 개인전 2연패는 나오지 않았
다. 김수녕은 조윤정에 막혀 개인전 은메달에 만족해야 했지만
단체전에서는 금메달을 획득하며 올림픽 2회 연속 단체전 우승
을 달성했다. 이 메달로 두 차례의 올림픽에서 금메달 3개, 은메
달 1개를 수확한 김수녕은 이듬해인 1993년 초 종별선수권을 끝
으로 은퇴를 선언했다. 10대에 세계 1인자가 돼 두 번이나 올림
픽을 치르고, 나간 올림픽마다 금메달을 목에 걸었으니 그 정상
을 지키기 위한 노력과 고충은 미루어 짐작이 가지만 당시 나이
가 스물두 살, 은퇴하기에는 너무 이르고 아까운 나이였다. "시위
를 떠난 화살에는 미련을 두지 않는다"는 그가 남긴 명언처럼 김
수녕은 사대를 미련 없이 떠났다. 그리고 김수녕은 떠날 때처럼
전격적으로 갑자기 돌아왔다.

1999년, 김수녕은 선수로의 복귀를 선언하며 국가대표
선발전에 참가했다. 활을 놓은 지도 6년, 둘째 아이를 낳은 지
6개월도 안 됐던 때였다. 2000 시드니 올림픽을 1년도 채 남겨
놓지 않은 시점이었으니 당연히 국가대표 선발전은 더 치열할
수밖에 없던 상황, 게다가 양궁 국가대표는 올림픽 금메달을 두
차례나 딴 화려한 이력이나 다른 선수들보다 선배라는 경력이
우선시되지 않은 지 오래다. 그때나 지금이나 철저한 경쟁을 통
해서만 선발하고 있으며 실력이 있다면 나이는 상관없는 시스템
이다. 신궁이라 불렸고 올림픽 금메달만 3개를 딴 천하의 김수녕
도 이 국가대표 선발전을 통과해야만 태극마크를 다시 달 수 있
었고 시드니 올림픽에 나갈 수 있었다. 그것도 올림픽 금메달보
다 어렵다는 국가대표 선발전을 김수녕은 6년 만에 돌아와 다시
치러야 했다. 김수녕은 한 단계 한 단계를 차근차근 밟아 올라갔
다. 처음엔 하루에 100발만 쏴도 손이 떨릴 정도로 체력적인 부
분에서 힘겨웠지만 팔굽혀펴기와 웨이트트레이닝을 병행해 체
력 보강에 힘쓰며 선발전을 치러 나갔다. 3차 선발전에서 16강
에 턱걸이하는 위기를 맞기도 했지만 이후 안정된 기량을 과시
하며 6차전에서는 8명 가운데 2위를 차지해 상위 6명이 나서는
최종 선발전에 진출했고, 최종전인 7차 선발전에서는 마지막 날
피 말리는 접전 끝에 종합 배점에서 강현지를 1점 차로 제치고
3위에 턱걸이하며 상위 세 명에게 주어지는 시드니행 티켓을 거
머쥐었다. 그렇게 김수녕은 92년 바르셀로나 올림픽 단체전에서
금메달을 획득한 이후 8년 만에 올림픽에 나서게 됐다. 김수녕

의 복귀만으로도 큰 화제를 모으며 더불어 더 강력한 금메달 후
보가 된 한국 여자양궁은 역시나 의심의 여지 없이 단체전 금메
달을 땄으며, 여러 번의 올림픽 경험과 우승 경험이 있는 김수녕
은 무게 중심을 잡으며 후배들을 이끌었고, 개인전에서도 동메
달을 목에 걸었다. 김수녕의 메달로 한국 여자양궁은 88 서울 올
림픽에 이어 또다시 개인전 금·은·동을 석권하는 신화를 창조
했다. 1988년 서울에서 2000년 시드니까지 네 차례의 올림픽 중
세 번의 올림픽에서 금메달 4개, 은메달 1개, 동메달 1개 등 출전
한 모든 올림픽마다 2개의 메달을 획득한 김수녕을 국제양궁연
맹FITA은 2011년 '20세기 최고 여자 궁사'로 선정했다. 그해 11월
김수녕은 FITA의 사무국 인턴십 제안을 받아들여 직원으로 채
용돼 스위스 로잔에 위치한 국제양궁연맹의 직원으로 근무하며
인턴직원 신분이긴 하지만 회원국에 기술을 전수해 주는 역할도
수행했고 미국양궁연맹으로 파견돼 FITA와의 연계 업무를 지원
하고 미국양궁연맹이 마련한 연수 코스를 밟는 등 체육행정가로
서도 커리어를 쌓았고, 2015년에는 임기 4년의 국제양궁연맹 헌
장·규정위원회 위원으로 선출돼 양궁 행정가로 새로운 인생을
개척해 나갔다. 김수녕은 2002년 은퇴 후 해설가, 지도자, 행정가
로서 국내외를 누비며 바쁜 나날을 보냈고 2014년부터는 사우디
아라비아와 연을 맺고 활동했다. 사우디아라비아 정부의 요청으
로 사우디아라비아 공주들의 '양궁 사부'가 됐고 FITA도 사우디
에서의 양궁 저변 확대를 통한 스포츠계 여권 신장에 변화를 기
대하며 김수녕의 진출을 적극 도왔으며 이후 김수녕은 사우디여

자대표팀 코치를 맡아 한국 양궁의 노하우를 전하기도 하는 등
선수로서뿐만 아니라 은퇴 후에도 양궁 안에서 영광의 시간으로
보내고 있다.

이작가의 ADDITION

단 1점 차였다

2000년 6월 19일 태릉선수촌 양궁장에는 수많은 취재진이
모였다. 여러 종목들이 모여 있는 태릉선수촌 본관(?)이 아
닌 태릉 스케이트장 입구로 출입하면 한쪽에 멋있게 자리하
고 있는 세계 최강 한국 양궁의 요람, 대표팀의 훈련장인 태
릉선수촌 양궁장(지금은 진천선수촌으로 모두 옮겨 역사 속으로
사라졌다)은 입구부터 붐볐다. 각 방송국과 언론사들의 차량
이 한쪽 길가를 메우고 있었고 나를 포함해 개인적으로 이
동한 미디어와 취재진들은 주차 자리를 겨우 찾아 주차를
하고 경기장으로 가야 할 정도였다. 이날 취재진들을 불러
모은 이는, 그는 의도하지 않았겠지만 '돌아온 신궁' 김수녕
이었다. 6년 만에 주부 궁사로 다시 활을 잡았다는 것만으로
도 화제일 이 선수가 올림픽에 도전하고 있으니 스포츠 헤
드라인을 장식하고 남을 뉴스였다. 게다가 최종 선발전 최
종일 하루 일정만 남겨 둔 상황에서 김수녕은 올림픽 대표
선발 순위 밖인 4위로 내려가 있었다. 김수녕은 전날 태릉

양궁

선수촌 양궁장에서 열린 7차 선발전 4일째 여자부 경기에서 1점을 획득, 종합 배점 15점으로 3일간 유지했던 선두 자리를 김남순에게 내주고 4위로 처졌고 강현지가 17점으로 3위, 간발의 차이로 앞서 있었다. 마지막 날 경기 결과에 따라서 선수들의 희비는 엇갈리게 돼 있었다. 마지막 날에는 더 치열한 승부가 이어졌다. 5일간의 기록을 최종 집계하는 시간이 다가왔다. 집계가 되는 동안 한쪽에서는 김수녕이 4위로 떨어졌다는 이야기도 들리고, 아니라는 이야기도 나오고 있던 중에 공식 발표가 나왔다. 김수녕이 다시 한번 올림픽에 간다는 소식이었다. 김수녕은 마지막 날 여자부 경기에서 5점을 획득, 종합 배점 20점으로 3위를 차지하며 상위 세 명에게 부여하는 올림픽 진출권을 획득했다. 4위 강현지는 19점으로 올림픽행을 결정지은 김수녕과 단 1점 차였다. 1, 2위 인터뷰가 당연히 이뤄졌지만 솔직히 취재진은 김수녕만 바라보고 있었다. 초조하게 기록 집계를 기다리던 김수녕은 국가대표 선발이 확정되자 환하게 웃으면서 "올림픽보다 더 힘들었다. 한 게임 한 게임이 긴장의 연속이었다. 마지막까지 최선을 다한 게 좋은 결과를 가져왔고 대표가 된 만큼 사명감을 가지고 열심히 훈련해 시드니에서 꼭 금메달을 따겠다"고 소감을 밝혔다. 그날 하루 종일 이 몇 마디를 기다리며 나는 하루 종일 양궁장을 서성였다. 이 소감을 녹음기에 담고서야 치열했던 하루가 끝났고 안도의 한숨을 쉬었던 기억이 난다. 어느새 24년이 지났지만 그날의 풍

경과 공기, 그리고 숨소리조차 내는 게 미안했던 현장의 긴
장감은 양궁 경기를 볼 때마다 새록새록 돋아나 내겐 기억
이 아닌 기록으로 자리하고 있다.

결혼과 출산으로 경력 단절,
하지만 포기하지 않았던 기보배

한국 양궁의 올림픽 목표는 언제나 전 종목 석권이다. 그래서 남
녀단체전에서 모두 금메달을 따도 만족하지 않는다. 아니 만족
하지 못한다. 특히 여자부는 단체전과 개인전을 모두 우승해야
할 일을 했다고 생각할 정도다. 1988년 서울 대회에서 단체전과
개인전에서 김수녕이 2개의 금메달을 목에 걸며 최초로 올림픽
2관왕에 오른 이후로 1992년 조윤정, 1996년 김경욱, 2000년 윤
미진, 2004년 박성현까지 꾸준하게 2관왕(당시에는 혼성전이 없었
기 때문에 최대 2관왕만 가능했다)을 배출했으니 2관왕이 당연하게
여겨질 만도 했다. 그러나 세계 양궁은 타도 대한민국을 외치며
도전해 왔고, 각국에서 한국 지도자들을 양궁대표팀 지도자로 모
셔 가며 한국의 우승 노하우들이 공유됐다. 그러면서 견고했던
한국 여자양궁의 철옹성도 조금씩 빈틈을 보이기 시작했다. 빈틈
을 찾아내기 시작했다는 게 맞는 표현일지도 모르겠다. 그러다
2008 베이징 올림픽에서 여자양궁이 단체전 금메달은 가져왔지
만 개인전 결승전에 오른 박성현이 은메달에 머물며 2관왕 계보
가 끊어지고 말았다. 한국 양궁의 자존심이자 자부심과 같았던

올림픽 2관왕의 계보는 4년 후 런던에서 다시 이어졌고, 런던 올림픽 여자양궁 2관왕은 '기보배'였다.

기보배의 양궁 인생은 9세이던 1997년 시작됐고 양궁계에 이름을 알리기 시작한 게 중3이 돼서였다. 당시 전국체전에서 3관왕으로 주목을 받았고, 2004년 주니어 세계선수권 우승을 차지하며 존재감을 드러내더니 세계대학선수권 2관왕(개인·단체)을 휩쓸면서 세계적인 선수로 발돋움했다. 2010년 광저우 아시안게임 단체전 금메달에 이어 2011년 중국 선전 하계 유니버시아드대회 3관왕(개인·단체·혼성전)에 2012 런던 올림픽 2관왕(개인·단체)으로 정점을 찍는다. 영국 런던 로즈 크리켓 그라운드에서 열린 2012 런던 올림픽 여자 양궁 개인 결승전에서 기보배는 아이다 로만(멕시코)을 세트 승점(양궁 개인전 세트제에서는 각 세트를 이기면 2점, 비기면 1점, 지면 0점을 주고 6점 이상을 먼저 내면 승리) 6-2로 꺾고 승리했다. 선공에 나선 1세트에서는 행운이 따랐다. 3개의 화살 모두 9점을 쐈지만 10점과 9점을 잇따라 쐈던 로만이 마지막에 6점을 기록하며 손쉬운 2점을 따냈다. 2세트는 나란히 9점, 9점, 8점을 쏴, 1점씩 승점을 나눠 가져 3-1로 기보배가 앞섰다. 그러나 3세트는 10-10-9를 쏜 로만이 8-9-9에 그친 기보배를 눌러 3-3으로 균형을 이뤘다. 기보배는 4세트에 10점 3발을 쏴 5-3으로 승기를 잡는 듯했으나 5세트에서 마지막에 8점을 기록, 5-5가 되면서 슛오프(규정 내의 세트에 승부가 나지 않을 경우 마지막 한 발로 승부를 가름)로 경기가 연장됐다. 그러나 마지막 한 발이 상대보다 중앙에 더 가까운 8점으로 기록되면서 행운이 깃든 금메달을 목에 걸었다. 그러니까 기보배와 아이다 로만이 같은 8점을 쐈지만 과녁 중앙에 조금이라도 더 가까이 붙인 선수가 승리하는 규정에 따라서 기보배의 금메달이 결정된 것이다. 단체전에서 금메달을 획득한 기보배는 이렇게 올림픽 2관왕에 올랐고 한국 여자양궁은 또 이렇게 올림픽 2관왕의 계보를 이었다. 기보배 개인적으로도 부진 탈출을 공식적으로 알린 순간이기도 했다. 기보배는 2010년 태극마크를 단 이후 줄곧 세계 여자 양궁을 제패할 기대주로 꼽혔지만 단체전에서 금메달을 딴 2010년 광저우 아시안게임에서 개인전은 8강에서 좌절했다. 2010년 광저우 아시안게임 여자양궁 개인전 8강에서 천밍(중국)에게 풀세트 접전 끝에 세트 스코어 4-6으로 패하면서 눈물을 삼켰고, 세계 랭킹 1위로 나선 2011 토리노 세계 선수권에서도 32강에서 덜미를 잡혔으며 한경희 · 정다소미와 함께 출전한 단체전에서 역시 동메달에 머무르는 등 기대에 못 미치는 모습이었다. 기보배의 부진이 1981년 이후 세계선수권대회에서 30년만에 개인전 노메달의 수모로 이어지기도 했다. 그래서 런던 올림픽 2관왕이 기보배에게는 더욱 의미가 있었으며 기보배는 런던 올림픽 개인전에서 우승하고 2관왕을 이룬 후 가진 기자회견에서 토리노 세계선수권대회를 떠올리다 눈물을 보이기도 했으며 이런 이유로 지금도 기보배가 꼽은 최고의 순간은 런던 올림픽에서의 2관왕 달성이다.

올림픽 2관왕이면 2년 후 있을 아시안게임은 당연히 나가는 걸로 생각되지만 양궁대표팀에 당연한 건 없다. 2012 런던

양궁

올림픽과 2016 리우 올림픽 사이에 열렸던 2014년 인천 아시안
게임 대표팀에는 탈락하며 쓰린 좌절을 맛봤다. 기보배는 인천
계양 아시아드 양궁장에서 있었던 2014년 인천 아시안게임 대표
선발전에서 10위를 기록하며 상위 8명이 참가할 수 있는 평가전
자격을 얻지 못해 태극마크를 반납하게 됐다. 대표팀 탈락은 쓰
라렸지만 기보배에게는 새로운 도전의 기회가 주어졌다. 2014년
인천 아시안게임 KBS 양궁 해설을 맡게 된 것이다. 올림픽 금메
달리스트이자 현역 선수가 해설위원으로 발탁돼 화제가 된 기보
배는 사대가 아닌 해설자 자리에서 동료들이 활약하는 순간을

지켜봤다. 마치 자신이 경기를 하는 것처럼 경기를 치르고 있는 선수들과 같이 긴장하고 같이 기뻐하며 같이 눈물을 흘리는 해설로 시청자들에게 호평을 받았다. 하지만 기보배가 있어야 할 곳은 대표팀이었다. 절치부심한 기보배는 다음 해 다시 태극마크를 달고 2015년 광주 하계 유니버시아드 대회에서 개인전과 혼성 단체전에서 금메달을 목에 걸며 성공적인 복귀를 알렸으며 2015년 8월 덴마크 코펜하겐에서 열린 세계선수권대회에서는 개인전 정상에 오르는 기쁨을 누렸다. 그리고 그 기세는 2016 리우 올림픽 국가대표 선발전으로 이어져 2위의 성적으로 태극마크를 달았다. 그리고 2016년 8월 8일 브라질 리우데자네이루 삼보드로모 경기장에서 열린 러시아와의 여자양궁 단체전 결승전에서 한국 여자양궁은 5-1로 승리하며 금메달을 획득했다. 그리고 나흘 후 기보배는 새 역사에 도전했다. 개인전까지 기보배가 석권한다면, 올림픽 양궁 사상 최초의 개인전 2연패의 역사가 쓰여지는 것이었다. 하지만 그 역사는 딱 한 발짝을 앞두고 실패했다. 팀 동료 장혜진과의 4강전에서 아쉽게 패하면서 사상 첫 올림픽 양궁 개인전 2연패의 꿈은 날아가고 동메달에 만족해야 했다. 은퇴를 한 지금도 "다시 시간을 돌리고 싶다"고 할 정도로 장혜진과의 4강전은 기보배가 가장 아쉬웠던 장면으로 꼽는 순간이었으며, 올림픽 개인전 2연패는 2024년 은퇴를 선언하며 끝내 못다 이룬 꿈으로 남게 됐다.

    기보배는 리우 올림픽을 마치고 다음 해 결혼을 발표했다. 그리고 바로 다음 해에 딸을 낳았다. 경쟁이 너무나도 치열한 양궁 종목의 여자 선수로서 결혼과 출산으로 공백기를 갖고 선수 생활을 이어 간다는 것은 어려운 일이었지만, 기보배는 큰 고민 없이 아내와 엄마의 길을 택했다. 선수 커리어를 이어 가는 건 당연히 쉽지 않았다. 임신 2개월일 때는 비를 맞고 경기를 하면서 우승을 하기도 했고 출산 후 양궁 선수를 엄마로 둔 딸은 한창 응석을 부릴 나이에 엄마의 곁을 떠나서 지내야만 했다. 출산 후 공백기는 더 문제였다. 2년여의 시간이 걸려 어느 정도 체력과 기량을 회복했지만 국가대표 선발전에서 번번히 탈락했고, 2023년 국가대표 선발전 최종 8위로 태극마크를 달았지만 후배들에게 밀려 세계 무대에 나서지 못했다. 파리 올림픽에 대한 생각이 없었던 것은 아니지만 올림픽의 준비 과정이 얼마나 힘들지를 너무나 잘 아는 기보배는 은퇴를 결심하고 은퇴 후의 삶에 대해서 생각했다. 국가대표로 활약하며 국제 대회에서 금메달 37개, 은메달 9개, 동메달 19개를 수확했으며, 국내 대회에서는 금메달 57개, 은메달 41개, 동메달 33개를 차지했고, 2012 런던 올림픽에서 개인전, 단체전 금메달로 2관왕에 올랐고, 2016 리우 올림픽에서도 단체 금메달, 개인 동메달을 따냈던 기보배는 그렇게 27년간의 선수 생활을 마치고 모교인 광주여대에서 교수로 재직하며 선수 시절 경험을 후배들에게 전수하고 있으며 자신을 보며 공부의 끈을 놓지 않길 바라는 마음도 함께 전하고 있다.

Small Talk

아내, 엄마 그리고 교수 기보배는?

선배들과 조금 다른 점이라면 결혼과 출산 후에도 선수 생활을 할 수 있는 것 아닐까?

양궁도 결혼하면 사직서 내야 하는 실업팀이 많았어요. 많이 달라졌지만 실업 14년 차인 저도 지도자의 눈치는 보였습니다. 그나마 커리어가 있는 선수는 팀에서 배려를 해 주지만 그렇지 않은 선수들은 힘들어요. 선수 생활을 중단하는 경우도 많았습니다. 여자들은 그게 아니더라도 힘든 게 많아요. 한 달에 한 번 찾아오는 생리적인 현상이 치명적인 사람도 많습니다. 도핑 문제 때문에 약을 먹을 수 없고 양궁은 오랜 시간 서 있어야 하기 때문에 꾸준한 경기력을 유지하기가 너무나 힘듭니다.

임신과 출산의 결정이 쉽지 않았을 텐데?

오히려 고민이 없었습니다. 국가대표도 떨어졌고, 그때 아니면 임신과 출산 시기가 맞지 않을 것 같았습니다. 하지만 임신과 출산은 운동선수에게 참 힘든 일이긴 해요. 임신을 한 상태에서 대회에도 나가야 하고 출산 후 육아는 더더욱 변수가 됩니다. 가족들의 지원이 없으면 여자들은 출산과 육아를 하면서 선수 생활을 이어 가기 너무 힘들어요. 사실상 팀 분위기 때문에라도 그게 쉽지 않습니다.

가장 큰 문제는 몸 상태 아닐까?

아이를 낳고 복귀를 하는 과정이 너무 힘들었어요. 딱 100일
쉬었는데, 단 100일에 불과했지만 나중에 운동을 하려니 활을 쏘는
건 둘째 치고 양궁을 하려면 오래 서 있을 수 있어야 하는데 2시간
서 있는 것도 힘들었어요. 그래서 오래 서 있는 것부터 연습을 했고
그게 된 후에 활을 당기는 연습을 했는데, 활을 당기는 장력은
중학교 수준으로 떨어져 있었습니다. 잘못해서 부상이라도 당하면
재활이 힘든 상황이라 차근차근 끌어올렸고 2년 반 후에야 최상은
아니지만 성인 경기에 나설 몸 상태가 됐어요. 게다가 경기 감각은
또 나이의 영향도 받기 때문에 그 부분도 힘이 들었는데 겪어야
할 과정이라고 생각하면서 견뎌 냈지만 너무 힘들었고 2023년에
태극마크까지는 달았지만 은퇴를 결심했죠.

파리 올림픽까지는 도전해 볼 수 있지 않았을까?

올림픽 주기 4년, 체력과 몸 상태를 확연히 다르게 느낀 게 은퇴
결심에 중요한 계기가 됐습니다. 리우 올림픽 때와 비교하면
경기력과 체력 등에서 그때보다 몇 배를 더 해야 하나 하는 생각도
들었고, 오롯이 나만 생각하면 됐던 그때와 달리 아내와 엄마로
살아야 하는 내 일상이 양궁만 생각하면서 살기엔 어려웠어요.
양궁만 생각하고 집중해도 될까 말까 한 게 올림픽이니까요.

앞으로 이루고 싶은 꿈은?

오랫동안 운동만 해 왔기 때문에 교수가 돼서 후배들을 가르치는
지금의 일상을 즐기고 싶고 앞으로는 학자로서 공부를 더 많이 해서
운동하는 사람들에 대한 선입견을 깨고 싶어요. 체육인도 목소리를
낼 수 있도록 열심히 공부하고 싶습니다.

한국 여자양궁 최초 올림픽 3관왕, 안산

한국 여자양궁은 한 시대가 저물면 기다렸다 듯 새로운 시대가
열린다. 1980년대부터 한국 양궁은 세계 최강으로 군림하며 '신
궁 계보'가 생길 정도로 한 시대를 풍미한 궁사들이 계속 나타났
다. 27년간 국내외 대회에서 금메달만 94개를 땄다는 기보배의
전성기가 저물 무렵 한국 여자양궁은 20세의 막내 에이스를 만
난다. 코로나19 여파로 올림픽이 1년 연기되는 초유의 사태 속
에 2020 도쿄 올림픽이 2021년에 열렸고, 한국 여자양궁은 강채
영-장민희-안산 이 세 명의 선수를 선발해 도쿄로 향했다. 5년
전 리우 올림픽 전 종목 석권 신화를 쓴 기보배, 장혜진, 최미선
중 누구도 도쿄로 가지 못했고 대한양궁협회 원칙에 따라 원점
부터 국가대표 선발전을 치른 결과 올림픽 경험이 전무한 강채
영, 장민희, 안산이 뽑혔다. 양궁협회는 본선이 열리는 유메노시
마공원과 입지 조건이 비슷한 전남 신안군 자은도에서 바닷가

특별훈련을 준비했다. 해안가에 위치해 바닷바람, 습도, 햇빛 등이 시시각각 변하는 환경 속에서 훈련하며 도쿄 올림픽에서 만날 수 있는 변수들을 다양하게 미리 경험했으며 이것도 모자라 진천 국가대표선수촌에 아예 유메노시마공원 양궁장 세트를 만들어 놓고 매일 시뮬레이션 훈련을 했다. 전광판 위치, 포토라인, 취재진의 위치 등 미디어 환경까지 똑같이 조성했다. (파리 올림픽을 앞두고도 진천선수촌에는 양궁경기장 세트가 마련됐다) 코로나19 여파로 무관중 경기가 될 것을 감안해 빈 관중석까지 만들어 놓고 훈련을 했고 이 예상은 적중했다. 2020 도쿄 올림픽에서 처음으로 신설된 혼성단체전에서 첫 금을 딴 안산은 단체전에도 우승하며 2관왕에 올랐다. 그리고 마지막으로 개인전 금메달이 주인을 기다리고 있었다. 랭킹라운드를 1위로 통과한 안산은 선배 강채영, 장민희가 각각 8강, 32강에서 탈락하면서 모든 기대와 관심을 안고 토너먼트를 치러 나갔다. 평정심 유지가 중요한 상황, 안산은 양궁 여자 개인전 결승전에서 엘레나 오시포바(러시아올림픽위원회)를 만난다. 한국 양궁이 세계 최강이라는 것을 부정할 사람은 없지만 그렇다고 개인전 결승전이라면 한국이 무조건 우승한다는 보장이 없는 게 또 최근 세계 양궁의 흐름이다. 안산 역시 금메달로 가는 길이 쉽지 않았다. 슛오프까지 가는 접전 끝에 옐레나 오시포바(러시아올림픽위원회)에게 6-5로 이기고 극적으로 세 번째 금메달을 목에 걸었다. 도쿄 올림픽에서 처음 도입된 혼성 단체전과 여자 단체전에 이어 개인전까지 석권하면서 3관왕에 오른 안산은 이 순간 올림픽 양궁 1호 3관왕이 되면서 동시에 한국 하계 올림픽 출전 사상 최초의 단일 대회 3관왕으로 한국 올림픽 역사를 새롭게 썼다. 안산은 도쿄 올림픽 대표팀 중에서 굳이 꼽자면 금메달 기대주는 아니었다. 국가대표 선발전에서는 3위로 가까스로 대표팀에 승선한 데다 대표팀에는 이미 2015년 부터 세계 랭킹 1, 2위를 오가던 강채영이 있었기 때문이다. 하지만 도쿄에서만큼은 안산이 주인공이었다. 안산은 도쿄 올림픽 첫날 개인 랭킹 라운드부터 올림픽 신기록인 680점을 기록하며 1위를 기록했고 이 기세를 혼성단체전과 여자단체전, 그리고 개인전으로 이어 가며 나갈 수 있는 모든 종목의 금메달을 휩쓸었다. 안산의 상승 모드는 그 이후로 계속됐고 2022년 항저우 아시안게임 선발전으로 이어져 대회가 코로나19로 1년이 연기되는 변수 속에서도 국가대표로 선발됐다. 1년 연기돼 행운을 잡은 임시현과 함께.

파리에서는 임시현, 새로운 스타를 탄생시킨 K-양궁

임시현은 2022년 항저우 아시안게임이 예정대로 열렸다면 국가 대표 선발 과정에서 탈락했기 때문에 나갈 수가 없었다. 하지만 1년 미뤄지며 다시 선발전이 치러졌고 임시현은 원점에서 다시 시작한 선발전에서 기회를 잡아 태극마크를 달았다. 그것도 최종 평가전에서 안산, 최미선, 강채영을 모두 제치고 1위에 오르면서 말이다. 그럼에도 불구하고 메달에 대한 기대와 관심은 당연히 도쿄 올림픽 3관왕 안산에게 더 쏠릴 수밖에 없었다. 하지만 이게 또 안산에게는 부담이었을까, 코로나19 여파로 2023년에 열린 2022년 항저우 아시안게임은 여자 양궁의 새로운 스타를 탄생시켰다. 국가대표 선발전 1위이자 대표팀 막내 임시현이 주인공이었다. 임시현은 항저우 아시안게임에서 랭킹 라운드를 1위

로 통과해 개인전, 단체전, 혼성전에 모두 출전하게 됐고 이우석과 함께 혼성 금메달을 합작한 후 여자단체전에서 우승하며 2관왕 그리고 개인전에서 도쿄 올림픽 3관왕 안산을 만나 세트 스코어 6-0으로 이기고 우승을 차지했다. 이렇게 한국 여자양궁은 스무 살 막내 임시현의 시대가 시작됨을 알렸고 임시현은 2024 파리 올림픽 선발전 1위의 자격으로 파리에 갔다. 항저우 아시안게임 3관왕의 경험은 올림픽에서 그 위력을 발휘했다. 임시현은 여자단체전에 이어 김우진과의 혼성단체전에서 금메달을 추가했고, 여자 개인전에서도 우승하며 3관왕에 올랐다. 마지막 일정인 개인전 결승은 한국 선수들 간의 대결이었다. 대표팀 막내 남수현을 7-3으로 이겨 여자양궁에 걸린 3개의 금메달을 모두 가져갔고, 2022년 항저우 아시안게임 3관왕에 이어서 올림픽 3관왕까지 세계 최강의 여궁사임을 입증했다. 2023년 항저우 아시안게임 전까지는 무명이라고 할 수 있었던 선수가 1년 만에 세계적인 선수로 주목받을 수 있는 힘, 그것이 K-양궁의 저력임을 다시 한번 증명했다. 올림픽 금메달리스트라고 해서 보장되는 게 아무것도 없는 대표 선발 시스템은 새로운 스타를 계속해서 탄생시키고 있으며 앞으로도 무한 경쟁 체제에서 선발된 선수들로 한국 양궁은 세계 정상을 지킬 것이다. 임시현의 시대가 계속될지, 아니라면 다음 시대의 주인공은 누가 될지 한국 양궁은 기대와 설렘을 남기며 또 한 번의 올림픽을 마무리했다.

﹡

농구

1984 LA 올림픽은 반쪽짜리 대회였다. 1980년 러시아 모스크바에서 열린 올림픽에 소련의 아프가니스탄 침공에 반발한 자유진영들이 불참을 선언하면서 공산국가들만의 행사로 치러졌고, 이 여파로 4년 후 열린 LA 올림픽 역시 소련과 동구권 국가들이 참가하지 않아 반쪽짜리 올림픽이 됐다. 그렇게 시작된 1984 LA 올림픽이 서서히 16일간의 열전을 마무리해 가던 8월, 대한민국 여자농구대표팀은 중공(당시에는 중국을 '중공'으로 표기하였다)과 결승 진출이 걸린 중요한 한판을 치르게 된다. 동구권 국가들이 대거 불참하는 바람에 6개국으로만 치러진 여자농구는 예선 풀리그를 펼쳐 1위와 2위 팀이 금메달을 놓고 결승전을 펼치게 되고, 3위와 4위 팀이 동메달 결정전을 치르는 방식으로 일정이 이어졌다. 대한민국 여자농구 대표팀은 미국과의 경기에서 패한 것

을 제외하고는 캐나다, 유고슬라비아, 호주 등을 이기고 4승 1패
를 기록 중이었고 중공까지 이기게 되면 조 2위로 최소 은메달
확보가 가능한 상황이었다. 하지만 객관적인 전력상 한국은 중
공의 상대가 되지 못했다. 한국은 올림픽 전에 열린 프레올림픽
에서 장신 센터가 즐비한 중공에 더블 스코어에 가까운 37-72로
패한 적도 있었다. 하지만 기적이 일어났다. 대한민국 여자농구
대표팀은 대들보 박찬숙과 떠오르는 샛별 성정아를 더블 포스
트로 내세우고 포워드 김화순, 슈팅가드 최애영, 포인트가드 이
형숙을 베스트5로 가동했다. 박찬숙과 성정아는 완벽한 더블 팀,
박스 아웃을 펼쳐 상대의 '괴물 트윈타워' 천웨팡(210cm)과 정하
이샤(204cm)를 무력화시켰고 강한 체력을 앞세운 올코트 프레싱
전략으로 중공의 공격진을 당황시켰으며, 공격은 주어진 30초(당
시에는 공격 제한 시간이 30초)를 최대한 활용하는 지공으로 중공의
수비진을 초조하게 만들었다. 중공 선수들의 답답함과는 달리 한
국 선수들이 던진 슛은 속속 림을 통과하며 승기를 잡았다. 최종
스코어는 69-56, 한국 여자농구의 완승이었고 대표팀은 결승에
진출하며 최소 은메달은 확보한 상황이 됐다. 그리고 대한민국
올림픽 출전사에 새로운 역사를 쓴 순간이기도 했다.

　　　여자농구는 1976 몬트리올 올림픽에서 정식 종목으로
채택됐고 한국은 그 후 8년 뒤인 1984 LA 올림픽에 처음으로 등
장했다. 하지만 반쪽짜리 올림픽이란 아쉬움이 우리에겐 행운이
된 어부지리 출전이었다. 1984년 쿠바 아바나에서 열린 1984 LA
올림픽 여자농구 최종 예선에서 한국은 19개국 중 6위를 차지해

4위까지 주어지는 올림픽 본선 진출권 획득에 실패했다. 하지만 동구권의 올림픽 불참 영향으로 1983년 세계선수권 우승팀이었던 소련과 최종 예선 4위 헝가리, 5위 쿠바가 LA 올림픽 불참을 선언하며 6위인 한국과 7위 호주에게 본선행 티켓이 주어지게 된 것이다. 역사는 우연한 행운에서 시작되는 것일까. 턱걸이로 올라간 한국 여자농구대표팀은 올림픽에서는 완전히 달라져 있었다. 예선 첫 경기부터 미국 대학에서 농구를 하던 선수들이 많아 반미국팀이라 불렸고 그동안 만나기만 하면 져서 5전 전패를 기록하고 있던 캐나다를 꺾으며 돌풍을 예고했다. 그 기세가 예선 마지막 경기인 중공전까지 이어졌고, 비록 결승전에서 미국에게 패했지만, 한국 여자농구는 올림픽 구기종목 사상 첫 메달인 은메달을 따냈다. 그리고 그 역사의 중심엔 레전드 박찬숙이 있었다.

최연소, 최초, 처음, 박찬숙

박찬숙은 숭의초 5학년 때부터 농구공을 잡기 시작해 1975년 16세인 숭의여고 1학년 때 국가대표에 발탁됐다. 정확히는 15세 9개월, 박찬숙의 이 기록은 39년이 흐른 2014년 분당경영고 1학년 박지수가 15세 7개월로 깨면서 또 한 번 주목을 받기도 했다. 이렇게 '최연소 국가대표'로 시작해 '한국 구기종목 사상 첫 올림픽 은메달', '첫 주부 선수'에 이르기까지 박찬숙이라는 이름 앞에는 항상 '최초', '처음'이라는 수식어가 붙어 다녔다. 1970년대

까지도 아시아 무대를 벗어나지 못한 한국 여자농구가 큰 성장
을 꿈꿀 수 있었던 건, 서양의 센터들과도 경쟁할 수 있는 박찬
숙의 등장부터였다. 사상 처음이라는 말을 붙여도 어색하지 않
을 완벽한 신체 조건을 갖춘 대형 센터의 등장이었다. 1967년 박
신자(1941년생, 175cm)를 주축으로 한 한국 여자대표팀이 세계선
수권 2위을 차지하며 세계를 놀라게는 했지만 이후 세계 대회에
서 큰 성적은 거기까지였다. 아무래도 높이가 중요한 농구에서
한국여자선수들이 서양 선수들을 당해 낼 수 없었기 때문이었는
데, 그런 상황에서 서구 센터들과 골밑 싸움에서 크게 뒤지지 않
을 190cm에 이르는 큰 키에, 기술과 유연성까지 갖췄다는 평가
속에 등장한 박찬숙은 단숨에 한국 여자농구의 희망으로 떠오를
수밖에 없었다. 그 희망은 희망으로만 끝나지 않았다. 1978년 말
레이시아에서 열린 아시아농구선수권에서 중국을 누르고 우승
할 때도, 1979년 서울에서 열린 세계농구선수권대회에서도 한국
이 준우승을 할 때도, 아시아선수권 4연패에 올림픽 은메달까지
한국여자농구의 역사 속에 박찬숙은 주역이자 주인공이었다. 박
찬숙은 1985년 결혼과 함께 현역 은퇴를 선언하고 코트를 떠났
다. 하지만 다시 돌아왔다. 1988년 타이완리그에 진출해 선수 겸
플레잉코치로 뛰었다. 타이완에서 뛰면서 그는 '최초의 주부 선
수'라는 수식어를 추가했고 1992년 다시 국내 무대로 복귀해 태
평양화학 플레잉코치로 후배들과 나란히 코트에 섰고 1994년 선
수 유니폼을 벗었다. 이후 친정팀 태평양 코치와 국가대표 감독,
한국여자농구연맹WKBL 경기운영본부장과 육성본부장 등을 거

치며 농구와의 인연을 이어 왔다. 2023년부터는 국내 다섯 번째 여자실업팀인 서대문구청팀 감독으로, 새로운 농구 인생을 살고 있다. 프로에서 조기 은퇴했거나 부상으로 꿈을 접은 농구 선수 9명을 모아 실업팀을 꾸려 1년 만에 실업연맹전 우승을 이뤄 냈다. 한국 여자농구의 전성기를 이끈 전설의 센터에서 이제는 여자농구 미생의 엄마로 살아가고 있는 박찬숙은 이렇게 또 다른 꿈을 위해서 나아가고 있다.

=== *Small Talk* ===

박찬숙 : 나는 이제 시작이다

농구를 시작하자마자 주목받았다고?

농구선수가 된다는 건 꿈에도 생각 못 했다. 초5부터 170cm였으니 누구든 내가 운동을 할 거라고 생각했다. 6학년 때는 179cm였다. 당시 소년신문지에 기사가 났을 정도였다. 당시에는 큰 선수가 없어서 장신 선수가 나타났다면 떠들썩했다. 소년신문지에 나니 팬레터도 오고 이런 관심을 받으니 더 열심히 하게 되고 선생님이 칭찬하면 그게 좋아서 좀 더 해 보라면 더 하고 그런 식으로 하라는 건 다 했다. 그러다 보니 중3 상비군을 시작으로 고등학교에 올라가자마자 1975년 4월 7일에 태릉선수촌 입촌했다.

당시 태릉선수촌은?

너무 열악했다. 방 하나에 네 명, 침대 4개를 놓고 사용했다. 숙소가
모자라면 다섯 명까지도 한방을 썼다. 운동 끝나고 늦으면 물이
없었다. 당시에는 옛날 목욕탕 같은 곳에 물을 받아 놓고 썼던
시절이었다. 세탁기도 없었다. 방 하나에 네 명이라 불편했을지도
모르지만 팀워크가 오히려 너무 좋았다. 나는 막내, 언니들이 자면
조용히 들어가 자고 심부름도 많이 하고 이런 시절에 국가대표를
했기 때문에 나이 차 많은 언니들과 생활하는 게 쉽지 않았지만
그런 것들을 무난하게 이겨 냈으니 지금이 있다고 생각한다. 많이
울었지만 국가대표니까 해야 한다고 생각했다. 그리고 대표팀
유니폼을 보면 저절로 그런 마음이 생겼다. 코리아와 가슴에 새겨진
태극기가 여전히 생생하다. 처음 대표팀 유니폼을 받았을 때의
뿌듯함과 감동을 잊을 수 없다.

은메달을 땄던 LA 올림픽은?

아직도 생생하다. 중공전 앞두고 잠을 못 잤다. 주장으로서 내가
잘해야 한다는 책임감 때문에. 그리고 나의 올림픽은 마지막이라
생각하니 부담이 너무 컸다. 중공전을 이기고 은메달을 딴 게
믿기지가 않았다. 중공전 끝나고 후배들에게 "얘들아 꿈이야
생시야 내 허벅지 좀 꼬집어 봐."라고 했고, 후배가 정말 꼬집어
줬다. 그때야 현실이라는게 느껴졌다. "아야! 꿈이 아니네!" 하고
선수들과 부둥켜 안고 울었다.

27세 은퇴면 지금으로서는 이른 편인데…?

당시에는 체계적인 재활도 없었다. 재활훈련도 혼자 개인적으로
하던 시절이었다. 당시는 노장이 되면 결혼 안 하냐고 놀릴 때였다.
지금 생각하면 너무 이른 나이지만 당시에는 너무 힘들었다 몸이
다 망가져 있었다. 도망가고 싶을 정도였다. 은퇴 후 결혼을 하고
출산을 하고 18개월 만에 타이완에 진출하며 복귀했는데 그사이
몸이 많이 회복됐는지 몸 상태가 더 좋았다. 그렇게 해외에서이지만
한국 선수 최초의 주부 선수가 됐다.

이제야 지도자를 한다?

프로팀 감독을 못 했다 타이완에서 한국으로 오면서 준비했지만
'여자가 뭘 해?' 이런 분위기였다. 그 벽이 높았다. 나는 시니어
모델 등 일탈도 했지만 WKBL 관계자이자 농구 클럽 선생님으로
활동하며 농구계를 떠난 적은 없다. 그러다가 만난 팀이 서대문구청
여자농구팀이다. 실업감독직 제의를 받고 무조건 하겠다고 했다.
선수 수급부터 힘들었다. 실업팀도 못 간 선수들 9명을 뽑아 2023년
3월 29일 창단했는데, 1년 만에 우승했고 2024년 두 번이나 우승을
했다. 그러다 보니 미생의 어머니라는 별명까지 붙었다.

미생의 어머니이자 지도자로 사는 건 어떤지?

너무 보람 있다. 이 꿈을 버리지 않고 갖고 있으니 이뤄진다고
생각했다. 프로 안 부럽다. 우리 선수들이 상처가 있는 선수들이다
내가 치유해 준다 생각하니 너무 행복하다. 승부의 세계는 무조건

이겨야 한다고 강조한다. 그래야 이들의 상처가 치유된다. 그러면서
나도 치유가 된다. 제자들 덕분에 지도자상을 받았다. 안 받아 본
상이 거의 없었는데 유일하게 못 받았던 상이 지도자상이었다.
그걸 우리 선수들 덕에 받은 거다. 그래서 감사하다고 했다. 그래서
농구인 박찬숙은 지금이 시작이라고도 생각한다.

2000년 시드니올림픽 4강 신화, 전주원&정선민

한국 여자농구가 1984 LA 올림픽에서는 대한민국 구기종목 최
초의 은메달을 획득하면서 절정을 찍었지만 이후 추락을 거듭했
다. 야구, 축구에 씨름까지 프로화되는 스포츠계의 흐름 속에 여
자농구의 자리가 좁아진 것도 큰 몫을 했다. 여자농구의 인기 하
락은 당연히 국제 대회 성적으로 이어졌다. 1986년 세계여자농
구선수권대회에서 10위로 밀려난 것을 시작으로 1988 서울 올림
픽에서 8팀 중 7위, 1990년 세계여자농구선수권대회 11위, 1996
애틀란타 올림픽 10위로 한국 여자농구는 국제 경쟁력을 잃어
갔으며 아시아에서만큼은 정상이라는 자부심도 갖기 어려운 상
황으로 가고 있었다. 그나마 남은 불씨를 살리기 위해서 내놓은
방안이 '여자농구의 프로화'였다. 이런 노력 덕분인지 한국 여자
농구는 서서히 경쟁력을 회복하기 시작했다. 그리고 1년 후 한
국 여자농구는 일본 시즈오카에서 새로운 역사의 시작을 알린다.

농
구

1999년 시즈오카 아시아 여자농구 선수권대회에서 일본을 꺾고 정상에 올라 단 한 장 배정돼 있던 2000 시드니 올림픽 출전권을 획득하는 쾌거를 이룬 것이다. 1990년대에 새로 등장한 황금세대의 작품이었다. 정은순, 유영주, 전주원, 정선민, 김지윤 등을 주축으로 대한민국 여자농구는 중국과 일본을 넘어 올림픽에서의 반란을 꿈꿨다.

올림픽 트리플더블 1호 선수, 전주원

아시아여자농구선수권대회 MVP 전주원의 활약은 시드니 올림픽에서도 이어졌다. 혹독한 훈련이라는 완전 무장으로 시드니 올림픽에 나선 여자농구대표팀은 이변과 돌풍의 주인공이 됐다. 사실 대한민국의 조 편성은 일명 죽음의 조라고 할 만큼 암울했다. 전 대회 챔피언이었던 미국과 유럽 챔피언 폴란드, 전통의 강호 쿠바와 러시아까지, 뉴질랜드를 제외하면 확실한 1승 상대를 찾아보기 힘들었다. 오히려 상대 국가들이 한국은 당연히 이겨야 하는 1승 상대로 볼 수밖에 없는 조 편성이었다. 대한민국은 예상대로 첫 상대 미국에게 패했다. 하지만 전반에는 경기 흐름을 주도했고 신체 조건의 열세가 체력 저하로 이어진 것이 아쉬웠을 뿐 준비된 경기력은 충분히 보여 줬다. 졌지만 잘 싸운 미국과의 대결이 선수들에게 자신감을 안기며 그 기세로 한국은 뉴질랜드와의 2차전을 101-62로 크게 승리하며 8강 진출 가능성을 높였다. 꼭 이겨야 하는 확실한 1승 상대를 완파한 한국은 폴란드에는 62-77로 크게 패한 후 러시아와의 4차전에 임했다. 승부는 연장 끝에 승리, 그리고 예선 최종전 쿠바와의 대결이 다가왔다. 한국은 완벽한 경기력으로 69-56의 대승을 거뒀다. 전주원은 올림픽 여자농구 역사상 첫 '트리플더블'(3가지 부문에서 2자릿수의 성공을 기록하는 경우)을 기록했으며 전주원의 활약은 물론 박정은의 신들린 3점포, 정은순과 정선민의 트윈 타워까지 준비했던 모든 것을 보여 주며 3승 2패를 기록한 대한민국은 B조 3위를 차지하고 LA 올림픽 이후 16년 만에 예선 통과의 감격을 맛봤다. 그리고 유럽의 강호 프랑스와의 8강전도 68-59로 승리한 대표팀은 LA 올림픽 이후 다시 한번 4강 무대를 밟았고, 목표를 상향 조정해 다시 한번 메달을 목에 거는 것을 바랐지만 4강에서 대회 2연패를 노리며 전승 행진을 달리던 미국을 만나 새로운 목표는 이루지 못했다. 하지만 한국 여자농구는 다시 한번 올림픽 4강 신화를 이뤘다.

초등학교 때부터 농구를 시작해 승승장구해 온 전주원, 1991년 실업농구 현대에 입단하자마자 코트를 휘어잡는 야무진 플레이로 데뷔 첫해 신인왕을 거머쥐었고 이후 베스트5, 어시스트상을 거의 놓치지 않았다. 1990년대라고 하면 농구 드라마 '마지막 승부'와 일본 만화 '슬램덩크'가 공전의 히트를 치며 농구화 패션이 유행하고 농구선수들이 지금의 아이돌 못지않은 인기를 누리던 때였다. 물론 연세대 농구부를 중심으로 남자 농구가 대세를 이끌었지만 여자 농구도 마니아층을 이루며 인기를 끌었고 그 중심에는 전주원이 있었다. 1991년 농구대잔치 신인왕으로 시

작해 한국 여자 프로농구 최초의 영구결번, 올림픽 사상 최초의
트리플더블에 1994년 히로시마 아시안게임 금메달, 2000 시드
니 올림픽 4강 신화에도 그녀가 있었으며 여자선수의 결혼은 곧
은퇴라는 정설을 깬 것도, 두 번의 은퇴와 두 번의 영구결번이라
는 진기록도 모두 전주원이기에 가능했던 일이었다. 물론 전주원
이라고 시련이 없었던 것은 아니었다. 영광의 순간이 더 많았지
만 실업 무대와 프로 무대를 거치는 동안 좌절과 부상 등 힘겨운
순간들을 견뎌 내야 했던 건 여느 선수들과 다르지 않았다. 현대
산업개발에 입단한 뒤 개인적으로는 신인왕을 비롯해 WKBL 출
범 전까지 실업 농구 베스트5에 7회나 선정됐지만, 정작 우승의
기쁨은 서른이 넘은 뒤에야 느낄 수 있었다. 2002년 여름리그에
서야 프로 무대 첫 우승의 감격을 누렸다. 어렵게 우승을 했지만
당시 모기업 현대건설의 경영 악화로 팀이 해체 위기에 몰리기
도 했고, 그런 가운데 2004년 올림픽이 끝나면 은퇴를 하려 했던
전주원은 임신을 하게 돼 예정보다 이른 은퇴를 선언하기에 이
른다. 자신에게는 또 한 번의 은퇴가 기다리고 있다는 걸 모르는
채 말이다.

엄마 선수로 돌아온 농구코트

임신은 대단히 축하할 일이지만 전주원이 없는 팀을 생각해야
하는 대표팀과 소속팀에게는 예상치 못한 큰 변수였다. 2003년
일본 센다이에서 아시아선수권대회가 열렸을 때 임신한 채로 경
기를 뛰었다고 하니 전주원에게도 갑작스런 일임에는 틀림이 없

었다. 2004 아테네 올림픽 출전권이 걸려 있는 대회라 올림픽 출
전을 획득한 대회 일정이 끝나고 임신을 확인했다는 일화는 전
주원의 여러 에피스드 중 꽤나 유명한 이야기이기도 하다. 본인
도 예상치 못한 갑작스런 임신, 그리고 은퇴로 소속팀 현대건설
은 2004 여자프로농구 겨울리그에서 상당한 전력의 손실을 보
게 됐고, 아테네 올림픽에 출전하는 여자농구대표팀도 급하게 주
전 가드 전주원의 공백을 메워야만 했다. 주전 가드의 부재를 안
고 올림픽에 나선 한국 대표팀은 신예들로 선수단을 구성해 아
테네 올림픽에 출전했지만, 단 1승도 거두지 못하고 예선 탈락
하고 말았다. 준비 없이 전주원을 보낸 한국 여자농구는 그 공
백을 메우지 못한 채 전주원을 그리워하고 있었다. 결국 전주원
은 코트를 떠난 지 1년 6개월 만에 예쁜 딸을 낳고 '엄마 선수'로
2005년 여름리그 코트에 복귀했다. 당시 원소속팀 현대건설이
신한은행으로 인수돼 간판이 바뀌며 신한은행 플레잉코치로 돌
아왔고 코트로 돌아올 당시 전주원의 나이는 이미 30대 중반. 결
혼이나 출산은 은퇴라고 여겨졌던 여성 프로스포츠의 관례를 완
전히 무너뜨린 사례였다. '플레잉코치' 신분으로 복귀한 전주원
은 당초 간간이 출전하며 후배들을 이끄는 데 집중할 예정이었
으나 여전한 기량 덕에 출전 시간은 계속 늘어 갔다. 그 결과 복
귀 무대였던 2005년 여름리그에서 어시스트상과 베스트5를 휩
쓸며 당시 유일한 엄마 선수로서 출산이 여성 선수의 커리어에
큰 영향을 주지 않는다는 것을 증명했다. 물론 주변의 많은 도움
과 스스로도 더 많은 노력이 따른다는 것은 말할 필요 없는 전제

겠지만 엄마를 응원하기 위해 찾아와 힘내라고 외치는 딸의 목
소리에 한 발 더 뛰고 경기가 끝나면 와락 하고 품에 안기는 딸
을 보며 엄마 전주원은 더 노력했다. 딸에게 부끄럽지 않은 엄마
가 되고 싶다는 마음을 한편에 새기고 뛴 전주원은 2009-2010
시즌까지 무려 7시즌 연속 어시스트왕이라는 전무후무한 대기
록을 달성했고, 2007 겨울리그부터 2010-2011시즌까지 신한은
행의 5연속 통합 우승의 주역으로 활약했다. 그리고 전주원은
2011년 두 번째 진짜(?) 은퇴를 선언했다. 두 차례 은퇴도 흔치
않은 일이지만 전주원은 두 번째 은퇴에서도 영구결번이 결정돼
여자프로농구 최초로 두 번의 등번호 영구결번(2003년 현대건설의
5번, 2011년 신한은행의 0번)이라는 진기록의 주인공이 됐다. 이렇게
두 개의 영구결번과 무릎에 남겨진 네 번의 수술 자국도 뒤로하
고 지도자의 길로 들어선 전주원은 또 하나의 역사를 만든다. 이
번에는 동·하계 올림픽 단체 구기종목 사상 한국인 최초 여성
사령탑이었다.

한국 여자농구대표팀 감독 전주원

은퇴를 하며 신한은행 코치로의 새출발을 공식화한 후 신한은행
에서 한 시즌 동안 코치 생활을 했던 전주원은 2012년 부임한 위
성우 감독과 함께 우리은행으로 팀을 옮겼다. 현대산업개발 선수
로 입단해 신한은행으로 팀 이름이 바뀔 때까지 20년 넘게 한 팀
에서만 활약했던 전주원이 지도자로서라고 해도 팀을 옮기는 것
은 결코 쉬운 결정은 아니었겠지만 결단을 내렸다. 지도자로서

는 한 팀의 색깔로 고정되기보다는 다양한 색깔을 가지고 싶었던 그의 선택이 옳았다. 위성우 감독의 제안으로 함께 팀을 옮긴 코치 전주원은 2011-2012시즌 최하위에 머물렀던 팀을 정상에 올려놨고, 위성우 감독과 함께 WKBL(한국여자농구연맹) 사상 최초로 6시즌 연속 통합우승을 이끌었다. 더불어 2023-2024시즌 기준 총 여덟 번의 챔피언 우승컵을 들어 올렸다. 우리은행의 위성우 감독은 우승을 이야기할 때마다 전주원 코치에 대한 감사를 잊지 않는다. "전 코치가 옆에서 도와주지 않았다면 우리은행의 역사를 새로 쓰는 건 어려웠을 것"이라며 '천재' 포인트 가드로 불렸던 선수 시절처럼 경기를 읽는 눈이 아주 좋다. 선수들과의 소통 능력도 뛰어나다. 배울 점이 아주 많다"고 말했다. 팀을 언제나 우승 후보로 꼽히는 강팀으로 만들었으면 이제 좀 그 성과를 누릴 법도 한데 전주원 코치는 다시 새로운 도전에 나섰다. 여자농구대표팀 감독 공모에 지원서를 내고 이미선 코치와 함께 대표팀 감독에 도전했다. 그리고 올림픽 단체 구기종목 사상 한국의 첫 여성 감독이라는 수식어를 하나 붙이고 2020 도쿄 올림픽에 나섰다. 역시나 도전은 예상만큼 녹록지 않았다. 당시 세계 3위였던 스페인과 4위였던 캐나다, 그리고 8위 세르비아 등 강호들과 A조에 묶여 가시밭길을 걸을 것으로 보였던 도쿄 올림픽, 8강에 나서기 위해선 최소한 1승 이상을 거둬야 했지만 객관적인 전력상 12개 참가팀 중 가장 낮은 평가를 받은 한국은 예선 전적 3패를 기록했고, 13년 만의 올림픽 무대가 결과는 비록 초라했을지 몰라도 내용면에서 기대 이상의 결과를 냈다는 평가

속에 전주원 감독-이미선 코치 체제의 올림픽 여자농구대표팀
은 큰 박수를 받으며 마무리됐다. 그리고 그 뒤를 이어 대표팀을
이끈 건 한국농구에게는 닫혀 있던 WNBA의 문을 연 정선민이
었다.

한국인 1호 WNBA 리거, 정선민

여자농구 레전드 계보를 논할 때 절대 빠지지 않는 사람 중 하
나가 정선민이다. 전주원은 역대 최고의 가드, 정선민은 센터이
자 파워포워드의 계보 한 축을 담당한다. 두 선수는 한국 여자
농구의 마지막 황금기로 꼽히는 2000 시드니 올림픽 4강 신화
의 주역이었으며 WKBL 신한은행 왕조의 전성기를 함께 이끌기
도 했다. 특히 정선민은 '2003 WNBA 신인 드래프트'에서 1라운
드 8순위로 시애틀 스톰에 지명돼 다른 나라 이야기라고 생각했
던 미국여자농구 WNBA에 진출해 농구팬들을 놀라게 했다. 마
산여고를 졸업하고 98년 성인 무대에 뛰어든 정선민은 국가대표
주전 센터이자 여자프로농구에서도 소속팀인 신세계를 통산 네
차례나 챔피언으로 이끌었고 자신도 네 번이나 최우수 선수상을
수상했다. 또한 184cm의 센터로서 그리 크지 않은 신장에도 불
구하고 골밑에서 외국인 선수에게도 밀리지 않는 파워에 정확한
중거리슛을 장착하고 있고 경기를 조율하는 능력까지 겸비해 최
고의 올라운드 플레이어로 통했다. 이 때문에 2001년에 한국 여
자농구 사상 처음으로 억대 연봉을 돌파한 선수이기도 하다. 정

선민에게는 WNBA 진출의 기회가 여러 번 있었지만 실행에 옮길 수 있는 여건이 된 것이 2003년이었다. 세계 대회에서 대한민국 여자농구를 이끌었던 정선민이기에 미국 무대에서도 통할 것으로 봤지만 WNBA 무대는 호락호락하지 않았다. 시간이 한참 지난 후 정선민은 당시 상황을 이렇게 회상했다. "WKBL이나 국가대표팀에서는 내 신장(184cm)으로 4번(파워포워드)으로 뛸 수 있었다. 그런데 WNBA에선 4번으로 뛰기에는 너무 작다고 하더라. 그렇다고 해서 당장 3번(스몰포워드)으로 뛸 수도 없는 상황이라서 자동적으로 포지션이 파괴됐다"라며 "또 내 신장에 3점슛이 없으면 살아남을 수 없다는 이야기도 들었다. 그래서 농구를 한 지 20년 가까이 된 그때 다시 배우기 시작했다. 자연스럽게 입지는 좁아졌고 뛸 수 있는 기회도 줄어들었다". 결국 정선민의 첫 WNBA는 성공보다는 실패에 가깝다고들 한다. 시애틀이 소화한 34경기 중 절반인 17경기에 출전했으며 평균 1.8득점 0.6리바운드를 기록했으니 그럴 만도 하다. 하지만 수치만으로 정선민의 도전을 평가할 수 있을까. 무엇인가를 최초로 도전하고 처음으로 경험한다는 것이 얼마나 힘든 일인지 그리고 얼마나 의미 있고 값진 일인지를 생각한다면 정선민의 도전은 득점 리바운드의 기록으로 매겨질 수 있는 점수가 아니다. 정선민이 첫발을 용감하게 내디뎠기에 이후 김계령, 고아라가 WNBA 시범경기에 출전할 수 있었고 지난 2018년 박지수가 WNBA 신인드래프트에서 전체 17위로 미네소타 링스에 지명될 수 있었으며 이어 2024년 튀르키예리그, 갈라타사라이로 이적해 한국 여자 농구선수 최초로 유럽 리그 진출이라는 새 역사에 초석에 됐다는 데 부인할 사람은 아무도 없을 것이다. 후배들에게 한국 여자농구의 새로운 길을 보여 준 정선민은 아무도 하지 않았던 경험을 바탕으로 지도자의 길로 들어섰다. 프로에서 지도자 경험을 꾸준하게 쌓던 정선민은 대표팀 감독에 도전한다. 2021 국제농구연맹 여자 아시아컵을 시작으로 출항을 알렸고 일본, 중국 등에 밀려 아시아 최정상에 서지는 못했지만 4위 안에 들며 월드컵 최종 예선 티켓을 확보했다. 2022 여자농구 월드컵 최종 예선에서 1승 2패의 성적을 거두며 월드컵 본선 티켓을 획득했다. 하지만 그해 9월에 있었던 월드컵 본선에서는 8강 진출에 실패했고, 다음 해 열린 2023 국제농구연맹FIBA 여자 아시아컵에서도 4강 진출에 실패하며 2024 파리 올림픽 출전권 획득에도 실패했다. 또 2022년 항저우 아시안게임(코로나19 여파로 1년 연기돼 2023년에 열렸다) 4강전에서 일본에 58-81로 져 2006년 도하 대회(4위) 이후 여자농구가 처음으로 결승에 오르지 못했고, 일본 여자농구의 성장세를 지켜보며 한국 여자농구는 동메달에 만족해야 했다. 아시아에서조차 경쟁력을 잃은 한국 여자농구, 그 책임이 정선민 감독 개인에게 있다고 보긴 어렵지만 레전드에게 신선한 바람을 기대했던 팬들은 기대가 컸던 만큼 실망이 클 수밖에 없었다. 그럼에도 불구하고 한국 여자농구가 희망을 외치는 이유는 박지수를 비롯해 최고의 자리에서 안주하지 않는 선수들이 있고, 구단과 농구인들이 그들의 도전을 응원하고 지원해 주고 있기 때문이다.

월드클래스를 꿈꾼다, 박지수

2023-2024 여자프로농구는 박지수 천하였다. 비록 챔피언결정 전에서 우리은행에 1승 3패로 패배하며 통합 우승엔 실패했지만 소속팀 KB를 정규리그 우승으로 이끌었고 여자프로농구 역사상 최초로 5연속 라운드 MVP에 올랐으며 득점상, 리바운드상, 블록상, 2점 야투상, 그리고 최고 공헌도를 기록한 선수에게 주는 윤덕주상에 우수 수비선수상, 베스트5, 정규리그 MVP의 영광까지 8관왕에 올랐다. 2020-2021시즌, 2021-2022시즌 연속 7관왕을 달성했던 자신의 기록을 갈아치웠다는 걸 감안하면 국내 무대에서 박지수의 라이벌은 박지수밖에 없다고 해도 과언이 아닐 정도다. 결국 박지수는 적수 없는 한국 무대를 떠나 유럽리그 도전을 선언했다. 튀르키예리그 갈라타사라이와의 계약을 발표하며 한국 여자농구 역사상 첫 유럽파 여자농구선수의 탄생을 알렸다. WKBL을 평정하고 이미 농구 최고의 무대로 불리는 WNBA를 경험했던 선수가 더 무엇을 증명하고 싶을까 하는 생각도 들지만 박지수는 미국에선 '배우고 싶다'였다면, 이번에는 "당당한 외국인 선수 전력으로 선수들과의 경쟁에서 밀리고 싶지 않다"는 의지를 여러 인터뷰를 통해서 밝혔다. 박지수가 해외에서 경쟁력을 키우고 싶은 이유는 바로 대표팀 때문이기도 하다. 그도 그럴 것이 박지수는 일찌감치 국가대표의 무게감을 느끼고 그 자리에 대한 자부심과 책임감을 알았다. 청솔중 3학년에 재학 중이던 2012년 고교 선수들이 출전하는 U17 여자농구월드

농
구

컵에 출전하는 등 10대에 태극마크를 달았고 분당경영고 1학년 때 처음 성인 국가대표로 발탁됐다. 1998년 12월에 태어난 박지수는 만 15세 7개월의 나이로 2014 국제 농구연맹 세계선수권대회에 출전할 열두 명의 여자농구대표팀 명단에 이름을 올렸다. 종전까지 박찬숙과 정은순이 박지수와 같은 고등학교 1학년 때 성인 대표팀에 선발된 적이 있지만 박지수는 박찬숙(15세 9개월), 정은순(15세 8개월)보다 이른 나이에 대표팀에 선발됐다. 큰 키(196cm)에 농구센스까지 갖춘 박지수는 월반에 월반을 거듭하며 고등학교 시절 일찌감치 태극마크를 달았고 막내 때부터 스포트라이트는 늘 박지수를 향했다. 뜨거운 관심만큼이나 부담감도 컸을 터. 박지수는 2022년 7월, 공황장애로 팀 훈련에서 제외되기에 이르렀다. 그리고 건강하게 돌아왔다. 공황장애까지 앓게 한 최연소 국가대표, 대표팀 에이스로서의 무게감, 하지만 이제 박지수는 이 수식어와 타이틀이 얼마나 소중한지를 알고 그걸 즐길 수 있는 힘이 생겼다. 그래서 WKBL을 넘어 유럽리그로 그리고 WNBA까지, 월드클래스로 향해 가는 박지수의 발걸음에 한국 여자농구의 희망을 담아 본다.

이작가의 *ADDITION*

김영희 선수를 아십니까?

2023년 2월, 1984 LA 올림픽 한국 여자농구 은메달리스트 김영희 씨가 향년 60세의 나이로 별세했다는 소식이 전해 졌다. 많은 국제 대회에서 국위선양에 앞장섰지만 아쉽게도 1987년 11월 이른바 '거인병'으로 불리는 말단비대증 판정 을 받고 한창 코트에서 뛸 수 있는 나이에 운동을 그만둔 비운의 선수이기도 했지만 올림픽 메달리스트의 삶이라고는 할 수 없는 초라한 모습으로 살아가는 모습을 직접 본 당사 자로서 그 슬픔이 더 크게 다가왔다. 신장의 경쟁력만 있을 뿐 대표팀을 상징했던 레전드로 부르기엔 부족하다는 평가 도 있을 수 있지만 80~90년대 한국 여자농구가 중국의 2m 가 넘는 장신 숲 사이에서 힘겨워할 때 장신 센터 김영희의 등장은 우리도 높이에서 해볼 만한 카드가 생겼다는 점에서 큰 위안이자 무기가 됐다는 데 부인할 사람이 없을 것이다. 2m가 넘는 최장신 센터로 1982년 뉴델리 아시안게임, 1984 LA 올림픽에 출전했으며 체육훈장 백마장과 맹호장 등을 받는 등 한국 여자농구의 골밑을 책임지며 맹활약했지만 병 마로 그 전성기가 오래가지 않았고 은퇴 후에도 여러 합병 증으로 고통을 받았다. 그러다 보니 제대로 된 메달리스트 로서의 영광을 누리지 못했겠다는 생각도 들지만 그럼에도

불구하고 김영희 씨의 삶은 초라했다. 인터뷰를 위해 어렵
사리 연락이 닿아 찾아간 곳은 독거노인들이 모여 사는 듯
한 원룸촌이었다. 현관 문을 열고 들어가면 바로 나오는 좁
은 원룸에서 가족도 없이 홀로 살아가고 있는 모습을 보며
인터뷰하는 동안은 내색하지 않았지만 인터뷰를 하고 그 집
을 나서 멀리 주차된 차로 가는 내내 알 수 없는 안타까움과
슬픔이 발걸음을 무겁게 했던 기억이 난다. 한국 여자농구
가 올림픽에서 메달을 따며 화려한 시절을 보낼 수 있었던
건, 에이스라고 불리는 스타선수들의 노력 덕분만은 아닐
것이다. 승리와 영광 뒤에는 후보로서 주전의 체력을 관리
해 주는 선수들이 있고, 김영희 선수처럼 골밑을 지키며 궂
은일을 해 준 선수들이 있었기 때문이다. 비록 그의 삶이 외
롭게 마무리됐을지 모르지만 나는 김영희 씨가 그렇게 기억
되지 않길 바란다. 205cm로 중국의 높이를 막아 낸, 1983년
농구대잔치 '52득점'으로 한 경기 최다득점 기록을 했던, 대
한민국 여자농구를 새 역사로 이끈 '선수'로 농구팬들의 기
억 속에, 추억 속에 남길 바란다. 그리고 삼가 고인의 명복을
빌어 본다.

탁구

무게 2.7g. 구기종목을 통틀어 가장 가벼운 탁구공이 남북을 하나로 만들었다. 1991년 4월 탁구 세계선수권 대회가 준비되고 있던 일본 지바는 남북 단일팀 이슈로 분주했다. 1991년 2월 남북이 체육회담에서 각종 국제 대회에 참가할 단일팀 구성에 합의하고 같은 해 4월 일본 지바에서 열린 제41회 세계탁구선수권대회에 '코리아'란 이름의 단일팀으로 출전하기로 결정했다. 1964 도쿄 올림픽 때 논의를 시작한 이후로 처음 이뤄 낸 합의였으며 한반도기를 걸고 아리랑을 연주하기로 했다. 국호 표기는 'KOREA'였다. 협상이 2월이 이뤄지고 대회는 4월이었으니 시간이 촉박했다. 팀 코리아는 남녀 선수단 열네 명(선수 열 명·코치 네 명)으로 구성됐고 합동훈련이 이어졌다. 단일팀이 됐지만 46년의 단절된 세월은 어쩔 수 없는 긴장과 서먹함을 느끼게 했

다. 그럼에도 불구하고 선수들은 흔들리지 않았다. 한국의 현정
화(당시 22세), 홍차옥(당시 23세), 북한의 리분희(당시 23세), 류순
복(당시 21세)으로 구성된 여자 단일팀은 첫 경기 프랑스를 상대
로 현정화-리분희 조를 앞세워 기분 좋은 출발을 알렸고, 이후에
도 복식 7전 7승을 기록하며 단숨에 결승에 올랐다. 하지만 결승
전 상대는 지금이나 그때나 세계 최강인 중국이었다. 당시 중국
은 1975년 세계탁구선수권 대회에서부터 8연속 우승을 했던 팀
이었다. 특히, 이때 중국의 탁구 천재이자 일명 '핑퐁 마녀'라 불
린 덩야핑(당시 18세)이 팀 코리아를 기다리고 있었다. 최상의 컨
디션으로 싸워도 객관적인 전력이 밀리는 흐름인데, 북측 핵심
선수인 리분희가 몸 상태 저하로 단식 경기를 포기하는 상황까
지 발생했다. 어쩔 수 없이 리분희는 복식 경기에 집중하고 대타
로 팀의 막내 21세, 류순복이 덩야핑을 상대로 경기에 나섰다. 천
하의 덩야핑을 상대하는 팀의 막내, 어찌 보면 '버리는 카드'였다
고도 할 수 있었다. 하지만 류순복이 기적을 만들었다. '최강' 덩
야핑을 상대로 총 스코어 2대 1로 승리를 거둔 것이다. 이 기세
는 두 번째 경기로도 이어져 현정화도 중국 가오준(당시 22세)을
상대로 승리했고, 이제 우승까지 단 1경기만 남은 상황, 세 번째
경기에는 현정화-리분희 복식조가 나섰다. 하지만 벼랑 끝에 몰
린 절실함까지 장착한 중국은 더 강했다. 결국 이 경기에서 지고
네 번째 경기 단식으로 나선 현정화 역시 덩야핑을 넘지 못했다.
그렇게 맞이한 마지막 5경기, 다시 막내 류순복이 가오준을 상대
했다. 1세트를 먼저 가져간 류순복은 2세트에서 13대 17로 밀리

고 있다가 기적처럼 4점 차를 따라붙은 후 역전승을 만들어 내는 기적을 연출했다. 이렇게 팀 코리아는 금메달을 목에 걸었고 시상식엔 한반도기가 올라갔으며 경기장에는 애국가 대신 아리랑이 울려 퍼졌다.

사라예보의 기적, 이에리사

여자 탁구의 세계선수권대회 첫 우승은 1973년으로 거슬러 올라간다. 1973년 4월 10일 국내 신문들은 사라예보발 한국 여자탁구 대표팀 소식을 사진과 함께 대문짝만 하게 1면에 실었다. "한국 여자탁구 세계 제패. 사라예보에서 기적을 이루다"라는 헤드라인과 함께. 유고슬라비아(지금은 유고연방 해체) 사라예보에서 열린 세계탁구선수권대회 단체전에서 이에리사, 정현숙, 박미라, 김순옥, 나인숙으로 구성된 한국 여자대표팀이 탁구 강국이었던 중국과 일본을 꺾고 19전 전승이라는 기적을 이뤄 내며 우승을 이룬 것이다. 대한민국 구기종목 사상 첫 세계선수권 우승이었으며 한국 구기가 세계를 제패한 첫출발이기도 했다. 당시 세계 제패의 주인공은 이에리사와 정현숙. 특히 최연소 선수였던 19세 소녀 이에리사는 대회 최우수 선수로도 뽑히는 등 '사라예보의 영웅'으로 올드 팬들의 기억에 남아 있다.

이에리사가 탁구라는 것을 처음 접한 건, 초등학생 시절 싸구려 탁구채로 벽치기를 하면서부터였다. 그러다 학교 특별활동을 하면서 본격적으로 탁구 선수의 길로 들어섰고 초등학교 근처 중학교 남자 탁구부 선수들이 훌륭한 훈련 파트너로 이에리사의 성장을 도왔다. 그리고 1966년 첫 공식대회에 나섰다. 전남 목포에서 열린 종별선수권대회로 당시 대회에 출전한 여자 초등학생은 그를 포함해 단 두 명이었으니 승리한 선수가 금메달을 따는 구도였다. 이에리사는 승리를 거두고 생애 첫 금메달을 목에 걸었다. 그리고 중학생이 된 이에리사는 중3 때 대표팀에 들어가게 된다. 이에리사는 인터뷰에서 이 당시를 떠올리며 남자들의 전유물이라고 생각되던 드라이브를 배웠던 일화를 털어놓은 적이 있다. 대표팀에 합류한 후 천영석 당시 코치(이후 대한탁구협회장 역임)에게 "남자 선수들처럼 드라이브를 치고 싶다"고 요청했다는 것이다. 탁구공에 회전을 걸어서 치는 드라이브가 체력이 많이 필요하고, 정교함이 떨어질 수 있다고 해서 당시 여자 선수들에게는 맞지 않는 기술로 여겨졌고 그래서 세계적인 수준의 중국과 일본 역시도 드라이브는 남자들만이 구사하는 기술이었다고 한다. 하지만 천 코치는 이에리사의 요청을 받아들였고 공을 들여 그를 지도했다. 이에리사는 정규 훈련이 끝난 뒤 일주일에 한두 번 성인 선수였던 오빠들을 상대로 극비 훈련을 했는데 "그렇게 내 것이 된 드라이브 기술이 세계를 제패할 수 있는 원동력이 됐다"고 밝힌 바가 있다. 강력한 드라이브를 앞세운 이에리사는 1969년부터 1975년까지 종합탁구선수권대회 7연패라는 전무후무한 기록을 세웠다. 그사이 사라예보의 첫 구기 세계선수권 단체전 우승이라는 역사를 썼고 이후에도 여성 스포츠인으로 왕성하게 활동하며 '최초'의 기록들을 써 내려갔다. 1988

서울 올림픽 때 한국 탁구 역사상 첫 여성 감독으로 양영자-현
정화 조의 여자복식 금메달을 이끌었고, 2002년 용인대 사회체
육과 교수를 거쳐 2005년에는 여성으로는 처음으로 태릉선수촌
장이 됐다. 이에리사는 선수촌의 살아 있는 역사라 불릴 만큼 초
창기부터 '태릉 밥'을 먹었다. 선수촌이 생긴 게 1966년, 이에리
사의 첫 입촌이 1969년이다. 목욕탕과 화장실을 공용으로 쓰고
목욕탕 온수도 제대로 나오지 않던 태릉선수촌도 힘든 초장기를
거쳐 한국 스포츠의 요람으로 자리 잡았지만 훈련과 휴식의 단
조로운 일상을 반복하는 선수들에게 선수촌 생활은 여전히 녹
록지 않았고 이를 잘 아는 이에리사 촌장은 선수들의 고된 훈련
과 부상의 아픔 그리고 성적에 대한 부담감을 함께 나누려 노력
했다. 체육인이자 여성으로 첫 선수촌장을 맡은 이에리사 감독은
2008 베이징 하계 올림픽에 한국선수단의 총감독으로서 참가했
고 한국 선수단은 금메달 13개, 은메달 10개, 동메달 8개로 종합
메달 순위 7위라는 역대 최고 성적을 거뒀다. 그리고 2012년에는
스포츠인 출신 국회의원으로 당선(비례)되며 또 하나의 첫 기록
과 이력을 남겼다. "나름 체육인으로 부끄럽지 않은 삶을 살아왔
다. 어느 자리에서든 당당하고 반듯하게 보이려 노력했다", "앞으
로도 후배들에게 닮고 싶은 선배의 모습으로 남는 삶을 살고자
한다"며 자신의 남은 인생의 목표를 이렇게 밝히기도 했다.

새로운 전설의 탄생, 현정화

1973년 사라예보 세계탁구선수권대회에서 단체전 우승을 차지한 이후 한국 여자탁구는 한동안 세계 정상에 서지 못했다. 70~80년대 전성기를 누린 여자 탁구는 결승전에 꾸준히 진출했지만 번번이 중국 벽에 막혔던 것이다. 하지만 80년대에 접어들면서 한국 여자탁구는 중국에게 좀 더 껄끄러운 상대가 되기 시작했다. 그 이유는 단 하나. 현정화라는 한국의 10대 여고생 탁구선수가 국제 무대에서 존재감을 드러내고 있었기 때문이었다. 초등학교 3학년 때 우연히 탁구를 시작하게 됐다는 현정화는 1985년 고1의 나이에 국가대표로 발탁됐고 이듬해 1986년 서울 아시안게임 단체전 금메달에 이어 다음 해인 1987년 세계선수권대회 여자복식에서도 우승하고 88 서울 올림픽에서도 여자복식 금메달, 그리고 1년 후 도르트문트 세계선수권대회에서는 유남규와 짝을 이뤄 혼합복식 우승, 이렇게 매해 나가는 대회마다 금메달을 하나씩은 목에 걸었다. 특히 88 올림픽 여자복식 결승전은 현정화를 세계탁구계에 확실하게 각인시켰던 경기로 회자되고 있다. 현정화는 "내 운명은 1981년 9월 30일, 독일 바덴바덴에서 서울 올림픽 개최가 확정 발표된 역사적인 날부터 정해졌다"고 말한다. 88 올림픽 개최지가 서울로 정해진 이후 종목별로 금메달을 딸 수 있는 유망주 찾기가 시작됐고 탁구도 예외는 아니었다. 게다가 탁구는 서울 올림픽에서 처음으로 정식 종목이 됐기 때문에 의미가 남달랐고 그러던 중 관계자의 눈에 여자는 현정화, 남자는 유남규가 들어왔던 것이다. 그렇게 현정화는 1985년 9월 태극마크를 달게 됐고 선배 양영자와 함께 세계 최강 중국에 맞설 여자 복식조로 키워진다. 그리고 나간 공식 첫 대회가 86 서울 아시안게임이었다. 3시간이 넘는 치열한 공방 끝에 3 대 1로 이기고 아시안게임 단체전 금메달을 목에 걸면서 중국을 이기는 경기가 나오기 시작했다. 그리고 87년 인도 뉴델리에서 벌어진 세계탁구선수권대회 결승전에서 양영자-현정화 조는 이변 없이 중국을 만난다. 이번에도 승리. 중국의 다이리리-리해분 조를 2 대 0으로 이기고 우승, 사라예보 세계탁구선수권대회에서 선배들이 단체전 우승을 차지한 이후 두 번째로 세계 정상을 차지한 쾌거였다. 무려 14년 만이었다. 하지만 그 후로 한국 여자 복식조가 세계선수권 결승에 오르기까지 또 36년이나 걸렸으니 중국의 철옹성을 뚫고 세계선수권대회에서 결승에 오른다는 것이, 더불어 금메달까지 딴다는 것이 얼마나 힘든지를 알 수 있는 대목이기도 하다. 하지만 현정화-양영자 조는 1년 뒤 다시 중국 팀을 만나 이기고 우승한다. 이번엔 올림픽이었다. 88 서울 올림픽 여자복식 결승전에서 중국의 자오즈민-첸징 조를 2 대 1로 이겨 다시 한번 세계 정상에 올랐다. 탁구가 올림픽 정식 종목이 된 첫 대회 여자복식의 금메달은 대한민국의 몫이었던 것이다.

　탁구공을 손에 쥐고 가녀리지만 카랑한 목소리로 파이팅이라고 외치던 19세의 어린 탁구 선수가 세계의 주목을 받았고 '현정화표' 화이팅은 '유행어'가 되기까지 했다. 현정화 효과로 동네 탁구장은 탁구를 배우려는 사람들로 북적였을 정도였고 당시에는 탁구 클럽에서 공을 사려고 해도 탁구공을 구할 수 없을 정도였다는 후일담도 전해졌다. 그리고 여성스포츠 선수로는 처음으로 화장품 모델에 발탁이 되는 등 현정화의 인기는 실로 대단했다. "김연아가 여성 스포츠 선수 최초 화장품 모델인 줄 아는데, 나다. (인터넷이나 SNS가 없던 시절) 다 읽어 보지 못할 양의 팬레터들이 매일매일 집으로 배달됐고 인형 선물도 엄청나게 받았다"며 당시의 인기를 인정했다. 인기와 관심 속에서 현정화의 도전은 멈출 줄 몰랐다. 현정화는 89년 독일 도르트문트 세계 탁구선수권대회에서 또 하나의 금메달을 추가했다. 유남규와의 혼합복식에서 금메달을 합작했다. 유남규가 왼손, 현정화가 오른손, 유남규는 왼손 드라이브형, 현정화는 오른손 전진 속공형으로 서로의 장단점을 잘 보완하며 거침없이 결승까지 갔고, 결승전에서도 유고슬라비아 조를 2 대 0으로 가볍게 이기고 두 번째 세계선수권 금메달을 목에 걸었다. 세계선수권 세 번째 금메달이 나온 곳은 1991년 일본 지바에서 였다.

최초의 남북단일팀 '코리아', 그랜드 슬램, 명예의 전당

1991년 4월 최초의 남북단일팀 '코리아'가 1991년 일본 치바에서 열린 세계탁구선수권대회에 나섰다. 남북이 단일팀 논의를 위해 회담을 연 것도 여러 번, 하지만 선수 구성 문제와 북팀 이름 등에서 이견이 생기는 등 여러 이유로 단일팀은 성사되지 못했다. 그러다 세계탁구선수권대회를 두 달 앞둔 1991년 2월 12일 판문

점 평화의 집에서 열린 '국제경기 단일팀 구성·참가를 위한 제
4차 남북체육회담'에서 남북은 세계 대회의 탁구 단일팀 구성
에 합의했다. 당초 남녀 대표팀 엔트리는 각각 다섯 명이 원칙이
지만, 남북 단일팀은 예외적으로 10명씩의 출전이 허용됐다. 또
한 단일팀 선수단은 일본 지바 등 국외 전지훈련 한 달여를 포함
해 46일간 합숙 훈련을 통해 호흡을 맞추는 등 국제탁구연맹의
파격적 지원과 체계적 준비 속에 분단 46년 만에 '한반도'가 새
겨진 마크를 유니폼에 달고 팀 코리아로 대회에 출전했으며, 결
승에서 중국을 이기고 단체전 우승을 차지했다. 여자단체전 금
메달은 73년 유고 대회 이후 18년 만의 쾌거였고 현정화에게는
여자복식과 남자복식에 이은 세 번째 세계선수권 금메달이었
다. 또 현정화와 복식조를 이룬 리분희와의 이념과 국경을 뛰어
넘는 우정은 금메달만큼이나 감동으로 다가왔다. 이후에도 종종
국제 대회에서 만남을 이어 가던 둘은 2000년 들어서는 볼 기회
가 없었지만 두 사람의 이야기는 《코리아》라는 영화로 만들어지
며 2012년 다시 세상으로 나왔다. 하지원과 배두나가 남북 최고
의 탁구선수 현정화와 리분희로 분해 1991년 대한민국을 뜨겁게
했던 세계선수권의 그날, 사상 최초 단일팀으로 함께한 남북 국
가대표 선수들이 남과 북이 아닌 '코리아'라는 이름의 한 팀이 되
기까지의 과정을 그려 낸 작품으로 라이벌이 아닌 한 팀으로 만
나게 된 첫 만남부터 다른 말투와 생활 방식 등으로 힘들었던 이
야기, 그리고 현정화와 리분희가 마음을 열고 하나의 팀으로 서
로를 받아들이는 과정이 큰 감동을 안겼다. 그 당시를 가장 잘 아

는 현정화는 하지원과 배두나 두 명의 주연배우에게 3개월 동안 탁구를 가르쳤다. 대충이 없는 현정화의 지도에 배우들은 픽픽 쓰러지기도 했다. 그렇게 탄생한 영화 《코리아》는 객석을 눈물 바다로 만들었고 "이런 작별이 어딨어. 편지할게도 전화할게도, 또 만나자는 말도 못 해"라는 대사는 현실이 됐는지, 두 선수는 1993년 스웨덴 예테보리 세계선수권에서 상대 선수로 재회한 게 전부일 뿐 그 이후 한 번도 만나지 못했다.

현정화의 금메달 레이스는 세계선수권대회 여자단식 우승으로 화룡정점을 찍는다. 1993년 예테보리 대회, 여자복식, 혼합복식, 단체전에서 세계 정상에 올라 이제 개인단식에서 우승하면 대망의 그랜드 슬램을 차지하게 되는 상황에서 현정화는 차근차근 결승을 위해서 승리를 이어 갔다. 당연히 결승전에서는 당시 세계 최강 중국의 덩야핑이 있을 거라 생각하면서. 단체전을 제외하고도 개인전에서만 3전 전패, 덩야핑을 한 번도 이기지 못했던 현정화는 그와의 맞대결을 염두에 두고 일정을 이어 갔다. 그런데 아무도 깨지 못할 것 같은 덩야핑의 철옹성이 깨졌다. 덩야핑이 중국에서 귀화한 싱가포르의 징중훙에게 예선에서 패해 탈락한 것이다. 천적 덩야핑이 없다 해도 세계선수권에서 결승까지 가는 건 쉽지 않은 일. 하지만 현정화는 거침없이 나아갔다. 준결승전에서 셰이크핸드 전진속공형인 루마니아의 바디스크를 이겼고 결승전에서는 중국에서 귀화한 대만의 첸징을 만나 3 대 0 완승을 거두고 탁구세계선수권대회 그랜드 슬램을 달성했다. 더불어 세계선수권 그랜드 슬램뿐만 아니라 탁구의 모든 국제 대회를 석권, 그 역시도 그랜드 슬램을 이뤘다. 현정화도 세계선수권대회 여자단식 금메달을 개인적으로 가장 기억에 남는 메달이라고 말할 정도. 이 메달은 현정화의 우승 역사를 완성한 순간이었다. 1988 서울 올림픽을 비롯해 아시아선수권, 아시안게임, 월드컵까지 현정화가 정상에 오르지 못한 대회는 없다. 그리고 국제탁구연맹 명예의 전당에 이름을 올린 것도 현정화가 한국탁구 역사상 최초이자 유일한 선수다. 명예의 전당은 올림픽이나 세계선수권 대회에서 딴 금메달이 5개 이상 있어야 이름을 올릴 수 있는 만큼, 중국의 벽이 한없이 높은 현재 탁구 판도에서 한국 선수가 명예의 전당에 이름을 올리는 건 쉽지 않아 보이기 때문에 아마 앞으로도 현정화가 유일한 한국 선수 명예의 전당 헌액자로 남아 있을 가능성이 높아 보인다. 선수 시절 획득한 금메달 수 75개, 총 133개의 메달을 보유한 선수, 은메달과 동메달 수를 합쳐도 금메달 수가 더 많은 이 선수가 바로 한국의 탁구 여제이자 레전드 현정화다.

=========== *Small Talk* ===========

지는 게 여전히 싫은 지도자 현정화

세계 정상을 밟은 현정화는 1994년 3월 은퇴를 선언했다. 당시 인기

탁
구

나 실력으로는 은퇴가 아쉬울 수 있었지만 미련 없이 정상에서 내려 왔다. 공부하고 싶어 경성대 유아교육과에 진학했고 내친김에 고려 대 교육대학원에서 석사, 경희대 체육대학원에서 박사과정까지 마쳤 다. 결혼도 했고 두 아이의 엄마가 됐다. 그리고 결국 탁구 현장으로 돌아와 20년 가까이를 한국마사회 탁구팀 코치와 감독, 그리고 국가 대표팀 코치와 감독을 맡으며 녹색 테이블 주변을 떠나지 않고 여전 한 현역으로 활동하고 있다.

너무 이른 나이에 은퇴를 한 것은 아닌지?

MBC 최강전이라는 탁구대회가 있었어요. 그때 단체전 우승하고 개인전도 우승한 후 은퇴했어요. 아마 세계선수권대회 금메달을 따면서 그런 생각을 했던 것 같아요. 기자들한테는 아니라고 얘기를 하면서도 이제 목표를 다 이뤘고 훈련량은 많고 게다가 지는 게 싫었어요. 그래서 박수 칠 때 떠나야 되겠다 그런 생각을 좀 자연스럽게 하게 됐죠. 만으로 따지면 24세밖에 안 됐으니 은퇴가 이른 건 맞았는데, 국가대표를 너무 일찍 한 거죠. 국가대표는 고등학생 때 됐지만 중학교부터 대표팀 선수들과 합숙 훈련을 같이 하고 대회도 나가고 선수촌 생활을 15세 정도부터 하다 보니 20대 중반까지 꼬박 10년을 선수촌 생활을 했잖아요. 게다가 그때는 스파르타식 훈련을 했으니까 힘들 수밖에 없었고, 그리고 이룰 걸 다 이룬 상태니까 은퇴는 이때다 싶었던 것 같아요.

지도자 현정화는?

은퇴가 20대 중반이었어요. 젊은 나이라 어떤 길을 가야 되나
고민이 됐는데, 그래서 공부도 했고 대학원도 다녔고 박사도 했고
유학을 갈까 이런저런 생각을 하다 결국 탁구장으로 돌아왔죠.
코치를 하면서 내 재능을 기부하듯이 지도하자고 생각을 했어요.
하지만 내가 하던 것처럼 선수들에게 독하게는 못 시킬 거라는
생각을 했습니다. 내가 했던 것만큼 못 할 거라 생각했고 훈련
방식도 그때와는 바뀌어서 그렇게 지도하지도 않겠다고 했지만
승부욕만은 어쩔 수 없었어요. 지도자가 돼서 원형탈모를 세 번이나
겪었을 정도였으니까요.

국대 영웅의 워킹맘 삶은?

2001년 첫아이를 낳을 때 엄마가 부산에서 올라와 산후조리를
해 줬는데, 그때 제가 함께 살자고 손을 잡았죠. 그리고 부산으로
못 내려가셨어요. 제 일 때문에 아이들은 엄마가 키워 주셨어요.
지금은 육아휴직 등 시스템들이 있어서 많이 달라졌지만 그때만
해도 특히 국가대표팀은 그럴 수가 없는 상황이었어요. 아직까지는
여성이 그리고 스포츠계에서 지도자로 꾸준하게 자리매김을
하려면 코치나 감독, 그리고 가족의 육아에 대한 배려가 필요하다고
생각합니다. 그래서 저는 지금도 후배들이 지도자를 꿈꾼다면 특히
여자 후배에게는 육아와 지도자 생활의 병행이 쉽지 않다고, 그래서
전념할 수 없다면 하지 말라고 이야기하고 싶어요. 많이 변했다고

해도 여전히 출산과 육아를 해야 하는 여성이 지도자로 사는 건
쉽지 않은 게 현실입니다.

중국 탁구를 이길 해법은 과연 없을까?

비법은 없습니다. 한국 선수로 아마도 중국 선수를 가장 많이 이겨
본 선수가 저일 수도 있지만 그런 저도 언제나 중국을 상대로는
허덕허덕하면서 따라갔다고 생각합니다. 그래서 저는 중국을
이기는, 또는 이길 수 있는 선수였다라고 생각해 본 적이 한 번도
없었어요. 단지 '열심히 한다', '끝까지 열심히 한다', 그래서 '이겨
보자'라는 생각을 했고 끝까지 쫓아가다 보면 중국 선수도 실수를
할 때가 있고 그걸 놓치지 않고 내가 승리를 하면, 중국 선수들은
새로운 방법을 또 찾아 왔어요. 그러면 나는 고전하지만 중국
선수들도 내게 진 적이 있기 때문에 부담을 갖고 나를 상대하게
되고 그런 과정에서 나에게 기회가 왔고 나는 그 기회를 살렸습니다.
언제부턴가 한국 탁구는 우승이 아니라 메달권이 목표가 됐어요.
그러면 안 된다고 봐요. 선수는 언제나 우승이 목표가 돼야죠.
주니어 때까지는 중국과 비등비등했던 실력이 성인 무대에 가서
격차가 벌어지는 이유가 무엇 때문이지 선수들이 생각해 봤으면
좋겠습니다.

이루지 못한 꿈은?

돌아보면 IOC선수위원 등 할 수 있는 일들이 많았을 텐데, 당시에는
누가 알려 주는 사람도 없고 몰라서 도전해 볼 수 있는 이런 일들을

못 해 본 것이 큰 아쉬움으로 남습니다. 박인비 선수의 도전을 보니 나의 이력으로도 충분히 해 볼 만했다는 생각이 들어 더 아쉬웠지만 이미 지난 일이고 이제는 지도자로서의 은퇴 그리고 그 후를 생각할 때라는 생각이 듭니다. 그때는 그때대로 탁구 선수와 지도자 출신으로서 제가 할 일이 있지 않을까요.

신동의 역사를 잇다, 신유빈

한국 탁구는 1990년대 황금기를 보냈지만 2000년대가 되면서 엘리트 탁구에 대한 관심이 시들해지고 그 여파가 국제 대회 특히 올림픽의 부진으로 이어졌다. 이런 상황에서 한 줄기 빛이 보였으니 그게 탁구 신동 신유빈이었다. 신유빈은 다섯 살 때 아버지 신수현 수원탁구협회 전무이사가 운영하는 탁구장에서 공과 라켓을 처음 잡았다. 처음에는 놀이로 시작한 탁구였다. 어린 나이에도 동호인들에게 탁구를 가르치는 아빠와 더 시간을 보내고 관심을 받으려면 탁구를 하는 게 가장 좋은 방법이라고 생각했던 것이다. 이런 신유빈이 세간에 알려진 건 2009년 9월 SBS의 예능 프로그램《스타킹》에 '탁구 신동'으로 출연하면서부터였다. 당시 작은 몸으로 테이블 모서리에 있는 음료수 병을 정확하게 맞추고 국제탁구협회 명예의 전당에 헌액된 '탁구 여왕' 현정화 앞에서 과감하게 드라이브를 시도하며 시청자들을 놀라게 했

다. 2년 후《스타킹》에 한 번 더 출연해 탁구 선수로 순조롭게 성
장하고 있는 과정을 보여 주기도 했고,《무한도전》프로그램의
〈지구를 지켜라〉특집에서는 이등변삼각형 모양으로 개조된 테
이블에서 탁구를 쳐《무한도전》멤버들에게 가볍게 승리하는 모
습으로 즐거움과 기대감을 선사하기도 했다. 그리고 신유빈의 소
식은 스포츠 주요 뉴스로 전해지기 시작했다. 초등학생 시절이
던 2013년 종별선수권대회에서 대학생을 이기며 탁구계를 놀라
게 했고 중학교 진학 후에도 각종 최연소 기록들을 갈아 치우는
성장세를 우리는 뉴스로 접할 수 있었다. 특히 9세의 신유빈은
2013년 열린 제67회 전국남녀종합탁구선수권대회 여자 개인단
식 1회전에서 당시 대학생 한승아(용인대)를 4-0으로 완파했다.
한승아는 여자 고등부 단체전서 3위를 차지한 적이 있을 정도로
실력파 선수였지만 초등생 신유빈의 일격에 1세트를 내준 뒤 급
격히 흔들리며 무너지며 패했다. 초등부 여자 단식에서 고학년
언니들을 모조리 격파하며 그 가능성은 이미 증명했지만 이어
대학생 언니까지 이기며 차세대 탁구 스타로 더 큰 관심을 모으
게 됐다. 차근차근 성장해 간 신유빈은 2018년 열네 살의 나이로
탁구 국가대표 상비군에 이름을 올리며 태극마크를 달았고 청명
중학교 3학년에 재학 중이던 지난 2019년 6월 아시아 선수권 선
발전에서는 이에리사와 유남규(이상 만15세)가 가지고 있던 기록
(만15세)을 깨고 역대 가장 어린 나이(만14세)에 성인 국가대표에
발탁됐다. 그렇게 태극마크를 달고 나선 대회들은 신유빈을 새롭
게 성장시켰다. 신유빈은 2018 신한금융 코리아오픈 U-21 여자

단식 8강전에서 일본의 나가사키 미유에게 1-3 패배를 당한 후
크게 각성하여 2019년 체코오픈 혼복 1위, 폴란드오픈 복식 2위,
오스트리아오픈 복식 3위, 혼복 3위라는 성과를 냈다.

　　중학교 때 키가 20cm나 자라면서 유럽 선수들에게도 뒤
지지 않는 신체 조건을 갖게 됐지만 커진 신장 때문에 라켓을 휘
두르는 타점이 바뀌면서 성장통도 겪을 수밖에 없었다. 탁구 훈
련 못지않게 웨이트 트레이닝도 신경 쓰면서 팔과 다리에 힘이
붙으며 높아진 타점에도 적응을 해 나갔고 신체적인 조건뿐만
아니라 탁구 실력도 함께 성장해 가던 그때 신유빈은 뜻밖의 선
택으로 다시 세간을 놀라게 했다. 고등학교 진학 대신 실업팀 대
한항공 입단을 선택한 것이다. 올림픽을 목표로 하는 만큼 학교
를 다니며 시간을 빼앗기지 않고 실업팀에서 전문적이고 체계
적인 훈련을 받아 기량을 향상시키겠다는 계획이었다. 이로써
16세의 신유빈은 중학교 졸업과 동시에 실업 무대에 뛰어들게
됐다. 물론 고등학교 진학 대신 실업팀으로의 직행에 대해서 우
려의 목소리가 없던 건 아니었다. 하지만 탁구에만 전념하고 싶
다는 신유빈의 뜻이 확고했고 신유빈을 영입한 대한항공 역시
일찌감치 실업 무대에 입성하는 신유빈이 탁구 실력뿐 아니라
그 나이에 갖추어야 할 기본 소양과 바른 인성을 갖추도록 지원
을 이어 간다는 계획을 세워 신유빈의 의지를 뒷받침했다. 기대
와 우려 속에 실업선수가 된 신유빈은 입단 후 받은 첫 월급으로
운동화를 구입해 복지기관에 기부하는 훈훈한 소식으로 우려의
시선을 잠재웠다. 약 600만 원 상당의 운동화 53족을 경기도 수

원 장안구에 위치한 사회복지법인 '꿈을 키우는 집'에 선물했는데 당시 신유빈은 "어릴 때 아빠와 마루에 누워 나중에 돈을 벌면 기부하고 나누자는 얘기를 했다"고 밝혔고 또한 어린 시절 자신을 후원해 준 한국여성탁구연맹에도 탁구용품을 기부하며 선행을 실천했다. 자신이 생각하고 계획했던 것들을 거침없이 이뤄가고 있던 신유빈의 다음 목표는 올림픽이었다. 2020 도쿄 올림픽, 그러나 올림픽이 코로나19 여파로 한 해 미뤄지며 신유빈의 올림픽 도전도 한 해 연기가 됐다. 2021년 2월 초 열린 도쿄 올림픽 대표 최종 선발전에서 여자부 6명의 선수 중 압도적 기량으로 1위를 차지한 신유빈은 대한민국 탁구 역사상 최연소 올림픽 출전권을 당당하게 획득했다. 특히 2019년부터 전지희와 호흡을 맞춘 복식조는 전지희의 재빠른 포핸드와 신유빈의 강철 수비를 주무기로 국제 대회 우승 후보로 떠올랐으며 이 기세로 올림픽에 나섰다. 하지만 신유빈은 도쿄 올림픽 단식 3회전(32강)에서 두호이켐(홍콩)에 패해 아쉬움을 삼켰고 단체전에선 8강까지 올랐지만 독일에 패해 준결승 진출에 실패했다. 아쉬운 한판이었다 제1복식에서 왼손 전지희와 오른손 신유빈이 나섰다. '복식을 반드시 잡아야 한다'는 추교성 감독의 승부수였고 그 승부는 적중했다. 하지만 신유빈이 단식경기에서는 패하면서 승부가 5단식으로 밀렸고 결국 여기서 패하며 한국이 4강을 가지 못했다. 신유빈은 경기 후 아쉬움과 제 몫을 못 했다는 미안함에 언니들 품에 안겨 펑펑 울었다. 신유빈은 그날의 아픈 기억이 가끔 꿈으로 소환된다고 밝혔다. "꿈에 아직도 독일전이 나온다"며 "(꿈 속에

선) 다들 독일전 결과를 모르고 있는 상태에서 작전을 짜고 있다"
고. 모든 게 아쉬웠던 것만은 아니었다. 도쿄 올림픽 단식에서는
자신보다 마흔한 살이나 더 많은 니시아리안을 만나 관록이 무
엇인지를 느꼈고 단체전 16강전에서는 한 팔 탁구 선수인 나탈
리아 파르티카(폴란드)와 복식 승부를 펼치기도 했다. 다양한 유
형의 선수들을 상대하며 승리 못지않은 깨달음과 경험을 얻었다.
신유빈은 자신의 탁구에 대해 이렇게 말한 적이 있다. "매일 훈련
하지만 늘 새롭다. 기술훈련을 하면서 부족했던 것들이 점점 발
전하는 느낌을 받을 때 행복하다"며 "그래서 탁구는 언제나 나를
웃게 한다. 앞으로도 늘 즐거울 것 같다"고. 친구들이 만화 영화
를 볼 때 신유빈은 탁구 비디오를 보고 영상에 나온 기술들을 따
라 했고, 친구들이 놀이터에서 즐거운 시간을 보낼 때 탁구장을
놀이터 삼아 라켓을 잡고 연습에 몰두했던 신유빈이다. 신유빈이
바라보는 탁구가 이렇다면 아마도 도쿄 올림픽은 신유빈의 행복
한 놀이터이자 연습장이었으며 학교였을지도 모르겠다.

피할 수 없는 부상과 슬럼프

도쿄 올림픽을 통해 탁구 신동에서 한국 탁구의 새로운 에이스
로 떠오르며 앞으로 보여 줄 신유빈의 활약에 큰 기대를 걸었지
만 신유빈에게는 부상이라는 암초가 기다리고 있었다. 2021년
11월 처음으로 출전한 휴스턴 세계탁구선수권대회에서 오른 손
목 피로골절 부상을 당해 기권을 한 후 슬럼프에 빠졌다. 반년을
회복과 재활에 집중한 후 2022년 5월 월드테이블테니스WTT 피

더 시리즈를 통해 복귀했지만, 한 달도 안 돼 피로골절이 재발했다. 결국 신유빈은 손목뼈에 핀을 박는 수술을 결정했다. 항저우 아시안게임 불참을 각오한 결정이었다. 그런데 아시안게임이 코로나19 여파로 1년 미뤄졌고, 새롭게 치러지는 대표선발전에 출전을 할 수 있어 우여곡절 끝에 항저우 아시안게임에 나설 수 있었다. 그리고 전지희와 함께 21년 만에 한국 탁구에 아시안게임 금메달을 안겼다. 앞서 2002년 부산 대회에서 남자 복식의 이철승-유승민 조, 여자 복식의 석은미-이은실 조가 금메달을 따낸 이후 21년 만에 나온 아시안게임 금메달이었다. 올림픽에 비해 많은 메달이 특히 금메달이 쏟아지는 아시안게임에서 21년 만에야 금메달을 땄다니, 중국 탁구의 벽이 얼마나 높은지를 다시 한번 체감하게 되는 대목이기도 하다. 신유빈은 이 금메달 외에도 동메달을 3개나 더 추가했다. 신유빈은 아시안게임 출전 모든 종목에서 시상대에 섰다. 여자 단체전에서는 전지희, 서효원, 양하은, 이은혜 등과 대회 첫 번째 동메달을 챙겼고 임종훈과 짝을 이뤄 혼합 복식에서 두 번째 동메달을 목에 걸었다. 그리고 여자 단식에서도 동메달을 추가했다. 물론 세계 랭킹 1위 쑨잉샤에게 막혀 준결승전을 뚫지 못했지만 아시안게임에서 신유빈 홀로 챙긴 첫 번째 메달이라는 점에 큰 의미가 있었다.

그리고 시상식마다 선배들을 리드하며 보여 준 신유빈의 세리머니는 경기만큼이나 화제가 됐고 다음 세리머니는 무엇일지 궁금해하는 팬들까지 생겼을 정도로 대한민국은 MZ 탁구 선수 신유빈의 매력에 푹 빠지기도 했다. 항저우 아시안게임

의 금메달에 대한 기대는 이미 항저우 아시안게임보다 앞서 열
린 2023 더반세계선수권대회를 통해서 커져 있었다. 4강전에서
중국의 최강 조합 왕만위-쑨잉샤 조를 꺾고 한국 여자탁구 사상
36년 만에 결승에 진출해 은메달을 땄기 때문이다. 전지희는 이
대회를 앞두고 복식에 더 힘을 실으려고 단식 출전을 포기하는

등 결단력 있는 모습을 보였고, 결국 전지희-신유빈 조는 한국 선수로는 36년 만에 여자 복식 결승에 오르더니 은메달을 획득했다. 이 은메달을 두 선수에게 큰 전환점이 됐다. 이후 신유빈-전지희 조는 2023년 열린 WTT 컨텐더 시리즈에서만 우승 4회, 준우승 1회를 기록했고 신유빈은 단식과 혼합복식에서도 뛰어난 성적을 냈다. 항저우아시안게임 전 종목 메달을 따냈으며, 이 기세는 그해 연말에도 이어져 12월에 치러진 초대 청두혼성월드컵에서도 한국의 은메달에 목에 걸었다. 이 성적을 바탕으로 세계 TOP10에 진입한 것도 2023년 신유빈의 중요한 성과 중 하나였으며 전지희와 함께한 여자 복식은 세계 1위에 랭크되기도 했다. 신동이라 불렸던 '탁구 삐약이' 신유빈은 항저우 아시안게임과 세계선수권 등을 통해서 더 성장했고 메달의 성과와 경험은 자신감까지 안겼다. 그래서 2024 파리 올림픽은 도쿄 올림픽의 아쉬움을 털고 자신의 성장을 스스로도 그리고 세계 탁구계에도 알릴 기회였다.

삐약이에서 에이스로

예상대로 파리 올림픽은 나이로는 여전히 막내인 신유빈이 막내 티를 벗고 대한민국 탁구대표팀의 에이스가 됐다는 걸 증명한 대회였다. 대회 기간 동안 무려 14경기를 뛰며 한국탁구대표팀 선수 중 가장 많은 경기를 소화했고 임종훈과의 혼합복식에 이어 전지희, 이은혜와 함께 2024 탁구 여자 단체전 동메달을 확보하며 메달 2개를 수확했다. 임종훈과의 동메달은 2012 런던 올림픽 남자 단체전 은메달 이후 12년 만에 나온 한국 탁구가 올림픽에서 수확한 값진 메달이었으며 한국탁구가 올림픽에서 멀티 메달리스트를 배출한 건 1992 바르셀로나 올림픽 김택수, 현정화 이후 무려 32년 만의 일이었다. 또 신유빈은 비록 여자 단식 3위 결정전에서는 하야타 히나(일본)에 패해 메달을 가져오진 못했지만 올림픽 단식에서 2004 아테네 올림픽 여자 단식 김경아(동메달), 남자 단식 유승민(금메달) 이후 20년 만에 4강 무대를 밟은 한국 선수가 됐다. 어린 시절 '탁구 신동'으로 불렸던 선수들이 때론 소리소문 없이 사라지기도 하지만 신유빈은 꾸준히 성장해 2020 도쿄 올림픽에서는 가능성을 알리더니 2022년 항저우 아시안게임에서는 국제 무대에 확실한 존재감을 드러냈고, 2024 파리 올림픽에서는 멀티메달리스트가 되어 한국탁구의 에이스로 진화했음을 증명했다. 15일 동안 무려 14경기를 치르는 강행군이 불가피했으며 부담이 클 수밖에 없는 동메달 결정전을 무려 세 번이나 치러야 했다. 체력적으로 지칠 수밖에 없는 상황에서 버텨 내는 모습에 신유빈의 정신력은 재평가를 받았고, 체력 보충을 위해 먹던 바나나와 주먹밥까지 화제가 되기도 했다. 이 영향으로 올림픽 후 신유빈은 바나나맛우유 모델로 발탁됐고 광고료 가운데 1억 원을 한국초등학교탁구연맹에 기부했다는 소식이 전해지며 다시 한번 화제가 되기도 했다. 또 신유빈의 먹방에서 착안해 편의점에서 선보인 '삐약이 신유빈의 간식타임' 주먹밥 2종은 출시 후 나흘간 총 22만 개 팔렸다고 하니 신유빈의 화제성은 미루어 짐작이 가능하다. 파리 올림픽은 신유빈을 다시 바라볼 기회가 되기도 했다. 경기에서는 더 단단해진 모습으로 희망을 줬고 시상대에서 보여 주는 밝은 모습에는 같이 웃게 했으며 경기에 패했을 때도 깨끗하게 인정하고 오히려 이긴 선수의 눈물을 닦아 주며 축하해 주는 모습에 감동하며 신유빈이 더이상 탁구 신동 시절의 삐약이가 아닌 어느새 한 뼘 성장한 한국탁구의 에이스임을 느낄 수 있었다. 2004년생, 20세의 나이에 두번이나 올림픽을 경험한 신유빈, 여전히 중국 탁구의 벽은 높지만 신유빈이 있기에 한국 탁구의 미래가 밝다는 걸 부인할 사람은 없다. 그래서 신유빈과 여자복식을 뛰는 전지희는 이렇게 말했다. "앞으로 유빈이를 어떻게 더 잘 지원하느냐가 올림픽 메달색을 바꾸는 일이 될 것"이라며 "일단 메달을 따면 지원이 더 좋아질 것이니, 더 좋은 지원을 받도록 우리가 더 노력해야 한다"고.

배드민턴

2023년 10월 중국 항저우 빈장 체육관, 중국 팬들의 일방적인 응원 속에 항저우 아시안게임 배드민턴 여자단식 결승전이 시작됐다. 대한민국 안세영 대 중국의 천위페이의 대결이었다. 어떤 대회에서든 서로를 이겨야만 우승을 할 수 있는 라이벌이자 서로의 천적이 아시안게임에서 만났다. 경기는 예상대로 초반부터 팽팽했다. 먼저 리드를 잡아 간 건 천위페이. 연이어 점수를 내준 안세영이 5 대 8까지 밀렸다. 하지만 다시 연이어 점수를 따낸 안세영의 역전, 그러던 중 안세영에게 큰 위기가 다가왔다. 18 대 17로 리드한 상황에서 갑자기 오른 무릎을 잡고 통증을 호소했다. 경기는 중단되고 의료진이 투입돼 처치를 하는 상황에서 안세영은 고통스러워했다. 안세영의 고통이 가득한 표정으로는 최악의 경우 기권을 하거나 경기를 재개하더라도 무기력하게 경기를 내줄 수 있을 것으로 보였다. 그러나 안세영은 달랐다. 다시 일어선 안세영은 3점을 더 따냈고, 1세트를 먼저 가져왔다. 하지만 여전히 무릎 상태는 치열한 결승전을 치르기에는 무리가 있어 보였다. 안세영은 그때부터 무릎 통증과도 싸우며 또 견디며 결승전을 이어 가야 했다. 안세영의 몸 상태는 상대에게 당연히 약점으로 작용할 수밖에 없었다. 이 틈을 노린 천위페이는 2세트에서 집요하게 안세영을 공세적으로 몰아쳤고, 내내 리드를 잡아갔다. 안세영이 점수 차를 좁히며 17 대 19까지 추격했지만, 2세트는 결국 천위페이의 몫이었다. 그리고 맞이한 운명의 3세트, 2세트를 끌려가며 내주는 과정을 보면 3세트는 천위페이의 일방적인 경기가 예상됐다. 하지만 안세영은 이를 비웃기라도 하듯 천위페이의 공격 실수로 선제 포인트를 딴 후 한번도 리드를 허용하지 않았다. 무릎 부상의 고통이 확연히 느껴지는 상황에서도 천위페이를 거세게 몰아붙였고 오히려 몸 상태나 체력에서 유리할 거라 예상했던 천위페이가 지쳤다는 듯 무너졌다. 그리고 마지막 21점을 얻은 안세영은 우승이 확정된 후 뜨거운 눈물을 흘리면서 감격했다. 3세트 스코어는 무려 21 대 8, 안세영의 완승이었으며 부상 투혼의 승리였다. 이 기적 같은 드라마는 방수현 이후 29년 만의 아시안게임 여자단식 금메달이라는 기록을 세우며 한국 배드민턴의 전성기를, 그 시대의 주역인 방수현을 소환했다.

90년대 황금 세대 속 독보적인 단식 선수, 방수현

박주봉, 방수현, 김동문, 라경민. 1990년대 대한민국 배드민턴
의 전성기를 이끌었던 '황금 세대' 주역들이다. 이들을 중심으로
배드민턴이 올림픽 정식 종목으로 처음 채택된 1992 바르셀로
나 대회에서 한국은 금 2개와 은·동 1개씩 총 4개의 메달을 휩
쓸었고, 1996 애틀랜타 대회에서는 김동문-길영아의 혼합복식
이 금메달을 목에 걸며 금 2개, 은 2개를 수확했다. 이렇게 올림
픽 효자 종목으로 급부상한 배드민턴은 2000 시드니 대회에서
는 남자복식 이동수-유용성 조가 은메달, 남자복식 김동문-하태
권 조가 동메달로 '노골드'의 아쉬움을 남겼지만 2004 아테네 대
회에서 김동문-하태권 조가 금메달을 따내며 전 대회의 아쉬움
을 말끔히 지웠고, 2008 베이징 대회에서는 혼합복식 이용대-이
효정이 금맥을 잇는 등 꽤나 오랜 시간 국제 대회에서 세계 최강
으로 군림했었고 특히 복식 강국으로 올림픽과 아시안게임을 지
배했다. 그렇다고 복식만 강한 반쪽 세계 최강이 아니었다. 복식
을 잘하는 선수들이 좀 더 많은 대한민국 배드민턴이었다. 그렇
게 자신 있게 말할 수 있는 이유는, 우리에겐 여자단식 세계1위
셔틀콕 여왕 방수현이 있었기 때문이다. 한국 배드민턴 사상 첫
올림픽 금메달의 주인공도 방수현이었으며 한국 선수로 여자단
식 세계 1위에 오른 것도 방수현이 처음이었다. 1991, 1993년 세
계혼합단체선수권 우승에 기여했고 1992년 바르셀로나 올림픽
에서는 은메달을 목에 걸었다. 그리고 1994년 히로시마 아시안

배
드
민
턴

게임에서는 2관왕. 이후 1996 애틀랜타 올림픽에서는 금메달로 정점을 찍었다. 지금도 올드 팬들에게는 방수현과 미아 아우디나(인도네시아)가 치른 여자단식 결승전 장면과 영원한 라이벌이었던 수지 수산티(인도네시아)와의 준결승전은 꽤나 깊은 감동으로 남아 있다. 방수현은 4강전에서 평생의 라이벌 수산티를 2-0으로 셧아웃 시킨 후 결승에서 인도네시아의 겁 없는 신예 아우디나 역시 2-0으로 물리쳐 배드민턴의 여왕으로 등극했다. 그리고 1996년 애틀랜타 올림픽 시상대 맨 위 칸에 섰다. 양옆으로 인도네시아의 두 선수, 수산티와 미아 아우디나를 거느린 의기양양한 모습으로. 수지 수산티(인도네시아)의 그늘에 가려 늘 '세계 2인자'로 불렸던 방수현이었기에 그 장면이 주는 상징적인 의미와 후련함을 동반한 기쁨은 대단했고, 방수현은 당시 기분을 이렇게 말했다. "기분이 날아갈 것처럼 기쁘면서도 가슴 한구석은 왠지 뭔가 빠져나간 것 같았어요". 아마도 그동안의 훈련과 아쉬웠던 4년 전 올림픽 은메달, 라이벌 수산티, 그리고 갑작스레 아팠던 발목 등 올림픽 금메달까지 방수현만이 알고 느끼는 많은 이야기들이 스쳐 갔을 것이다. 특히 대회 직전 발목 부상은 큰 변수였다. 방수현은 대회 직전 갑작스럽게 발목 부상을 당했다. 시합을 치를 수 있을지 걱정됐을 정도였다. 받을 수 있는 치료를 다 받았지만 별 차도가 없어 마음은 자꾸만 약해져 갈 즈음 전혀 통증이 느껴지지 않았고 언제 아팠냐는 듯 말짱해졌다. 방수현이 올림픽 금메달을 천운이기도 했다고 하는 것처럼 하늘이 방수현의 편이었는지도 모르겠다.

올림픽 금메달이 있기까지 방수현을 말할 때 절대 빼놓을 수 없는 선수가 있다. '코트의 여우'로 불렸던 중학교 2학년 때 참가했던 87년 세계주니어선수권을 시작으로 선수 시절 내내 서로의 천적이자 숙적이었던 선수다. 방수현에게는 중요한 대회 때마다 자신의 발목을 잡았던 '수산티 징크스'을 지겹도록 듣게 했던 그 선수가 바로 수지 수산티였다. 그 수산티를 하필 애틀랜타 올림픽에서는 결승도 아닌 결승 길목인 준결승에서 만났다. 몸이 늦게 풀리는 수산티에게는 오로지 빠르고 공격적인 플레이만이 살 길이라고 생각했다. 초반부터 공격적으로 대응했고 1세트를 이긴 후 체력이 좋은 수산티를 이기기 위해서 2세트에 승부를 걸었다. 결국 42분 만에 2-0으로 셧아웃 시켰다. 훗날 금메달을 땄던 순간보다 수산티를 이겼을 때 더 기뻤다고 말했을 정도로 방수현에게 수산티는 이겨야만 하는 힘든 난적이었으며 이 승리로 방수현은 올림픽 금메달리스트이자 세계 1인자로 우뚝 섰다.

방수현은 도신초등학교 4학년 때 운동을 시작했다. 부모의 반대가 있었지만 뜻을 굽히지 않았고 결국 부모님을 최고의 든든한 후원자로 변신시켰다. 특히 아버지가 매일 아침 4km 로드워크를 함께 하며 기초 체력과 정신력을 키우게 했고 좋다는 보약은 다 지어 먹이고, 다른 선수들의 경기 비디오 수집과 분석까지 도맡았다는 이야기는 유명한 일화로 전해지고 있을 정도였다. 중학교에 진학한 후 각종 대회에서 두각을 나타냈고 곧바로 주니어 국가대표 상비군에 뽑힌 후 갈수록 방수현의 기량은 향

상되었고 서울체육고교 1학년 때인 1988년에는 11월 전국종합
배드민턴선수권 여자 단식 3위에 올라 주목받았다. 또 그해 11월
세계주니어배드민턴선수권에 처음 국가대표로 출전해 여자복
식과 혼합복식 2위에 올랐다. 그러고는 이듬해 1월에 성인 대표
팀에 발탁됐다. 하지만 그해 10월 전국체육대회에서 허리 부상
을 당했고, 1년의 시간을 치료와 재활로 보냈다. 1년 만에 재기
해 1991년 3월 대표팀에 복귀한 방수현은 서서히 성적을 끌어
올린 후 1991·1993 세계혼합단체선수권대회 우승을 이끌었고
1992년 바르셀로나 올림픽 은메달, 1994년 히로시마 아시안게임
개인·단체 금메달을 획득하고 1995년에는 국제 배드민턴연맹
이 발표한 세계랭킹에서 여자단식 1위에 올랐다. 그리고 1996년
전영오픈을 석권하고 1996년 애틀랜타 올림픽 배드민턴 여자
단식에서 금메달을 목에 걸면서 한국 배드민턴의 전성기를 이
끌었다. 올림픽 직후 1996년 10월 결혼과 함께 은퇴를 선언했지
만, 5개월 만인 1997년 3월에 새로 출범하는 대교눈높이 배드민
턴 팀으로 복귀하기도 했다. 당시 오리리 화장품이 방수현의 은
퇴와 함께 팀을 해체하자 대표팀에서 4년간 자신을 가르쳤던 성
한국 코치와 네 명의 선수들이 순식간에 실업자가 될 위기에 처
한 일이 있었다. 다행히 대교가 "방수현이 복귀한다면 오리리 화
장품 선수단을 그대로 인수해 팀을 창단하겠다"는 뜻을 밝혔고,
방수현은 다른 팀원들을 위해 결국 다시 라켓을 잡았다. 1999년
6월 종별선수권을 끝으로 선수로서는 완전히 코트를 떠난 방수
현은 2005년부터 2009년까지는 세계배드민턴연맹BWF 이사를

지냈고, 2019 세계배드민턴연맹이 선정하는 명예의 전당 입회자로 뽑혔다. 이로써 방수현은 한국 배드민턴 단식 선수 최초라는 또 하나의 기록을 남기며 명예의 전당에 이름을 올렸다.

라이벌, 부상 투혼, 그리고 금메달. 방수현과 닮아 있는 안세영

2017년 12월, 배드민턴에도 사상 최초로 여중생 국가대표가 선발됐다. 국가대표 선발 연령이 갈수록 낮아지고 있는 흐름에서 뭐가 그리 놀랄 일인가 할 수도 있지만 당시 한국 배드민턴은 하락세를 면치 못하고 있었고, 특히 단식은 유망주 발굴이 급선무였던 상황이었다. 이때 '중3' 소녀가 국가대표 선발전에서 센세이션을 일으키며 성인 선수들 상대 7전 전승으로 태극마크를 달았으니 배드민턴계가 들썩일 만했다. 중학생이 협회 추천 없이 자력으로 선발전을 뚫은 건 최초였으며 자연스럽게 배드민턴 최연소 국가대표 타이틀이 따라붙었고 그렇게 안세영의 등장은 놀라움과 반가움 그 자체였다. 풍암초등학교, 광주체육중학교를 거치며 일찍이 주니어 최강자로 이름을 날리고 국가대표에 선발이 된 만큼 많은 기대 속에 안세영은 태극마크를 단 지 1년도 안 된 시점에서 2018 자카르타-팔렘방 아시안게임에 나섰다. 하지만 개인전 첫 경기 만에 탈락했다. 당시 첫 경기 상대가 현재 안세영의 최대 라이벌이라고 하는 중국의 천위페이였다. 2018 자카르타-팔렘방 아시안게임에서 1회전 탈락의 고배를 마셨던 안세영이었지만 그 이후로 오히려 더 강해져 우승 트로피를 들어 올리기 시작했다. 2018년 아이리시 오픈에서 첫 성인 국제 대회 우승을 차지하며 국제 무대에 화려하게 등장했고 2019년에는 세계배드민턴연맹BWF 투어 5승과 함께 한국 최초 세계배드민턴연맹BWF 신인왕에 올랐다. 이 기세를 2020 도쿄 올림픽으로 이어가면 되는 일이었다. 그런데 주인공의 성장 드라마에는 변수와 고난이 빠지지 않는 것처럼 안세영의 시나리오에도 예상치 못한 변수가 기다리고 있었다. 그토록 기다렸던 2020 도쿄 올림픽이 코로나19로 인해 1년 연기됐고, 몸 상태를 최상으로 유지하면서 지루하게 기다린 올림픽이었건만 하필 도쿄 올림픽 1번 시드 중국의 천위페이를 8강에서 만나게 된 것이다. 자카르타에서의 굴욕을 설욕하리라 절치부심하며 훈련했건만 또 0-2로 완패했다. 안세영은 다시 한번 천위페이를 넘지 못하고 뜨거운 눈물을 흘렸다. 하지만 이 패배는 안세영을 더 강하게 만들었다. 패배를 경험으로 만드는 능력이 생기면서 결과와 내용을 모두 만족시키는 우승을 하나하나 늘려 나갔다.

2023년 3월 열린 종목 최고 권위 대회 전영오픈은 안세영 역사의 시작이었다. 안세영은 1996년 방수현 이후 무려 27년 만의 전영오픈 여자단식에서 우승했고, 그 결승전 상대가 안세영이 꼭 이기고 싶었던 중국의 천위페이였다. 천위페이를 이기면서 자신감까지 장착한 안세영은 7월 일본오픈 우승, 8월 열린 코펜하겐 세계선수권대회에서는 한국 여자단식 선수로는 역대 처음으로 우승을 차지하는 등 2023년 BWF 투어 대회에서 열 번이나 우승을 차지했다. 꾸준한 오름세 끝에 여자단식 세계랭킹 1위로 도약한 안세영은 라이벌 천위페이의 고향 중국 항저우로 향했다. 세계 1, 2위에 올라 있는 두 선수는 이변 없이 결승에 올랐고 2018년 아시안게임과 2020 도쿄 올림픽에서 연이어 천위페이에게 완패를 당했던 안세영은 이제는 도전자가 아닌 세계 1위 자격으로 천위페이를 맞았다. 일방적인 응원 속에 2022 항저우 아시안게임 배드민턴 여자단식 결승전은 시작됐고 안세영은 마치 내일이 없다는 듯이 뛰고 또 뛰었다. 아시안게임 명장면 중 하나로 꼽힐 정도로 대단한 경기를 하고 감격의 금메달을 목에 건 안세영, 하지만 "게임 도중 무릎이 '딱' 소리가 나면서 어긋난 듯한 느낌 들었다"는 부상은 예상보다 심각했다. 그 때문에 쇄도하는 방송 출연 요청과 광고 요청을 뒤로하고 부상 치료와 재활에 집중하겠다며 한동안 휴식을 취했다. 그러다 몸 상태가 나아졌다는 판단하에 대회 출전에 나섰지만 무릎 부상은 장기화됐고, 통증에 적응하며 파리 올림픽을 준비하겠다는 뜻을 공개적으로 밝히기도 했다. 안세영은 자신의 SNS에 "저의 부상과 관련해서 아직도 많은 추측이 오가고 있어 정확히 말씀드리고자 한다"며 장문의 글을 올렸다. 부상이 왜 이렇게 오랫동안 낫지 않는지 궁금하시리라 생각되어 글을 쓰게 됐다는 말과 함께 안세영은 "아시안게임 후, 2~6주간 재활 후 복귀할 수 있다는 진단 내용과 다르게 통증이 줄어들지 않아 다른 병원을 방문했고, 슬개건의 부분 파열된 부위가 처음 진단 내용과는 다르게 짧은 시간 내에 좋아질 수 없고 올림픽까지 최대한 유지해서 통증에 적응해야한다고 했다"고 밝혔다.

파리에서 안세영 시대를 열다

안세영은 파리 올림픽 여자단식 결승전까지 거침없이 올랐다. 조
별리그 2경기를 가뿐히 넘고, 세계 1위의 어드밴티지로 16강을
부전승으로 건너뛰며 체력을 보충했다. 세계랭킹 1위를 지키기
위해 부단히 노력했다. 그렇게 맞이한 8강전과 준결승은 실력도
체력도 우위에 있었다. 본인은 긴장했었다고 말하지만 이게 전
략인 듯 안세영은 1세트를 내준 뒤 2세트부터 압도적인 체력적
우위를 바탕으로 상대를 몰아붙였고 어디서 어떻게 날아오든 다
받아 내는 수비로 상대를 지치게 했다. 8강 상대 야마구치 아카
네(일본)와 준결승 상대 그레고리아 마리스카 툰중(인도네시아)은
1세트를 따내며 내심 승리를 꿈꿨겠지만 현실은 자신의 공을 모
두 받아 내며 상대의 체력을 소모시키고 범실을 유도하는 안세
영의 전략에 말려 코트 위에 드러눕거나 무릎을 꿇는 자신의 모
습을 보는 것이었다. 그리고 만난 결승전 상대는 허빙자(중국)였
다. 결승전에서 당연히 세계 2위이자 숙적 천위페이(중국)를 예상
했지만 그는 허빙자오에게 8강전에서 덜미가 잡혔다. 그게 올림
픽이다. 세계 순위에서도 상대 전적에서도 앞서도 작은 변수 하
나에 승패가 갈리는 것, 그래서 '올림픽 금메달은 하늘이 내려 주
는 것 같다'고 말하게 되는 것, 그래서 절대 방심할 수 없는 것.
바로 그것이 올림픽이다. 하지만 3년전 도쿄에서의 아픔으로 이
미 올림픽의 긴장과 부담감을 익히 잘 알고 있는 안세영이었다.

배
드
민
턴

다행히 온전치 않은 무릎 상태에도 체력은 잘 버텨 주고 있었고 큰 어려움 없이 결승까지 갔으니 마무리만 잘하면 되는 것이었다. 그렇게 맞이한 결승전, 안세영이 달라졌다. 앞선 8강전, 준결승전과 달리 결승에서는 1게임부터 주도권을 갖더니 21 대 13으로 승리, 2게임도 역시 안세영이 주도하며 대각으로 오는 스매시를 몸을 던져 받아 내고 다시 벌떡 일어나서는 네트 앞으로 달려

가 상대 코트 바닥을 향해 셔틀콕을 내려치길 여러 번, 그리고 20
대 16의 상황에서 허빙자오의 셔틀콕이 라인 밖을 벗어나면서
21 대 16, 안세영은 그 자리에 주저앉은 채 포효했다. 1998년 애
틀랜타 올림픽 방수현 이후 28년 만에 대한민국이 얻은 단식 금
메달이었다. 안세영은 금메달을 확정 짓고 김학균 감독과 로니
아구스티누스 코치 쪽으로 가서 무릎을 꿇더니 바닥에 얼굴을
파묻고 승리의 눈물을 흘렸다. 중계석에서도 또 한 명의 단식 금
메달리스트가 울고 있었다. MBC 해설위원으로 현장에서 있던
방수현도 눈물을 보이며 "제가 금메달 땄을 때도 이렇게 울지 않
았다"면서 "얼마나 마음고생이 심하고 피나는 노력을 했는지 너
무 잘 안다"고 말하며 감격했다. 방수현 해설위원은 경기 시작 전
부터 28년 전 올림픽 결승 무대보다 더 떨린다고 했다. "2004년
부터 MBC에서 배드민턴 해설을 했는데 단식 결승 중계는 처음
이다. 그 현장에 직접 와서 중계한다는 것이 감개무량하다"며 안
세영의 결승전에 남다른 소회를 밝혔던 방수현이었다. "중계 끝
나고 빨리 뛰어 내려가서 안세영 선수를 안아 보고 싶다"고 애틋
함을 드러냈던 방수현은 실제로 기자회견장에서 안세영을 안아
주며 축하와 격려를 전했다. 대한민국 배드민턴 여자단식 올림픽
첫 금메달리스트이자 레전드가 다음 올림픽 금메달리스트를 만
나는 데까지 걸린 시간이 무려 28년이었다.

　　한국이 낳은 배드민턴 여제 방수현과 안세영, 그 사이에
는 28년의 세월이 있었다. 안세영은 다음 목표로 '최고, 최대'를
이야기했다. 최고의 자리에서 최대로 많은 기록들을 만들고 싶다

는 욕심을 올림픽 우승 후 밝혔다. 올림픽 금메달이 있기에 가까이 와 있는 기록이 바로 그랜드 슬램이다. 이미 2023년 세계선수권대회와 아시안게임을 제패한 안세영은 그랜드 슬램(올림픽·세계선수권대회·아시안게임·아시아선수권대회)'의 사실상 마지막 퍼즐인 올림픽 금메달을 따내며 8부 능선을 넘었다. 2024년 4월 우승에 실패한 아시아선수권대회 우승은 시간이 해결해 줄 문제이기 때문이다. 스물두 살의 어린 나이에 한국 배드민턴의 '살아 있는 역사'가 된 안세영, 최고 권위의 전영오픈과 세계선수권 제패, 아시안게임과 파리 올림픽, 그를 기다리고 있는 그랜드 슬램, 그 후에도 펼쳐질 수많은 기록들과 영광의 순간들까지, 우리는 지금 안세영 시대에 있다.

쇼트트랙

2018년 2월 20일 강릉 아이스아레나에서는 한국 쇼트트랙 2관왕이 탄생했다. 주인공은 당시 500m와 1,000m에 이어 1,500m까지 세계 랭킹 1위를 석권하고 있던 여자 쇼트트랙 스피드스케이팅의 최강자 최민정이었다. 2018년 평창 동계 올림픽 쇼트트랙 여자 3,000m 계주에서 심석희, 김아랑, 김예진과 함께 금메달을 만들어 낸 순간 그는 첫 올림픽을 2관왕으로 출발한 선수가 됐으며 한국 여자쇼트트랙대표팀은 역대 여덟 번의 올림픽 3,000m 계주에서 6개의 금메달로 사실상 한국 독점 체제를 군혔다. 예선부터 달랐다. 여자 대표팀은 3,000m 계주 예선에서 전체 27바퀴 중 23바퀴를 남기고 이유빈이 배턴 터치 직전 넘어져 경쟁자들에 반 바퀴 가까이 뒤졌지만, 폭발적인 스피드를 앞세워 상대를 제치고 1위로 결승선을 통과했다. 믿기 힘든 장면이었다. 이유빈은 넘어지면서도 최민정과 재빨리 손을 부딪쳐 배턴을 넘겼고 최민정이 속도를 높여 3위와 벌어진 간격을 금세 좁혔다. 그리고 12바퀴를 남겨 둔 상황에서 최민정이 3위로 올라섰으며 이어 이유빈이 2위로 추월, 7바퀴를 남기고 심석희가 선두로 치고 나왔다. 속도가 붙은 한국 계주팀은 차례로 최민정, 김예진이 2위와의 격차를 벌이고 마지막 주자로 심석희가 1위로 결승점에 도달했다. 선수들이 꾸준히 멀어진 간격을 붙잡아 차례차례 꺾고 1위로 올라서는 소름돋는 장면을 연출하고 4분 6.40초의 올림픽 신기록을 세우며 결승으로 향했다. 결승전은 중국, 이탈리아, 캐나다와의 대결이었다. 3번 레인에서 출발한 한국은 레이스 초반 무리하지 않는 모습을 보이며 23바퀴를 남겨두고 김예진이 3위로 올라섰다. 16바퀴를 남겨두고 작전에 돌입한 한국 대표팀, 대표팀 주장 심석희가 스피드를 올려 2위로 올라섰지만 13바퀴를 남기고 다시 캐나다에 밀려 3위로 내려앉았다 앞으로 치고 나가지 못했던 한국은 6바퀴를 남기고 김아랑이 한 바퀴를 더 타면서 2위로 올라섰다. 한국은 2바퀴를 남기고 최민정이 선두로 치고 올라갔다. 그리고 1위로 피니시 라인 통과, 평창 동계 올림픽 쇼트트랙 여자계주 금메달은 대한민국 선수들의 목에 걸리게 됐다. 여자 1,500m 우승자인 최민정은 두 번째 금메달을 목에 걸었고 자신의 첫 올림픽에서 2관왕에 오른 것으로 한국 여자쇼트트랙이 전이경-진선유에 이어 최민정의 시대를 열어 가고 있음을 알렸다.

한국 여자쇼트트랙 전설의 시작, 전이경

동계스포츠는 한국선수들에게 세계 정상의 자리를 쉽사리 허락하지 않았다. 외부적인 환경과 신체적인 요소가 모두 불리했던 한국선수들에게 그나마 한 줄기 빛이 됐던 게 쇼트트랙이었다. 키가 165~175cm인 선수들에게 적합한 종목, 곡선 운동이 많아 원심력 때문에 키 큰 선수가 불리할 수도 있는 종목, 쇼트트랙이 1992년 알베르빌 동계 올림픽부터 정식 종목으로 채택되면서 한국도 동계 올림픽에서 금메달을 획득한 나라가 됐다. 남자 쇼트트랙의 김기훈이 대한민국 동계 올림픽 참가 사상 첫 번째 금메달의 주인공이 됐고 여자쇼트트랙은 아쉽게 다음을 기약했다. 알베르빌 올림픽 여자쇼트트랙에는 500m와 여자계주만 메달이 걸려 있었다. 한국의 전이경은 김소희와 함께 500m에 출전했지만 8강에서 떨어졌고, 여자계주는 예선에서 한 선수가 넘어지면서 역시 메달은 실패한 채 귀국해야만 했다. 당시 전이경의 나이가 만 16세였다. 어린 선수에게 실패는 쓴 약이 됐는지 이듬해 1993년 베이징 세계선수권에서 개인 종합 준우승을 차지하며 두각을 나타내기 시작했고 다음 해 다시 한번 올림픽 메달 도전 기회가 찾아왔다. 알베르빌 올림픽 이후 2년 만이었다. 국제올림픽위원회가 하계와 동계 올림픽을 2년 차를 두고 교차 개최하기로 결정하면서 알베르빌 이후 2년 뒤인 1994년에 또 한 번의 동계 올림픽이 릴레함메르에서 열렸고 전이경은 2년 만에 다시 올림픽 무대에 설 수 있었다. 그렇게 시작된 1994 릴레함메르 동계 올림픽, 여자쇼트트랙에도 1,000m가 추가되면서 전이경에게 기회가 왔다. 당시 전이경은 스피드는 떨어지지만 지구력이 좋다는 평가를 받고 있는 터라 기존 500미터는 전이경에게 유리할 수 없는 종목이었다. 1,000미터에 집중하며 훈련했지만 올림픽을 한 달 앞두고 발목 부상을 당했고, 대회 개막이 임박해서도 발목 부상이 낫지 않아 최상의 컨디션으로 올림픽에 임할 수 없었다. 하지만 당시 전명규 감독이 고심 끝에 출전 선수 명단에 전이경의 이름을 적어 냈고, 그렇게 나간 대회에서 전이경은 2관왕에 오른다. 발목이 온전하지 못한 상황에서 여자 계주에 출전한 전이경은 김소희, 원혜경, 김윤미와 팀을 이뤄 중국을 따돌리고 여자 종목 사상 첫 금을 신고했고 며칠 뒤 1,000m에서는 당시 최강자이자 전년도 세계선수권대회에서 개인 종합 우승을 차지한 캐나다의 나탈리 램버트를 제치고 우승하며 한국 여자 쇼트트랙 사상 최초 올림픽 2관왕에 오른다.

숭의초등학교 2학년 때 스피드스케이팅을 시작한 전이경, 어릴 때부터 몸이 약해 병원을 제집처럼 드나들었고 딸이 건강하게 자라기를 바랐던 부모님은 전이경에게 운동을 시켰다. 여섯 살 때부터 수영을 했고 1년이 지난 뒤에는 피겨 스케이팅을 시작했다. 그리고 초등학교 2학년 때 스피드스케이트 부츠를 신었다. 전이경은 5학년에 올라가면서 쇼트트랙 스피드스케이팅으로 종목을 바꿨다. 그리고 쇼트트랙을 한 지 1년 만인 1988년 12세의 나이로 태극마크를 달았다. 최연소 국가대표였으며 당시 초등학교 6학년 어린이가 태릉선수촌에서 생활한다는 것이 대단한 화제가 되기도 했다. 급성장하던 전이경은 중학교 2학년 때 허리를 다쳐 한동안 고생을 한다. 척추분리증이었다. 전이경은 좌절하지 않고 물리치료와 보강 운동을 병행해 체력을 더 끌어올렸고 그 결과 통증은 어느새 사라져 올림픽 도전이 가능했다. 발목 부상으로 위기가 있었지만 올림픽 2관왕이 되고 나니 거칠 게 없는 전이경이었다. 올림픽 2관왕이 주는 자신감은 믿음이 됐고, 믿음은 다시 성적으로 나타났다. 전이경은 1995년부터 1997년까지 세계선수권대회 개인 종합 3년 연속 우승을 이뤘다. 전이경은 이 성적들이 체력에서 나왔다고 생각했다. "쇼트트랙은 '선 체력 후 기술'이에요. 기술이 아무리 뛰어나도 체력이 뒷받침되지 않으면 소용이 없죠. 체력에는 자신이 있었어요." 체력을 보강하며 힘과 지구력이 좋아지고 기술과 경험이 조화를 이뤄 경기 운영 능력이 향상됐다. 그 무렵이 중국에서 양양A가 여자쇼트트랙계의 새로운 강자로 떠오르고 있던 때였다. 1997년 나가노 세계선수권대회에서 전이경에 밀려 2위를 차지한 선수가 바로 양양A였으며 두 선수는 1년 뒤 나가노에서 다시 만났다. 이번엔 올림픽이었다.

회심의 오른발 내밀기, 다시 2관왕

4년 전 릴레함메르올림픽 때와 달랐다. 몸 상태도 4년 전 부상이 있던 때와는 달리 최상이었다. 그 때문에 1992년 알베르빌은 첫 올림픽이 주는 설렘과 불안이 공존한 올림픽이었고 1994년 릴레함메르는 설렘과 극복의 올림픽이었다면 1998년 나가노는 기대와 확신의 올림픽이었다. 세 번째 올림픽임에도 전이경의 나이는 22세, 최고의 기량을 선보일 수 있는 때였다. 나가노 올림픽 첫 메달 도전은 계주였다. 전이경은 쇼트트랙 첫날 3,000m 계주에 세 번째 주자로 나섰다. 계주는 주자가 바뀌면서 다음 선수를 뒤에서 밀어 줄 때 추월의 기회가 생기는 만큼 힘이 좋은 선수를 어디에 배치하느냐도 중요했다. 전이경은 3번 주자로 나서 체격이 큰 원혜경을 밀어 주며 기회를 봤다. 하지만 경기 후반까지 중국에 뒤져 2위로 달렸다. 그러나 두 바퀴를 남겨 놓고 안상미가 김윤미를 밀어 주는 순간 김윤미가 안쪽으로 파고들며 선두로 나섰고 끝까지 중국의 추월을 허용하지 않았다. 상승세를 타고 있던 양양A와 양양S에 왕춘루까지 포진했지만 중국 선수들은 패배에 고개를 숙였다. 단체전에서 금메달을 목에 건 전이경은 단체전의 부담을 벗고 조금은 마음 편히 개인전에 나섰다. 개인전 첫 경기는 500m. 단거리인 500m는 스타트와 파워에 강점이 있는 서구권 선수들이 유리한 종목이었지만 전이경은 자신감이 있었다. 그러나 준결승에서 탈락했다. 그럼에도 전이경은 끝까지 최선을 다해 B 파이널(쇼트트랙은 준결승에서 1, 2위 선수들은 파이널로 올라가고 떨어진 선수들은 B 파이널로 가게 된다) 1위에 오른다. 결선에 오르지 못한 떨어진 선수들 간의 대결이었고 메달을 기대할 수 없는 상황이었지만 전이경은 최선을 다해 경기를 마무리했고, 그 결과 B 파이널 1위로 500m 경기를 마쳤다. 그러고는 믿을 수 없는 벌어졌다. 네 명의 선수가 겨룬 500m 결승에서 중국의 왕춘루가 실격하고 캐나다의 이사벨 샤레스트가 완주하지 않

으면서 A 파이널에 남은 선수가 두 명, 이 두 명이 금, 은을 가져
가고 B 파이널에서 1위에 오른 전이경이 동메달을 따게 된다. 올
림픽 메달은 하늘이 주는 것이 맞는지, 최선을 다한 선수에게는
행운도 따르는 법인지 운 좋게 동메달까지 목에 건 전이경은 최
상의 컨디션으로 가장 자신이 있었던 1,000m 경기를 기다렸다.

　　라이벌 양양A도 만만치 않았다. 1,000m 준준결승에서
세계 신기록을 세웠고 준결승에서는 전이경을 제쳤다. 그동안 양
양A에게 져 본 적이 없었던 전이경은 조 2위로 결승에 올랐다.
1,000m 결승에 올라온 선수는 전이경, 원혜경, 양양A, 양양S였
다. 한국과 중국의 대결이었다. 이렇게 된 이상 작전이라고 할 것
도 없이 선의의 경쟁을 하는 게 최선이었다. 1분 30초 안팎이면
끝나는 경기, 초반부터 치열한 레이스였다. 초반에는 양양S가 앞
으로 나가고 원혜경이 뒤를 쫓았다. 전이경은 맨 뒤에서 선수들
의 움직임을 살폈다. 선수들이 중반이 되면서 속도가 붙기 시작
했고 원혜경이 앞으로 나가려 시도했지만 양양S를 따라잡지 못
했다. 오히려 양양A에게 추월당해 중국 선수들이 1, 2위를 달렸
다. 전이경은 여전히 4위. 앞에 1, 2위 선수가 모두 중국 선수라
면 한국 선수들에게 기회가 쉽게 오지 않는 상황이었다. 그러다
2바퀴를 남겨 놓고 양양A가 치고 나갔고 중반까지 선두였던 양
양S는 지쳐서 뒤로 처졌다. '땡땡땡땡땡', 마지막 바퀴를 알리는
종소리가 울렸다. 그 순간 전이경이 뒤에서 선수들을 따라가며
모아 뒀던 힘을 이용해 앞으로 치고 나가면서 양양S를 앞질렀고
마지막 코너에서 절묘하게 인코스로 파고들었다. 그리고 피니시

라인이 보이자 양양A가 팔을 잡았지만 뒤로 힘차게 밀면서 오른발을 쭉 내밀었다. 오른발을 쭉 내밀고 얼음 위에 미끄러지면서 두 손을 번쩍 들었던 그 장면은 지금도 한국 쇼트트랙 역사 속에 자주 회자되는 명장면으로 남아 있고 전이경은 동계 올림픽 최초 2연속 2관왕이라는 대기록의 주인공으로 기록됐다.

올림픽 2관왕 2연패를 이룬 전이경은 대기록 달성 다음 해인 1999년, 선수로서 최정상에 올라 있고 더 이룰 것이 많은 것 같은 23세의 나이에 쇼트트랙을 접었다. 허리 부상이 은퇴 결심을 앞당겼다. 전이경은 2002 솔트레이크시티 올림픽까지 뛰고 싶었지만 대표 선발전을 앞두고 허리를 다쳤다. 은퇴 후 인터뷰에서 전이경은 "병원에 있으면서 마음을 굳혔죠. 정상에 있을 때 은퇴해야겠다고요." 당연히 대한빙상경기연맹과 전명규 감독은 말렸지만 전이경의 결심은 확고했다. 그리고 자신이 생각했던 다음의 전이경을 준비했다. 태릉선수촌에 들어갈 때부터 간직한 꿈이었던 국제올림픽위원회IOC 선수위원에 입후보하고 2002 솔트레이크시티 올림픽은 쇼트트랙 선수로서가 아니라 선수위원 후보로서 메달이 아닌 다른 목표를 위해 뛰었다. 하지만 동계 올림픽 무대에서 유럽의 벽은 높았고, 당시에는 선거 운동을 하기 위한 정보도 턱없이 부족해 전이경의 도전을 실패를 끝났다. 하지만 IOC에서 일하고 싶었던 꿈을 조금 이루긴 했다. 전이경은 자크 로게 IOC 위원장의 추천으로 IOC 선수분과위원으로 활동하며 1년에 두 번 열리는 정기 회의에 참석했고 올림픽 동안에는 현지에서 선수들의 권익 향상과 도핑 방지를 위해 활동했다. 전

이경의 새로운 도전은 계속됐다. 2003년 3수 끝에 한국여자프로 골프협회 준회원 자격을 얻었고 2005년에는 아이스하키 국가대표로 뽑혔으며 아무런 연고가 없는 부산으로 내려가 동계스포츠 환경이 열악했던 부산에서 쇼트트랙 꿈나무들을 지도하기도 했다. 평창 동계 올림픽 유치 활동을 하면서 부산과 서울, 평창을 바쁘게 오갔던 그는 2018년 지도자로 평창 올림픽에 참가했다. 대한민국이 아닌 겨울이 없는 나라, 싱가포르 쇼트트랙 대표팀의 지도자로 다시 한번 올림픽에 도전했다. 전이경이 지도한 싱가포르의 샤이엔 고가 올림픽을 앞두고 열린 월드컵 3차 대회에서 여자 1,500m 본선에 진출해 올림픽 출전 자격을 얻었기 때문이었다. 극적이었다. 앞서 달리던 두 선수가 넘어지고, 한 선수가 반칙으로 실격한 뒤 샤이엔 고가 경쟁자 한 명을 제치고 2위로 골인하며 평창 올림픽 출전권이 주어지는 36명 중 막차를 탔다. 당시 샤이엔 고의 쾌거는 싱가포르를 들썩이게 했다. 겨울이 없는, 사계절 더운 곳. 더구나 아이스링크라고는 쇼트트랙, 피겨용 1개 밖에 없는 싱가포르에서 최초로 동계 올림픽 티켓을 땄다고 해 큰 화제가 됐다.

올림픽 최초 여자 쇼트트랙 3관왕, 진선유

2006년 2월 26일(한국시간)은 한국 올림픽사에 기념비적인 날이었다. 한국 쇼트트랙의 간판 진선유와 안현수가 나란히 2006년 토리노 동계 올림픽 3관왕에 등극하며 한국 스포츠 역사이자 올

림픽 역사를 다시 썼다. 안현수는 남자 5,000m계주에서 막판 한
국의 극적인 역전레이스를 이끌어 내며 1,500m와 1,000m에 이
어 대회 세 번째 금메달을 따냈지만 올림픽 최초 3관왕의 기록
은 앞서 열린 여자 1,000m경기에서 나왔다. 여고생 스케이터 진
선유가 1위로 들어오며 1,500m와 3,000m계주에 이어 또다시 금
메달, 한국 선수로는 올림픽 사상 첫 3관왕에 등극했다. 한국은
그 전까지 10명의 2관왕을 배출했지만 한 대회에서 금메달 3개
를 따낸 건 진선유가 처음이었다. 3관왕이 되기까지 역시나 중

국은 난적이었다. 3관왕을 결정짓는 여자 1,000m 결승, 진선유는 선배 최은경, 중국의 양양A, 왕멍과 나란히 스타트 라인에 섰다. 초반엔 3위를 유지하며 뒤에서 기회를 노렸다. 치고 나갈 기회가 없었던 건 아니지만 끝까지 결정적인 순간을 노렸고 2바퀴를 남긴 상황에서야 스피드를 냈다. 그 순간 2위로 달리던 양양A가 뒤로 밀렸고 마지막 바퀴를 반쯤 남겨 놓고는 바깥쪽 코스로 돌아 선두 왕멍을 제치며 결승선까지 힘차게 달려 1위를 확정했다. 3위에서 1위까지 한순간에 치고 나가는 장면은 지금도 유튜브 등에서도 명장면으로 회자되고 있고, 이 영상에 팬들은 '쇼트트랙 역사상 최고의 레전드'라고 댓글을 달고 있다.

진선유는 경북사대부속초등학교 때 처음 스케이트화를 신었다. 수영을 배우고 있었던 진선유는 방학 특강으로 처음 빙상장에 갔다가 본격적으로 쇼트트랙을 시작하게 됐다. 곧바로 두각을 나타냈던 것은 아니었다. 주니어 때는 큰 관심을 받지 못하다가 2004년 5월 대표선수로 선발된 뒤 그해 10월 중국 월드컵에서 여자 3,000m 슈퍼파이널 1위를 차지하고 계주에서도 1위를 합작하며 국제 무대에서 주목을 받기 시작했다. 그리고 다음해 2005년 세계선수권에서는 개인 종합 1위를 차지하면서 고2, 만 16세의 나이에 세계 정상급 선수로 떠올랐다. 그리고 2005년 이탈리아 보르미오 3차 월드컵에서 개인 종합을 포함해 5관왕에 올랐고 이어 2006 토리노 동계 올림픽 때 3관왕(1,000m, 1,500m, 3,000m 계주)으로 진선유 시대를 열었다.

진선유는 아웃코스를 공략하는 추월을 주특기로 세계

무대를 휩쓸기 시작했다. 진선유는 올림픽 이후 2006, 2007 세계
선수권에서 모두 개인 종합 1위를 차지하며 전이경의 세계선수
권 3연패 기록과 타이를 이뤘다. 하지만 진선유도 부상이라는 난
관을 피할 수는 없었다. 선수들의 부상은 컨디션이 최고조일 때
찾아온다는 이야기가 있는데, 그만큼 상대 선수들의 견제를 받
기 때문에 이를 이겨 내다 보면 불의의 부상을 당하는 경우도 많
다. 진선유 역시 매 대회 매 경기 우승 후보이다보니 집중 견제를
받았고 그러던 중 2008년 2월 월드컵 6차 대회에서 중국 선수의
반칙에 떠밀려 발목을 다쳤다. 진선유는 귀국 직후 발목 치료를
위해 병원과 태릉선수촌 훈련장을 오가면서 재활에 힘을 기울였
지만 결국 그해 3월에 있었던 세계선수권대회에 나서지 못했다.
4월 국가대표 선발전에 나섰지만 여전한 통증 탓에 태극마크를
달지 못하는 아픔을 겪었고 결국 진선유는 그해 7월 수술을 결정
했다. 수술 후 경기 감각을 되살리는 차원에서 그해 11월 복귀전
을 준비했지만 뜻하지 않은 골반 부상이 겹치면서 대회 출전을
포기했고 부상 여파로 2009년 국가대표 선발전에서 탈락해 2010
밴쿠버 동계 올림픽에 출전하지 못했다. 그리고 다음 국가대표
선발전에서는 두 종목 1위를 차지하고도 종합 점수에서 밀려 대
표팀 복귀에 실패했다. 결국 진선유는 부상의 여파를 이겨 내지
못한 채 2011년 은퇴를 결정했다. 누구도 원망하지 않았다. 진선
유는 "다른 분들이 생각하기엔 빨리 그만뒀다고 볼 수 있지만 나
는 적정한 시기에 은퇴했다고 생각한다"고 말하기도 했다. 세계
쇼트트랙 역사상 가장 뛰어난 선수 중 한 명으로 꼽히는 진선유

는 예상과는 다르게 짧고 굵은 선수 생활을 마감했다. 그러나 진선유는 얼음 위를 떠나지 않았다. 모교 단국대학교에서 코치직을 제의하며 지도자로 남아 주길 바랐고, 지금도 공부하는 지도자로, 그리고 해설위원으로 쇼트트랙과 함께하고 있다.

이작가의 ADDITION

해설위원으로 만난 진선유 코치

진선유 선수와의 첫 만남은 물론 경기장이었지만 그때는 미디어에 종사하는 취재진으로 바라보는 일방적인 관계였고 서로 연락을 하는 관계가 된 건 2022 베이징 동계 올림픽을 앞두고서였다. 방송국의 해설위원과 스포츠 방송 작가로 연락을 주고받으며 출연 섭외를 하면서부터다. 은퇴한 지 꽤 오래된 터라 여유 있게 출연 약속이 가능할 줄 알았으나 그렇지 못했다. 알고 보니 여전히 그는 쇼트트랙 경기장에 있었고 후배들을 지도하고 있었다. 올림픽 중계를 위해 출국을 준비 중임에도 제자들을 인솔해 대회를 오간다고 해 출연 일정을 조율하는 데 조금 시간이 걸렸다. 동반 해설자인 이정수 해설위원과 함께해야 하는 구성이라 두 위원의 일정을 맞추기 위해서 꽤나 여러 번 메시지를 주고받았다. 그리고 방송 중 근황을 묻는 질문에 일찍 은퇴해 모교에서 코치를 하고 있다는 소개를 했으며 당시 여전히 선수 생활을 이

어 가고 있는 이정수 해설위원을 향해 진심으로 응원의 목
소리를 보내기도 했다. 그리고 링크에서 이정수 선수의 훈
련 모습을 봤다며 고참 선수가 강한 훈련 후 회복이 잘 안
되는 상황을 알아채고 그 부분을 차분하게 위로하기도 했
다. 그리고 대회를 앞둔 후배들에게는 본인을 믿고 임하라
는 조언을 남겼다. 그렇게 나는 지도자 진선유의 모습을 봤
다. 그래서 그의 조금은 이른 은퇴가 마냥 아쉽지만은 않았
다. 그 누군가는 이렇게 멋진 지도자를 일찍 만났을 테니 말
이다.

쇼트트랙의 완전체, 최민정

여자쇼트트랙에서 올림픽 2연속 2관왕과 올림픽 3관왕을 만들
어 내는 한국이지만 극복해야할 한 가지 숙제가 있었다. 바로 단
거리 석권. 쇼트트랙 500m는 남녀를 불문하고 한국 스케이터들
의 아킬레스건이었다. 유독 이 종목에서만 중국, 캐나다, 네덜란
드, 영국 등에 밀려 왔으며 한국 여자 쇼트트랙이 올림픽 500m
에서 거둔 최고 성적은 동메달이다. 1998 나가노 올림픽에서 전
이경이 500m 동메달을 목에 걸고 그 후 16년이 지난 2014 소치
동계 올림픽에서 박승희가 500m 메달을 딴 또 한 명의 여자 한
국 선수가 됐다. 이렇게 동메달조차 쉽지 않은 500m에서 금메달
의 허기를 채울 선수가 나타났으니, 그가 바로 최민정이었다.

　　최민정은 여섯 살 때 아버지의 권유로 언니와 함께 들

은 겨울방학 특강에서 난생 처음 스케이트를 접했다. 미술, 스키, 피아노, 플룻, 오카리나, 발레 등 많은 분야를 접했지만 어린 최민정의 마음을 사로잡은 것은 오로지 스케이트 하나뿐. 이후 스케이트에 매료된 최민정은 남다른 승부욕까지 발현되며 어려서부터 두각을 드러냈고 중학생이 되면서부터 금메달을 휩쓸었다. 2014년 튀르키예 에르주룸에서 열린 주니어 세계선수권에서 금메달 2개, 은메달 1개, 동메달 2개를 획득하며 세계 빙상계를 놀라게 했고, 직후 시니어에 데뷔하여 곧바로 국가대표 선발전에서 종합 1위를 차지하며 단번에 최강 에이스 심석희의 뒤를 이은 차세대 간판 주자로 거론되기 시작했다. 하지만 아쉽게도 이 기세가 소치 올림픽으로 이어지진 못했다. 2014 소치 올림픽에서는 나이 제한(만 16세 이상) 때문에 최민정은 출전 자격이 없었던 것이다. 하지만 최민정이 이미 세계적인 수준에 올라왔음을 관계자들은 모두 알고 있었다. 2014 소치 올림픽 당시 고등학생이었던 심석희가 3,000m 계주에서 금메달을 따며 주목받을 때 한 해설위원이 "심석희보다 더한 괴물이 있는데 나이 때문에 출전을 못한다"고 아쉬워한 적이 있을 정도였다. 하지만 올림픽 메달은 시간 문제일 뿐이라는 듯 최민정은 이후 2015년과 2016년 세계선수권 개인 종합 2연패를 이뤄 내며 단숨에 세계 정상으로 발돋움했다. 하지만 2017년 세계선수권에서는 500m 실격과 1,500m에서 넘어지는 불운으로 3연패 실패는 물론, 단 하나의 메달도 목에 걸지 못하며 종합 6위라는 초라한 성적표를 받았다. 이후 최민정은 가장 힘들었던 순간으로 2017년을 꼽기도 했다. "2017년 세계선수권대회가 가장 기억에 남는다. 시니어 데뷔 후 가장 저조한 성적이 나왔던 경기였다. 어찌 보면 가장 힘들었던 순간이기도 하다. 하지만 2017년 세계선수권대회를 통해 내가 부진했던 이유를 정확하게 파악하고, 부족한 부분을 보완하려고 노력했다"고 말했다. 2017년 세계선수권대회 실패를 계기로 오히려 독기를 품은 최민정은 평창 올림픽 대표 선발전에서 전 종목 1위를 휩쓸며 건재를 알렸고 이어 2018 평창 동계 올림픽이 열리는 새 시즌에는 월드컵 1~2차 대회부터 '금메달 수집'에 나섰다. 하체의 근육량을 늘린 것이 효과를 내면서 단거리와 중·장거리 가릴 것 없이 상대 선수들을 단숨에 추월하는 힘의 레이스로 올림픽 시즌인 2017~2018시즌을 힘차게 열었다. 헝가리 부다페스트와 네덜란드 도르트레흐트에서 연이어 열린 국제빙상경기연맹 ISU 쇼트트랙 월드컵 1~2차 대회에서 여자부 총 8종목 중 7종목에 출전해, 5개의 금메달을 따냈으며 특히 부다페스트 1차 대회에서 자신이 강한 1,000m와 1,500m는 물론 단거리인 500m와 3,000m 계주에서도 우승하며 모든 종목에서 우승의 맛을 봤다. 도르트레흐트 대회에서는 1,000m에 불참한 가운데 500m에서는 준결승에서 불의의 실격을 당했지만 1,500m 금메달, 3,000m 계주 은메달을 목에 걸었고 3차 대회에서 개인 종목 금메달을 따지 못하며 1,500m에서 은메달만 땄지만 4차대회에서 1,500m 금메달, 500m 은메달에 이어 1,000m 금메달을 따며 최강자의 면모를 되찾았다. 이로써 평창올림픽을 앞둔 2017~2018시즌에 쇼트트랙 월드컵 1~4차 대회에서 계주를 포함해 8개의 금메달을 목에 걸며 2018 평창 동계 올림픽에 대한 기대감을 높였다. 당연히 평창 동계 올림픽 모든 종목에서 금메달 후보로 거론이 됐고, 금메달 여부가 아니라 몇 개의 금메달을 목에 걸지가 관건이라고 보는 시선들이 많았다. 올림픽 시즌 월드컵 전 종목에서 세계 랭킹 1위에 올라 있는 만큼 어쩌면 진선유의 3관왕을 넘어선 전 종목 우승이라는 대기록까지도 내심 기대하는 눈치였다. 월드컵을 통해 최민정은 쇼트트랙 전 종목 세계 랭킹 1위가 어떤 선수인지, 그 완벽한 선수가 어떻게 달리는지를 보여 주고 있었고 세계적인 선수들 사이에서도 월등한 피지컬과 실력, 그리고 체력을 가지고 거기에 '얼음 공주'라고 불릴 정도로 표정에 변화가 없는 멘탈까지, 상상 속에 있던 쇼트트랙의 완전체가 바로 최민정이었다.

이미 세계 최고의 쇼트트랙 선수임을 여러 번 증명한 최민정이 드디어 올림픽 무대에 등장했다. 그의 첫 올림픽은 대한민국에서 열린 2018 평창 동계 올림픽이었다. 한국 선수의 취약종목으로 생각됐던 단거리, 그리고 최민정의 전 종목 석권에 관건이 될 500m 경기가 가장 먼저 열렸다. 올림픽을 앞두고 열린 월드컵 1차 대회 500미터에서 우승하며 한국 쇼트트랙이 사상 첫 500m 올림픽 금메달 가능성을 봤던 최민정은 올림픽 무대에서도 예상대로 기세가 좋았다. 500m 세계 1위답게 42.870초의 올림픽 신기록을 세우며 준준결승에 올랐다. 심석희, 김아랑은 아쉽게도 바로 떨어졌고, 한국선수로는 최민정만이 유일하게 500미터 준준결승을 나설 수 있었다. 한국 여자쇼트트랙이 단거

리에 얼마나 약한 모습을 보이는지, 또 한편으로는 최민정이 단
거리에도 얼마나 경쟁력을 지니고 있는지를 알 수 있는 대목이
었다. 그리고 500m 준준결승에서는 4조 2위로 준결승행에 성공
했고 결승으로 가기 위해 또 한 번 출발선에 섰다. 500m 준결승
전 1조로 경기에 나선 최민정은 경험 많은 우승 후보 이탈리아
폰타나를 제치고 42.422초, 다시 한번 올림픽 신기록을 세우며
결승으로 갔다. 이어진 500m 결승전, 다섯 명의 선수만이 허락
받은 결승 레이스, 최민정은 가장 안쪽 1번 레인을 배정받아 폰
타나(이탈리아), 케르크호프(네덜란드), 엘리스 크리스티(영국), 킴
부탱(캐나다) 등 네 명과의 레이스를 준비했다. 출발 신호가 떨어
지고 최민정은 바로 뛰어나갔지만 폰타나와 킴 부탱에 이어 3위
로 출발했다. 주저할 시간이 없었다. 최민정은 곧바로 아웃코스
로 크게 돌아 나갔고, 킴 부탱과 크리스티가 엉켜 있는 사이 빠른
스퍼트로 2위에 올라선 후 다시 폰타나를 바짝 추격했다. 폰타나
와의 치열한 선두 경쟁은 마지막 코너까지 이어졌고, 최민정은
인코스로 폰타나를 파고들며 발 내밀기를 시도했다. 육안으로는
확인이 불가해 비디오 판독이 이어졌고 폰타나의 날이 최민정보
다 앞선 것이 확인되면서 최민정은 은메달을 목에 거는 듯했다.
하지만 변수가 많아 공식적인 순위가 나오기 전에는 메달을 확
신할 수 없다는 걸 알기에 현장의 모든 사람들이 전광판을 바라
보면 공식 순위 발표만을 기다리고 있었다. 결과는 최민정의 실
격. 심판들은 비디오 판독 결과 최민정에게 페널티를 줬다. 최민
정이 킴 부탱을 향해 임페딩(밀기반칙)을 범했다는 이유였다. 두

바퀴가 남은 시점에서 최민정이 킴 부탱을 추월하던 중 손으로
무릎을 건드려 임페딩 반칙을 했다는 판정을 받은 것이다. 그렇
게 쇼트트랙 사상 한국 여자최초 500m 올림픽 금메달의 기록은
무산됐다. 아쉽지만 실망할 필요는 없었다. 최민정이 다 우승해
도 이상하지 않을 것 같은 1,000m와 1,500m, 여자 계주 3,000m
가 기다리고 있었기 때문이다. 여자 1,500m, 한국대표팀의 강세
종목이자 최민정의 주종목이었다. 치열한 선두권의 자리 싸움이
있긴 했지만 경기 후반 최민정이 압도적인 레이스로 1위로 치고
나왔고 완벽한 경기력을 보이며 금메달을 확정했다. 2006년 진
선유 이후 12년 만에 1,500미터 왕좌를 가져온 순간이었다. 세
계 1위가 당연히 금메달을 딸 것이라는 시선에 대한 부담감을 내
려놓을 수 있는 금메달이기도 했다. 하지만 다음 경기는 책임감
이 더 필요한 계주였다. 개개인의 출중한 역량과 단단한 팀워크
가 시너지를 내야 하고 어떤 종목보다도 감동을 주지만 예상치
못한 변수들이 많은 쇼트트랙 계주가 최민정을 기다리고 있었다.
심석희-최민정-김예진-이유빈으로 구성된 여자 대표팀은 예선
부터 4분 6.387초의 올림픽 신기록으로 1위를 차지하며 결승행
티켓을 따냈다. 23바퀴를 남긴 레이스 초반 이유빈이 중심을 잃
고 넘어지며 최하위로 떨어지는 위기를 맞았지만 이후 최민정을
시작으로 심석희와 김예진이 꾸준히 3위와 간격을 좁혔고 11바
퀴를 남기고 최민정이 3위로 올라서더니, 넘어졌던 이유빈이
9바퀴를 남긴 상황에서 2위까지 치고 올라갔고, 곧이어 심석희
가 1위로 올라섰다. 이후에는 여유롭게 결승선을 통과했다. 한국

여자계주의 장점이 그대로 나타난 장면이었다. 강한 지구력으로
1,000m, 1,500m에서 최강으로 꼽히는 선수들이 모인 팀이라 당
연히 후반 스퍼드에 탁월하고 그러다 보니 경기 도중 상대 팀의
전략을 읽고 갑작스레 치고 나가는 변칙적인 전략은 물론 뒤에
처져 있어도 언제든 이길 수 있는 힘과 자신감이 있다는 게 한국
대표팀의 저력이었다. 전이경 시절에도 그랬고 진선유 때도 그
랬으며 최민정 시대에도 쇼트트랙의 경쟁력은 비슷한 모습으로
유지되고 있었다. 결승에서도 마찬가지였다. 최민정, 심석희, 김

예진, 김아랑으로 선수 구성에 변화를 줬지만 달라질 건 없었다. 레이스 초반, 자리 확보에 애를 먹은 한국은 중국과 캐나다와 자리 싸움에서 계속 밀렸다. 하지만 6바퀴를 남기고 김아랑이 속도를 내며 아웃코스에서 치고 나와 2위로 올라섰고, 이어 최민정이 다시 아웃코스에서 추월에 성공, 1위가 되어 무난하게 가장 먼저 결승선을 통과했다. 이탈리아, 네덜란드, 중국를 따돌리며 한국은 1992 알베르빌 올림픽을 시작으로 여덟 번째 출전에서 무려 여섯 번째 금메달을 목에 걸며 이 부문 세계 최강을 증명했다. 최민정은 2관왕에 올랐으나, 마지막 일정이었던 1,000m에서 결승전 마지막 바퀴를 남겨 두고 스피드를 올리기 시작할 때 대표팀 동료 심석희와 충돌했고 함께 넘어지면서 두 선수 모두 메달 획득에 실패했다. 최민정은 큰 충격을 받고 한없이 눈물을 쏟았으며 한참 후 고의 충돌을 의심케 하는 심석희의 문자가 노출되면서 최민정이 흘린 눈물의 의미는 여러 가지로 해석이 되기도 했다. 심석희의 고의 여부는 확인할 수 없었지만 최민정은 그 사건으로 큰 충격을 받았고 극심한 스트레스와 더불어 정신적인 어려움과 불안 증세까지 시달렸던 것으로 전해졌다. 그래서 4년 후 베이징에서 열렸던 2022 동계 올림픽의 1,000m 은메달은 더 큰 박수를 받았다.

평창 올림픽 2관왕 이후 여러 사건들로 마음고생을 했던 최민정이 1,000m 경기에 나서는 것은 꽤나 심리적으로 부담스런 일이었다. 4년 전 평창에서의 충돌이 여러 논란 속에 트라우마로 남아 있기도 했고, 베이징 올림픽 첫 경기인 여자 500m

준준결승에서는 스케이트가 얼음에 걸려 넘어지는 바람에 4위
에 그쳐 결승 문턱에도 가지 못했기 때문이다. 그렇게 심리적인
부담감을 안고 나선 1,000m, 최민정은 1분 28.443초의 기록으로
스휠팅(네덜란드 1분 28.391초)에 이어 은메달을 획득했다. 그동안
의 마음고생과 메달의 기쁨이 얽힌 탓인지 최민정은 경기 후 폭
풍 눈물을 흘렸다. 코칭스태프와 대표팀 동료들이 위로했지만 한
참이나 오열은 이어졌고 취재진을 만나는 믹스트존 인터뷰에서
도 눈물은 그치지 않고 흘렀다. 흐르는 눈물을 훔치며 최민정은
이렇게 말했다. "평창 대회 충돌 사건은 힘들었지만 나를 더 성장
하게 해 준 고마운 시간"이라며 "그런 힘든 과정이 은메달이라는
결과로 나온 것 같다"고 말했다. 이 은메달은 최민정이 치러 나갈
대회 전체에 영향을 미쳤다. 마침 남은 경기가 4년 전 평창에서
2관왕에 올랐던 1,500m와 3,000m 계주였고 마음 한편에 자리하
고 있던 상처와 부담감을 벗어 낸 최민정은 펄펄 날았다. 김아랑,
이유빈, 서휘민과 함께 여자 3,000m 계주에서 또 하나의 은메달
을 획득했고 이어 자신의 주 종목이라고 할 수 있는 1,500m에 나
서 올림픽 신기록으로 결승에 올랐다. 결승전에서는 경기 후반
4바퀴를 남겨 두고 1위로 올라선 뒤 1위를 내주지 않고 결승선을
통과해 2018 평창 올림픽에 이어 1,500m 종목 2연패를 기록하며
여자 1,500m 최강자로 자리매김했고, 기량과 올림픽 메달 수(금
3, 은2)에서 이 종목 전설로 평가받는 전이경, 진선유에 뒤지지 않
는 이른바 '쇼트트랙 여제' 계보를 잇는 선두 주자로 인정받게 됐
다.

3

새
시
대
를
열
다

김연경

이상화

김미정

김자인

지소연

한국 여자배구의 유럽 개척자

눈시울을 붉히며 말했다. "사실상 오늘이 국가대표로 뛴 마지막 경기입니다". 만 17세 나이로 태극마크를 단 이후 16년 동안 줄곧 여자배구대표팀 에이스로 활약하며 2012 런던 올림픽 4강, 2014년 인천 아시안게임 금메달, 2016 리우데자네이루 올림픽 8강, 그리고 2020 도쿄 올림픽 4강을 이뤄 낸 여자배구의 살아 있는 전설, 김연경이 2020 도쿄 올림픽 일정을 마치고 한 말이다. 대한민국은 2020 도쿄 올림픽 여자배구 동메달 결정전에서 세르비아에 0-3으로 패했다. 결과적으로는 메달 없이 대회를 마치게 됐지만 우리 대표팀이 4강에 오르기까지 포기하지 않는 '원팀' 정신과 주장 김연경의 투혼은 메달을 이야기하는 것이 미안할 정도의 감동을 선사했다. 김연경은 동메달 결정전을 마치고 마지막을 이야기했다. 그리고 참았던 눈물을 쏟아 냈다. 공동취

재구역에서 마지막 경기를 앞두고 어떤 느낌이었냐는 질문을 들
은 김연경은 떨리는 목소리로 "별다를 거 없이 준비했다. 신발
끈 묶으면서 테이핑 감으면서 '마지막이 될 수 있겠구나' 생각이
들어서 좀 그랬는데…."라는 말과 함께 눈물을 터트렸다. 그리고
"대표팀으로서 마지막 올림픽이라고 생각해서 더 쏟아부었다"며
사실상 국가대표 은퇴를 선언했다.

원팀, 그리고 김연경

1년이 연기돼 2021년에 펼쳐진 2020 도쿄 올림픽에서 한국 여
자배구는 조별리그 통과 가능성도 높지 않다는 이야기가 나올
정도로 최약체로 평가됐다. 오랜 기간 대표팀 주전으로 뛰어 왔
던 이재영, 이다영 쌍둥이 자매가 학교 폭력 가해 문제로 국가대
표에서 영구 제명되면서 대표팀이 새판을 짜야 했던 게 컸다. 게
다가 올림픽 직전에 열린 2021 발리볼네이션스리그$_{VNL}$에서도
16개 출전국 중 15위로 최하위권 성적을 거뒀기 때문에 역대 최
약체 전력이라는 비관적인 평가를 벗어날 수 없었다. 하지만 팀
스포츠는 객관적인 전력 그 이상의 무언가가 있다는 듯, 우리 대
표팀은 갈수록 끈끈한 팀워크를 보여 주며 세계 배구계의 예상
과는 다른 스코어를 내기 시작했다. 2020 도쿄 올림픽 브라질
과의 조별리그 첫 경기를 패했지만 이후 도미니카공화국, 케냐
를 꺾고 분위기 반전에 성공했고 특히 일본과의 경기에서는 5세
트 막판 드라마 같은 역전승을 거두면서 도쿄 올림픽 최고의 명
장면을 연출했다. 당시 올림픽에서 야구 오프닝 라운드, 남자 축

구 8강전에서 우리나라가 모두 패배하고 구기종목의 희망이 사라진 후라 여자배구대표팀의 승리는 더욱 반갑고 감사한 소식이기도 했고 특히 연날리기도 이겨야 한다는 한일전의 승리였다. 1, 3세트는 한국 승리, 2, 4세트는 일본 승리, 한 세트를 가져가면 한 세트를 뺏기는 승부가 이어졌고 결국 승패는 마지막 5세트에서 결정됐다. 14-14 동점이 된 경기, 일본의 공격이 라인을 벗어나면서 역전에 성공, 우리가 15-14 매치포인트를 잡았고 박정아의 마지막 공격이 성공하면서 극적인 역전승을 거두고 8강행을 확정했다. 한일전 승리의 원동력은 단연 김연경이었다. 30득점을 기록한 것은 물론, 리시브, 블로킹 등 압도적인 실력을 보여 줬을 뿐만 아니라 팀을 이끄는 맏언니로서도 역할을 완벽히 해냈고 이 기세는 8강전 튀르키예전에도 이어져 한국은 역시 세트 스코어 3-2의 짜릿한 승리를 거두고 4강으로 향했다. 2시간 16분의 혈투. 튀르키예의 장점인 높이, 블로킹에서 12-16으로 밀렸지만, 우리는 강한 서브로 리시브를 흔들었다. 상대 센터진의 위협적인 공격을 강한 서브로 막겠다는 전략이 적중했다. 김연경은 양 팀 통틀어 최다인 28득점으로 맹활약하며 선수로서의 자신의 마지막 꿈이라던 올림픽 메달을 향해 한 걸음 다가갔다. 이날도 객관적인 예상은 튀르키예의 승리 쪽이었다. 당시 튀르키예와의 역대 상대 전적에서 2승 7패로 밀리고 있을뿐더러 2010년 세계선수권 승리 이후로는 6연패 중이었다. 하지만 공은 둥글다는 뻔한 이야기에도 희망을 걸어 보고 어차피 서로 부담스러운 토너먼트 승부라는 점, 특히 튀르키예 리그에서 오랜 기간 활약

한 김연경이 있다는 점에 이변을 기대한 경기였다. 그런데 우리
가 기대했던 그 변수들이 모두 한국의 손을 들어 주며 한국 여자
배구대표팀은 2012 런던 올림픽 이후 다시 4강에 올랐고, 1976
몬트리올 올림픽 이후 45년 만에 시상대에 오를 기회를 잡았다.
어쩌면 '김연경과 황금 세대'가 출전하는 마지막 올림픽일 수 있
기에 그 기대가 더 큰 것도 사실이었다.

　　　한일전과 튀르키예전에서 연이어 모든 전력을 쏟아 넣
었던 탓인지 4강전 브라질전과 동메달 결정전인 세르비아전에
서 우리나라의 화력은 많이 약해져 있었다. 결국 세트 스코어 3
대 0의 셧아웃 패배를 당하며 기대했던 메달의 꿈을 이루지 못
했다. 아름다운 4위라며 찬사가 이어질 뿐 경기력을 비판하는 목
소리를 찾아볼 수 없었고 마지막 순간까지 최선을 다하는 플레
이에 뜨거운 위로와 응원을 보냈다. 김연경을 올림픽 메달 없이
떠나보내야 하는 상황이 더 아쉽게만 느껴지는 분위기였다. 세
계 배구계의 찬사도 이어졌다. 국제배구연맹FIVB은 공식 인스타
그램에 김연경 선수의 사진을 올린 뒤 "우리는 계속 말해 왔다.
김연경은 10억분의 1이라는 것을"이라고 적었고, 해외 매체 '월
드 오브 발리'는 한국 여자배구 사상 최고의 선수 김연경의 리
더십과 클래스를 확인한 경기"라고 경의를 표했다. 김연경에 대
한 관심은 선한 영향력을 발휘해 화제를 모았다. 한국 여자배구
가 2020 도쿄 올림픽 4강 진출이라는 기적을 쓰자 이에 감명받
은 팬들이 상대 팀인 튀르키예에 나무를 기부하자는 제안을 하
고 이 제안이 큰 호응을 얻으면서 기부 행렬이 이어졌다. '김연

경' 혹은 '팀코리아' 이름으로 묘목을 기부하는 운동이 벌어졌고 이에 대해 튀르키예의 비영리단체 환경단체연대협회가 홈페이지에 묘목을 선물해 준 김연경 팬들에게 한글과 영문으로 감사의 메시지를 올렸던 일화는 도쿄 올림픽과 김연경이 안겨 준 또 하나의 감동이었다.

김연경과 튀르키예

튀르키예 산불 피해 돕기 운동으로 마련된 묘목으로 '한국 · 튀르키예 우정의 숲'이 조성됐다는 소식이 전해지고 2년 후 2023년에는 튀르키예에는 대지진이 일어났다. 김연경은 곧바로 인스타그램을 통해 튀르키예 남부에 규모 7.8 지진이 발생했다는 사실을 알리며 사상자들에 대한 애도를 표했다. 이어 인명구조와 자원봉사, 기부 등에 대한 정보가 담긴 게시글과 '튀르키예를 위해 기도해 달라 ― Pray for Turkey'는 내용을 담은 게시글 등을 함께 올렸다. 김연경이 튀르키예에 이토록 진심인 이후는 그만큼 인연이 깊기 때문이다. 2009년 일본 진출로 해외 무대를 밟은 김연경은 2011년 세계 최고 수준의 여자배구리그를 보유한 튀르키예에 진출해 2017년까지 6시즌 동안 페네르바체에서 활약했다. 이후 중국 구단을 거친 그는 2018년에서 2020년 다시 이스탄불을 연고로 하는 엑자시바시로 이적해 두 차례 튀르키예 슈퍼컵 우승과 컵 대회 우승에 기여하고 주장을 맡는 등 활약을 펼쳤다. 자신을 세계적인 선수로 자리매김하게 해 준 곳, 김연경에게는 '제2의 고향'과 같은 나라가 '튀르키예'다. 그리고 현

소속 팀인 흥국생명과 국제 이적 문제로 갈등을 빚으며 우여곡절 끝에 갔던 곳이 2011년 당시 세계 최고 리그였던 튀르키예 리그였고 흥국생명과 해외 이적 시 신분 문제로 갈등을 겪었던 시절 페네르바체의 도움을 받았던 것도 튀르키예로 향하는 마음에 한 몫을 한 것으로 풀이된다.

　　　　김연경의 첫 해외 진출 무대는 일본이었다. 일찌감치 국내 무대를 평정한 김연경에게 국내 무대는 좁게 느껴졌을 것이다. 한국 스포츠 역사에 이토록 압도적인 등장이 있었나 싶을 정도로 김연경의 데뷔 시즌은 놀라움의 연속이었다. V리그 2005-2006시즌 1라운드 1순위로 천안 흥국생명 핑크스파이더스에 입단한 김연경은 당시 프로 원년 최하위였던 흥국생명을 단번에 창단 사상 첫 통합 우승으로 이끌었다. 그리고 그해 신인상과 MVP를 동시 수상하고 이 밖에도 득점상, 공격상, 서브상, 챔피언 결정전 MVP까지 6관왕에 등극했다. 한국 프로스포츠 사상 신인왕, 정규리그 MVP, 챔프전 MVP를 독식한 선수는 김연경이 최초였으며 그 후로도 2007~2008시즌까지 3년 연속 정규리그 MVP를 휩쓸었다. 해외 진출을 하기 전, 네 시즌 동안 김연경이 국내 정규리그에서 뛰면서 MVP를 따지 못한 시즌은 2008-2009시즌이 유일했으며 이 기간 정규리그 우승 3회, 챔피언 결정전 우승 3회, 통합 우승 2연패라는 대기록을 달성하는 등, 이 짧다면 짧은 시간 동안 국내 무대를 평정했다. 더 이상 올라갈 곳이 없던 김연경은 당연한 듯 프로 출범 이후 남녀 선수를 통틀어 최초로 해외 리그 진출을 타진했다. 그리고 새롭게 발을 디딘 게 일본이었다. 1976 몬트리올 올림픽에서 동메달을 이끈 레프트 공격수 조혜정 전 감독이 1979년 이탈리아리그에 진출했던 이후 30년이 흐른 2009년에 일본리그에 나가면서 해외 진출의 물꼬를 다시 텄다. 192cm의 큰 신장에서 나오는 높은 타점과 뛰어난 순발력의 김연경을 품기에 일본 무대도 좁아 보였다. 김연경은 JT마블러스에서 두 시즌을 뛰며 팀 창단 최초 우승을 견인했고 일본 리그 첫 시즌에 득점왕, 그다음 시즌에는 MVP에 올랐다. 해외 진출 2시즌 만에 김연경은 2009-2010시즌 득점왕, 2010-2011시즌 MVP로 일본을 평정한 후 2011년 여자배구 세계 최고 리그로 꼽히는 튀르키예로 무대를 옮겼다.

　　김연경은 튀르키예리그 진출 첫 시즌부터 존재감을 확실하게 드러냈다. 소속 팀 페네르바체는 2011-2012시즌 유럽배구연맹CEV 주최 챔피언스리그에서 우승을 차지했고 김연경은 우승의 주역으로 득점왕과 최우수 선수MVP에 선정됐다. 김연경은 아제르바이잔 바쿠의 헤이다알리에프 경기장에서 열린 RC칸(프랑스)과의 2011-2012시즌 CEV 챔피언스리그 결승전에서 서브 에이스 3개와 블로킹 2개를 포함해 23점을 올리며 팀의 3-0 승리를 이끌었으며 챔피언스리그 12경기에서 228점(경기당 19점)을 올리며 2위를 15점 차로 따돌리고 득점왕에 올랐고, 공수에 걸친 활약을 인정받으며 MVP를 차지했다. 그렇게 세계 배구계가 주목하는 유럽 챔피언스리그 첫 출전부터 인상적인 활약을 펼친 김연경의 퍼포먼스는 곧바로 이어진 런던 올림픽에서도 폭발했다. 여자배구대표팀의 목표였던 36년 만의 메달 획득은 실패

했지만 4강이라는 성적에, 김연경은 득점뿐 아니라 공격 전 부문
에서 순위권에 이름을 올렸으며 일본과의 2012 런던 올림픽 여
자배구 3-4위전에서는 22득점을 기록해 이 대회 8경기에서 총
207득점을 올렸고 이로써 김연경은 2위인 미국의 주포 데스티니
후커를 46점 차로 여유 있게 따돌리며 득점왕을 차지했다. 이후
에도 김연경은 2013-2014시즌 CEV컵 대회에서 우승과 MVP를
거머쥐었고 2014-2015시즌 튀르키예 슈퍼컵 우승과 MVP, 그
리고 2014-2015 시즌 튀르키예리그 우승과 MVP까지 튀르키예
리그 진출 후 4개 대회 우승과 MVP를 차지하며 '월드 클래스'
존재감을 입증했다. 2013-2014시즌 CEV컵 우승 당시 함께했
던 지도자가 한국 여자배구대표팀을 이끌었고 현재 흥국생명을
지도하고 있는 마르첼로 아본단자 감독이다. 2013-2014시즌부
터 팀을 맡은 아본단자 감독과 함께 김연경은 2016-2017시즌까
지 2013-2014 CEV컵 우승, 2014-2015, 2016-2017 튀르키예 여
자 배구 리그 우승과 2015-2016 챔피언스리그 3위 달성을 함께
한 인연이 있다. 세계적인 명장 마르첼로 아본단자 감독이 유럽
이 아닌 아시아리그로 온 데는 분명 페네르바체 성공 신화를 함
께 썼던 김연경이 있다는 것도 큰 영향을 줬으리라 짐작할 수 있
는 대목이다.

연봉퀸 김연경

김연경의 활약은 최고 몸값으로 증명이 되기도 했다. 김연경이
한창 튀르키예리그에서 활약하던 2016년 월드 오브 발리가 공

개한 2016-2017시즌 연봉 현황을 보면 김연경이 120만 유로(약 15억 원)로 1위, 바크프방크의 주팅이 110만 유로(약 13억 8천만 원)로 2위, 엑자시바시의 코셸레바가 100만 유로(약 12억 5천만 원)로 그 뒤를 이었다. 연봉 1, 2, 3위의 순위와 이들 소속 팀의 튀르키예컵 순위가 일치해서 눈길을 끌었다. 2016-2017시즌 김연경이 이끄는 페네르바체는 튀르키예 앙카라 바슈켄트볼레이살론에서 열린 터키컵 결승에서 바크프방크를 세트 스코어 3-0으로 누르고 우승했고 김연경은 양 팀 통틀어 최다인 15점을 올렸다. 김연경, 코셸레바(러시아)와 함께 '여자 배구 세계 3대 공격수'로 불리는 상대 팀 바크프방크의 주포 주팅(중국)은 13득점을 기록했다. 엑자시바시의 준결승전에서도 김연경은 25점, 코셸레바는 20점을 올렸고 페네르바체가 세트 스코어 3-1로 이기면서 왜 김연경이 세계 3대 공격수 중에서도 최고인지, 왜 연봉퀸인지를 확실하게 보여 줬다. 이어 김연경은 튀르키예리그 진출 후 두 번째 우승컵을 들어 올렸다. 최고 연봉이 아깝지 않은 활약으로 기대를 충족시킨 김연경은 선택의 기로에 놓이게 된다. 2016-2017시즌을 끝으로 튀르키예 페네르바체와의 계약이 종료되는 시점, 김연경은 'FA대어'가 됐다. 유럽 배구 이적시장에서 '블루칩'으로 꼽혔던 만큼 선택지도 많았다. 원소속 팀과 재계약을 비롯해 터키리그 내 다른 팀으로 이적도 고려할 수도 있었고, 당시에 배구계에서도 큰손 역할을 하고 있는 중국리그도 가능성이 제기됐다. 중국리그에서는 김연경에게 꾸준히 러브콜을 보냈고 2백만 달러를 제시한 팀이 있다는 소문도 돌았다.

　　김연경의 선택은 중국리그였다. 당시 알려진 바로는 애초 김연경은 가족과 같은 페네르바체에 잔류하려 했으나 재정적으로 어려움을 겪고 있는 페네르바체가 선수들의 기본적인 조건을 들어줄 수 없었고 결국 김연경은 오랫동안 러브콜을 보냈고 안정적인 보장을 약속한 중국리그의 상하이 구단을 선택했다. 여러 상황들이 고려 대상이었지만 김연경에게 그중 가장 중요한 것이 국가대표 병행 문제였다. 국가대표에 진심이었던 김연경의 당시 나이가 한국 나이로 서른이 넘은 상황, 몸 관리를 위해 국가대표 일정에 차질이 없는 리그를 원했던 것이다. 일단 이동 거리가 부담이 없었다. 당연히 대표팀 소집에 대한 부담이 덜했다. 그리고 7개월 동안 빡빡한 일정을 소화하는 튀르키예리그와 달리 중국리그는 5개월 동안 상대적으로 여유 있는 일정을 소화한다는 점도 대표팀 일정을 병행하는 데 이점으로 작용했고, 이런 이유로 김연경은 중국리그를 선택했다. 대한민국을 떠나 일본, 튀르키예 배구를 평정했던 김연경은 중국 정복에 나섰고 가자마자 2017-2018시즌에 상하이 브라이트 유베스트를 17년 만의 정규리그 1위와 챔피언결정전 준우승으로 이끌었다. 상하이가 챔프전에서 우승을 차지할 경우 김연경은 한국, 일본, 튀르키예에 이어 중국까지 무려 4개 리그에서 우승컵을 드는 진기록을 세우게 되는 상황이었지만 아쉽게 상하이가 챔프전에서 준우승에 머물며 그 기록은 뒤로 미룬 채 김연경은 중국에서의 1년을 마무리하고 다시 튀르키예로 돌아갔다. 튀르키예리그 엑자시바시는 김연경 영입을 공식적으로 발표했다. 김연경이 2018-2019, 2019-

2020시즌까지 엑자시바시 유니폼을 입는다는 내용이었다. 김연경 측도 오랜 시간 고민 끝에 엑자시바시 구단 역대 최고 대우로 협상을 마무리했다고 밝혔고 특히 엑자시바시는 담당자를 직접 한국으로 보내 김연경의 서명을 받았을 정도로 김연경의 영입에 적극적이었으며 최대한의 예우를 다했다. 엑자시바시는 김연경 영입 이전에 1997년생인 193cm의 거포 티아나 보스코비치(세르비아)와 2020-2021시즌까지 계약을 연장했고 미국 대표팀의 살림꾼이자 엑자시바시의 '캡틴' 1986년생 조던 라르손과도 1년 더 함께하기로 한 데 이어 김연경이 합류하게 되자 엑자시바시의 새로운 삼각편대에 관심이 쏟아졌다. 전 시즌 엑자시바시가 튀르키예리그와 튀르키예컵 준우승, 유럽배구연맹CEV컵 챔피언을 차지했던 상황이라 배구 전문 매체 '발리몹'은 김연경 영입 소식과 함께 "엑자시바시가 우승을 위해 중요한 단계를 밟았다"고 밝히며 김연경 영입 효과에 대한 기대감을 나타냈다. 당시 주팅(중국)을 보유하고 있는 바크프방크가 튀르키예리그는 물론 유럽 무대에서 강한 면모를 보이고 있던 상황이라 '어벤저스'로 무장한 엑자시바시가 그 아성을 무너뜨릴 수 있을지 주목됐다. 김연경은 엑자시바시의 한 시즌을 마친 후 우승 트로피 3개를 들고 금의환향했다. 2018-2019시즌 정규리그 1위와 튀르키예컵 및 튀르키예 슈퍼컵 우승에 공헌했다. 바크프방크와의 챔피언 결정전에서 2승 3패로 밀려 유종의 미를 거두지는 못한 것이 아쉬웠지만 김연경은 공수에서 맹활약하며 기대에 부응했다. 이어 2019-2020시즌을 앞두고 새롭게 팀의 주장을 맡아 공격을 주도하며 슈퍼컵 우승 기쁨을 누린 김연경은 정규리그를 2위로 마치고 플레이오프를 치를 예정이었으나 코로나19로 일정은 기약 없이 연기되며 결국 한국으로 돌아오게 됐다. 그리고 엑자시바시를 떠나게 됐다.

그사이 도쿄 올림픽의 1년 연기가 발표되고, 김연경은 잠시 쉬어 간다는 생각으로 휴식을 취하며 다음 행선지를 찾았다. 그리고 얼마 지나지 않아 2020년 6월 오랜 해외 생활을 마무리하고 전격 국내 복귀를 결심했다. 코로나19로 해외 진출이 불확실한 가운데 도쿄 올림픽 출전과 12년 만의 우승을 위해 연봉을 80% 정도 삭감하며 연봉 3억 5천만 원에 친정 흥국생명행을 택했다. 당시 김연경에 이재영-이다영 국가대표 쌍둥이 자매를 보유하며 '절대 1강'이라는 평가를 받은 흥국생명이었지만 KOVO컵 결승전에서 GS칼텍스에 일격을 당했고, 핵심 전력인 쌍둥이 자매가 학교 폭력 논란으로 5라운드 도중 코트를 떠나며 정규리그와 챔피언결정전 우승컵마저 GS칼텍스가 들어 올리는 걸 지켜봐야 했다. 도쿄 올림픽 또한 큰 변수를 맞이하며 김연경에게 유일하게 없는 것 하나인 올림픽 메달도 불투명해졌다. 이 변수는 결과적으로는 메달 획득 실패로 돌아왔지만 메달만큼이나 더 큰 감동이 있다는 것을 알리며 자신의 마지막 올림픽 레이스를 마무리했다. 도쿄 올림픽이 끝난 후 김연경은 다시 시즌 종료 후 중국 상하이로 떠났고 그렇게 김연경이 태극마크와 함께 선수 생활의 여정도 내려놓는 게 아닌가 하는 아쉬운 목소리가 나올 때쯤 6월 V리그 여자부 역대 최고 대우인 1년 총액 7억 원

에 흥국생명과 계약하며 2022-2023시즌 V리그에 돌아온다는
소식을 전했다.

김연경 효과, 포스트 김연경 시대

김연경의 복귀로 배구 열기와 관심은 예상 그 이상으로 뜨거웠
다. 흥국생명은 김연경 효과에 힘입어 '절대 1강' 현대건설과 여
자부 2강 체제를 구축했고 평일에도 흥국생명이 있는 경기에는
홈이든 원정이든 매진 사례가 이어졌다. 도쿄 올림픽 4강의 감
동과 더불어 은퇴가 거론되는 김연경이지만 국내 코트에서 김
연경은 여전히 톱레벨에 있다는 것도 한 몫을 했다. 2022-2023,
2023-2024 두 시즌 연속 정규리그 최우수 선수에 올랐다. 우승
팀 선수가 아니어도 MVP는 김연경의 몫이었다. 2023-2024시
즌에도 소속 팀 흥국생명은 정규리그를 2위로 마친 뒤 현대건
설과의 챔피언 결정전에서 패배해 트로피를 얻지 못했다. 하지
만 김연경은 기자단 투표로만 결정되는 MVP 수상자 선정에서
31표 중 20표를 획득하며 2위 양효진(5표)을 큰 차이로 따돌리고
'우승 프리미엄'이 없이도 MVP에 선정됐다. 김연경은 또 국내
에선 뛴 단 일곱 시즌 동안 여섯 시즌에서 MVP를 놓치지 않았
고 통산 여섯 번째 수상으로 남녀 통틀어 역대 최다 MVP 수상
의 기록도 세웠다. 그리고 2024-2025시즌도 현역으로 보내게 된
다. 매 시즌이 끝날 때마다 김연경의 은퇴는 배구계의 최대 화두
가 되고 있다. 김연경은 자신이 설립한 KYK 파운데이션 주도로
미뤄 뒀던 국가대표 은퇴식을 치르며 선수로서의 마지막과 은퇴

후의 삶을 준비하고 있다. 그리고 스포츠 행정가가 앞 순위였던 은퇴 후의 삶에 지도자가 선택지의 하나로 스멀스멀 올라오고 있다고 밝혔다. 김연경의 은퇴가 성큼성큼 다가오고 있는 지금, 한국 여자배구는 포스트 김연경 시대를 어떻게 준비하고 있는지 궁금하다. 대표팀의 최근 행보를 보면 이 고민은 이미 시작된 지 오래며 여전히 실마리도 못 찾고 있는 것 같기도 하다.

이작가의 ADDITION

배구에 얼마나 진심이었냐면

스포츠 프로그램을 제작하는 작가의 일에서 가장 중요한 부분 중 하나는 '섭외'다. 출연진 섭외가 끝나면 업무의 80% 이상은 됐다고 보기도 한다. 게다가 스타급 선수들을 섭외라도 할라치면 공도 많이 들어가는 것은 물론 확정이 되면 또 그 성취감은 이루 말할 것도 없다. 최근에는 스포츠스타들의 예능 프로그램 출연이 많아지면서 스포츠 전문 프로그램에서조차 유명하고 인기 있는 선수들을 초대하는 것이 어려워진 현실이기도 하다. 그런데도 끝까지 열심히 인터뷰에 응해 줬던 선수가 바로 김연경 선수로 나는 기억한다. 해외에 많이 머무는 선수의 특성상 해외 연결이 쉽지 않았기에 튀르키예리그 시절에도 중국리그 시절에도 대표팀에 합류를 할 때를 기다려 섭외를 했다. 그때마다 김연경 선수는 여건이 되는 한 인터뷰를 마다하지 않았다. 대표팀은 보통 선수촌에 머물고 감독의 통솔 안에 있기 때문에 감독의 허락이 떨어지면 선수들을 관리하는 매니저를 통해 인터뷰를 요청하곤 하는데, 그렇다 해도 선수들이 싫다 하면 못 하는 게 인터뷰라 늘 긴장하지만 김연경 선수는 언제나 흔쾌히 응했다. 그러다 어느 날 전화 인터뷰를 위해 통화를 하는데 목소리가 많이 잠겨 있었다. 긴 비행을 하고 와서 시차 적응을 하며 훈련에 임하고 있으니 목에 탈이 난 것이었다. 팬 입장에서는 쉬라고 하고 싶지만 방송쟁이 입장에서는 또 그럴 수 없는 상황, 김연경 선수의 목소리를 들을 수 있는 몇 안 되는 기회이니 어쩔 수 없었다. 그런데 김연경 선수는 그때도 찾아 줘서 고맙다고 했다. 나에게도 그랬고 방송을 통해서도 그 말을 잊지 않았다. 나는 그 말을 이렇게 해석했다. "배구를 알릴 수 있다면, 배구 흥행에 도움이 되고 발전에 기여할 수 있다면 괜찮다". 그래서 김연경 선수를 인터뷰할 때마다 고마운 마음과 감동이 함께 몰려왔던 것으로 기억된다. 물론 도쿄 올림픽 이후로 김연경 선수는 범접할 수 없는 섭외 대상이 됐지만 그래도 김연경 선수가 원했던 만큼 배구 인기와 관심이 높아졌으니 나는 괜찮다고 위안을 해 본다. 하지만 섭외 시도는 이어질 거라는 마음도 함께.

스피드스케이팅

놀라운 이변Surprise Upset, 싹쓸이sweep

2010 밴쿠버 동계 올림픽 스피드스케이팅 여자 500m가 끝난 후 이상화의 우승에 대한 외신들의 반응이 이랬다. AFP 통신은 "올해 월드컵에서 한 번도 우승하지 못한 한국의 이상화가 우승했다"고 보도했고, "여자 500m에서 이변이 일어났다"며 "세계기록 보유자인 독일의 예니 볼프, 볼프와 함께 이 종목 월드컵을 석권한 중국의 왕 베이싱 등 여자스피드스케이팅의 절대 강자인 두 선수를 무명의 이상화가 제쳤다"고 비중 있게 보도했다. 그리고 동계 올림픽에서 쇼트트랙 이외 종목에서 금메달을 따지 못했던 한국이 모태범에 이어 이상화까지 500m 스피드스케이팅을 '싹쓸이sweep'했다고도 전했다. 또 월스트리트저널wsj은 "이번 동계 올림픽에서 한국의 스피드스케이팅은 한마디로 서프라이즈"

라며 "그녀(이상화)의 레이스는 놀라운 이변의 연속이었다"고 전했고 로이터도 이상화의 우승 소감을 전하며 이상화의 프로필을 소개하기도 했다. 그리고 밴쿠버 올림픽 공식 홈페이지는 메인화면에 이상화가 태극기를 들고 눈물을 흘리는 사진을 싣고 감동의 순간을 전했다. 밴쿠버 올림픽에서 이상화의 금메달이 이렇게 주목받았던 것은 이상화가 당시 월드컵 랭킹 5위에 우승 후보들을 위협하는 다크호스 정도로 평가받던 선수였기 때문이었다. 하지만 500m 1차 시기를 끝내고 난 후 국내 언론과 해외 언론 모두 이상화를 보는 시선이 달라졌다. 캐나다 리치먼드 올림픽 오벌에서 치러진 대회 여자 500m 1차 시기, 상대는 세계기록 보유자인 독일의 예니 볼프였다. 모두가 볼프의 승리를 예상했다. 100m까지는 예상대로 흘러갔다. 이상화와 함께 17조로 나선 볼프는 100m를 이상화보다 0.08초 앞서 통과했다. 하지만 경기 후반 이상화가 볼프를 따라잡더니 38.24초의 가장 빠른 기록으로 깜짝 1위에 올랐다. 그리고 금메달의 주인공이 결정되는 2차 시기, 이상화는 볼프와 함께 마지막 조의 출발을 기다렸다. 그리고 이상화는 100m 기록에서 1차 시기보다 더 벌어진 0.15초까지 뒤졌다. 하지만 역시 무서운 뒷심을 보이며 볼프에 불과 0.02초 뒤진 37.85초로 결승선을 통과했고 1, 2차 합계 76.09초로 볼프를 0.05초 차이로 따돌리며 금메달을 확정했다. 세계 최강 볼프를 뛰어넘는 경기, 한국 여자 선수로는 첫 번째 스피드스케이팅 올림픽 금메달, 그리고 아시아 출신의 스피드스케이팅 여자 선수로는 전 종목을 통틀어 역대 처음으로 차지한 금메달이었다.

새로운 빙속 여제의 탄생

2009년까지 여자 단거리의 판도는 볼프와 중국의 왕베이싱이 팽팽한 2파전을 펼치는 형국이었다. 그러나 올림픽의 해가 시작되며 한 명의 다크호스가 급부상했고, 그 다크호스는 결국 밴쿠버에서 올림픽 금메달리스트가 됐다. 이상화는 밴쿠버 올림픽 500m에서 일을 낼 수도 있는 다크호스로 평가됐다. 당시 그의 월드컵 랭킹은 5위, 국내 언론은 물론 해외 언론조차 이상화의 금메달을 예상하지 않았다. 그래서 이상화의 밴쿠버 금메달 앞에는 '깜짝'이라는 수식어가 붙었고 그래서 2010 밴쿠버 동계 올림픽 스피드스케이팅 여자 500미터 경기가 끝나고 외신들은 일제히 놀랍다는 반응을 쏟아냈다. 4년 동안 이렇게 세계적인 선수가 돼 있을 줄 아무도 몰랐기 때문이기도 할 것이다. 밴쿠버 동계 올림픽이 열리기 4년 전 겨울, 이상화는 2006 토리노 동계 올림픽이 열일곱 살의 여고생 선수로 올림픽 무대에 첫 발을 내디뎠다. 올림픽을 앞둔 2005년 세계 주니어 스피드스케이팅 500m 1위, 세계 종목별 스피드스케이팅에서 3위를 차지하며 주목받기 시작했지만 올림픽에서는 무명에 가까웠다. 당연히 올림픽 첫 출전의 10대 선수에게는 모든 것이 낯설고 만족스럽지 못했다. 결과 역시 마찬가지. 생애 첫 올림픽 무대였던 2006 토리노 올림픽 스피드스케이팅 500m. 1차 시기에서 이상화는 38.69초로 6위를 기록했다. 내심 메달도 기대했지만 1차 레이스 커브에서 중심을 잃고 넘어질 뻔하며 속도가 줄었고 2차 레이스에서 만회를 했지만 5위로 대회를 마쳤다. '토리노의 실수'를 가슴에 새긴 채 4년을

기다렸다. 그리고 두 번째 올림픽인 밴쿠버 올림픽에서는 한국은
물론 아시아에서 최초로 올림픽 금메달을 목에 건 여자 스피드
스케이팅 선수가 됐다.

눈물의 여왕

토리노에서의 눈물은 아쉬움을 담고 있었다면 밴쿠버에서의 눈
물은 기쁨과 감격을 담은 눈물이었다. 이상화의 '깜짝 이변'이라
고 했지만 밴쿠버 올림픽을 향해 가던 이상화의 상승세에서 메
달 가능성이 감지되기도 했다. 2009년 11월 월드컵 1차 대회(베
를린) 500m 두 차례 레이스를 각각 6위와 5위로 마친 후 2차 대
회(헤렌벤)에서는 두 번 모두 4위에 오르며 순위를 한 계단 한 계
단 높여 나갔다. 그리고 12월 3차 대회(캘거리)와 4차 대회(솔트
레이크시티)에선 네 번 모두 3위를 차지하며 당시 양대 산맥이라
던 볼프와 왕베이싱에게 긴장감을 안겼고 결국 2010 밴쿠버 올
림픽 직전 일본 오비히로에서 열린 세계스프린트선수권에서
500m 1위(1차), 2위(2차)를 거두며 1,000m까지 합산한 성적에서
종합 우승까지 이뤄 냈다. 당시 이상화는 500m 1차 레이스에서
38.19초를 기록하며 볼프를 0.12초 차로 제쳤다. 그럼에도 불구
하고 올림픽 금메달은 볼프의 몫이라는 예측들이 지배적이었다.
볼프는 2005~2006시즌 월드컵 대회부터 두각을 드러낸 후 여
자 단거리의 최강자로 군림했고 각종 월드컵 대회 우승은 물론
이고 세계종목별선수권대회와 세계스프린트선수권대회 단거리
금메달은 대부분 볼프의 몫이었다. 특히 2007년~2009년 볼프는

세계종목별선수권대회 3연패를 달성했고 2008년과 2009년 세계스프린트선수권대회 500m에서도 단 한 번도 1위를 놓친 적이 없는 선수였다. 올림픽 시즌이었던 2009~2010시즌에도 네 번의 월드컵에서 펼쳐진 여덟 번의 레이스에서 볼프가 1위를 놓친 게 단 두 번뿐이었다. 게다가 2009년 12월 월드컵 5차 대회 500m 1차 레이스에서는 자신이 갖고 있던 종전 세계기록 37.02초를 0.02초 앞당긴 세계 신기록(37.00초)으로 우승을 차지했으니 올림픽에서 어차피 우승은 볼프라는 전망이 나올 수밖에 없었다. 이상화 역시도 세계스프린트선수권에서 볼프를 이긴 후에도 초반 100m에서는 정말 이길 수가 없다. 남자 같다는 생각도 든다고 말을 했을 정도였다. 결국 이상화가 올림픽 금메달을 따려면 볼프를 넘어서야 했고 볼프의 폭발적인 스타트를 넘어설 무언가가 이상화에겐 필요했다. 이상화는 스타트에서 볼프를 이기긴 힘들지만 크게 뒤지지 않는다면 자신의 장점인 막판 스퍼트로 만회하겠다는 전략을 세웠다. 그리고 그 전략은 정확히 맞아떨어져 1차 시기에는 100m를 0.08초 뒤진 10.34초로 통과했지만 경기 후반 볼프를 따라잡아 38.24초의 가장 빠른 기록으로 1위에 올랐고 2차 시기 역시도 100m 기록에서 1차 시기보다 더 벌어진 0.15초까지 뒤졌지만 역시 무서운 뒷심으로 볼프에 불과 0.02초 뒤진 37.85초를 기록, 1, 2차 합계에서 볼프를 0.05초 차로 이기고 금메달을 목에 걸었다. 그리고 하염없이 기쁨의 눈물을 흘렸다.

　　그때부터 이상화의 눈에는 감격의 눈물이 마를 날이 없을 정도로 메달 레이스가 이어졌다. 메달만이 아니었다.

2012~2013시즌과 2013~2014시즌 출전한 대회에서 4차례나 세
계기록을 갈아치우는 거침없는 질주를 이어 갔다. 2013년 1월
캐나다 캘거리에서 열린 2012~2013 국제빙상경기연맹ISU 스피
드스케이팅 월드컵에서 월드컵 6차 대회에서 종전 중국의 위징
이 보유하고 있던 500m 기록 36.94초를 36.80초로 갈아치우며
시즌 8연속 우승으로 그 시즌을마무리했다. 그리고 10개월 만
에 맞이한 2013~2014시즌. 월드컵의 시작을 알린 1차 대회에
서 36.74초로 본인이 세운 세계 기록을 0.06초 앞당기며 다시 세
계 신기록을 수립했다. 그리고 일주일 후 대회 장소를 미국 솔
트레이크로 옮겨 펼쳐진 월드컵 2차 대회에서는 첫 번째 경기
36.57초, 두 번째 경기 36.36초로 세계 신기록을 연이틀 새로 쓰
며 2013년 한 해에만 4차례나 세계 신기록을 수립했고 올림픽
시즌인 2013년~2014년 한 시즌에 무려 세 번이나 세계기록을 바
꾸며 올림픽 2연패의 기대감을 높였다. 36.36초의 기록은 여전히
여자스피드스케이팅 500m 세계기록으로 깨지지 않고 있다.

74.19	**36.36**
헤더 리차드슨	이상화
2013. 12. 28. 솔트레이크 시티	2013. 11. 16. 솔트레이크 시티
2×500m	*500m*

*출처 : 세계빙상연맹

이
상
화

세계기록 보유자의 올림픽 2연패

3개 레이스 연속 세계 신기록을 수립한 무서운 상승세를 타며 이
상화는 올림픽 2연패를 준비했다. 올림픽을 준비하면서 가장 신
경 썼던 부분은 초반 100m의 기록을 얼마나 단축할 수 있느냐였
다. 우승 경쟁들에 비해 초반 스타트가 약점으로 꼽히며 '슬로 스
타터'로 불려 온 이상화였기에 소치 올림픽을 준비하는 과정에
서 가장 신경 쓴 부분이 초반 100m의 스피드였고 이를 위해 하
체 강화에 집중했다. 그 결과 이상화의 허벅지 둘레는 2012년 말
측정했을 당시 24인치 정도 되는 60cm로, 2010 밴쿠버 올림픽
때보다 3cm가 늘었고 여자 대표팀의 평균치보다 4cm 이상 큰
근육질의 허벅지를 만들었다. 그러면서 체중을 5kg 정도 감량해
'탄탄한 하체와 날씬한 상체'를 만들어 냈다. 체중을 줄여서 순발
력을 키우고 허벅지 둘레는 키우면서 하체 근육을 강화해 몸에
있는 에너지를 순간적으로 폭발시킬 수 있어야 하는 단거리 레
이스에 최적화된 몸을 만들었다. 이상화의 연이은 기록 단축 속
에 올림픽 금메달은 이상화 자신의 싸움이 된 채 2014년 2월 소
치 동계 올림픽이 시작됐고, 러시아 소치 아들레르 아레나 스케
이팅 센터는 여자 500m 세계기록 보유자 이상화의 올림픽 2연
패 드라마를 기다리고 있었다. 그리고 드디어 결전의 날, 이상화
는 가장 마지막 조인 18조에서 1차 레이스를 펼쳤다. 미국의 떠
오르는 신예 브리트니 보우와 함께 출발해 초반 100m를 가장 빠
른 10.33초로 끊었다. 최근의 100m 기록에도 못 미치고 본인이
가지고 있는 세계기록 36.36초에 비하면 1초 이상 뒤진 기록이

지만 경기장의 거친 빙질을 감안하면 만족스러운 기록이었으며 1위로 2차 레이스를 준비할 수 있다는 점은 이상화의 2연패 가능성을 더욱 높였다. 앞서 열린 경기 결과, 가장 빠른 기록은 올가 파트쿨리나(러시아)의 75.06초. 이상화는 36.63초 이하로만 들어오면 금메달을 확정할 수 있는 상황에서 중국의 왕베이싱과 마지막 17조에서 2차 레이스를 치렀다. 역시나 100m를 가장 빠른 속도로 통과한 이상화는 완벽한 코너링에 이어 마지막 스퍼트까지 여유 있는 완벽한 레이스로 1위를 기록했다. 2차 레이스 기록은 37.28초. 종전 올림픽 기록인 37.30초를 0.02초 앞당긴 올림픽 신기록이었으며 2위인 파트쿨리나보다 0.36초나 앞선 기록이었다. 세계기록 보유자의 누구도 부정할 수 없는 완벽한 금메달이었고, 이상화는 올림픽 2연패로 또 한 번 감격의 눈물을 흘렸다.

눈물의 마지막 레이스, 평창 올림픽

누구에게나 세월의 흐름은 마지막을 생각하게 하듯, 이상화에게도 그런 시간이 다가오고 있었다. 몸이 마지막을 말해 주고 있었다. 각종 부상에 시달렸다. 무릎은 고질적으로 아팠고, 올림픽을 앞둔 2년 전부터는 종아리 부상까지 심해졌다. 결국 올림픽을 1년 앞둔 해인 2017년에 종아리 수술을 받았지만 다시 스케이트를 신었다. 하지만 이 여파는 올림픽에 이어질 수밖에 없었다. "무릎 부상 이후 경기 감각을 잃었고, 그걸 찾는 데 1년 반이 걸렸다"는 올림픽 후 인터뷰에서도 올림픽 메달 색깔은 부상 변수가 컸다는 것을 알 수 있었다. 이상화는 강릉 오벌(스피드스케이팅

경기장)에서 열린 2018 평창 올림픽 스피드스케이팅 여자 500m
경기에서 37.33초의 기록으로 은메달을 목에 걸었다. 금메달은
36.94초의 올림픽 신기록을 세운 '라이벌' 고다이라 나오(일본)에
게 돌아갔다. 마지막에 삐끗하며 올림픽 3연패의 대기록을 놓친
것이었다. 레이스 중반까지는 이상화의 올림픽 3연패 가능성이
높다고 봤다. 이상화의 초반 100m 랩타임을 10.20초, 10.26초를
기록한 고다이라보다 0.06초 빨랐고 전체 선수 중에서도 1위였
기 때문이었다. 그리고 레이스 중반까지도 이상화는 근소하게 앞
서갔지만 마지막 코너를 돌 때 이상화가 순간적으로 삐끗한 게
문제였다. 결국 이상화는 고다이라보다 0.39초 뒤진 기록으로 들
어왔고 이상화를 응원하던 우리나라 홈 관중들은 아쉬움의 탄성
이 질렀다. 가장 아쉬운 것은 이상화였을 것이다. 이상화는 경기
후 믹스트존 인터뷰에서 "내가 빠르다는 것을 나도 느끼고 있었
다"며 "원래 목표는 36.08초에 진입하는 것이었는데 레이스 초반
세계 신기록을 세울 때처럼 속력이 잘 나왔지만 마지막 곡선 주
로에서 실수가 나왔다"고 말했다. 이상화는 은퇴 후 한 예능 프로
그램에 출연해 이날의 아쉬움이 너무 커 "한동안 평창 경기를 못
봤다"고 고백하기도 했다. 은메달의 아쉬움은 잠시였다. 관중들
은 이상화의 최선을 다한 레이스와 우승한 고다이라와 펼친 선
의의 경쟁에 큰 박수를 보냈다. 사실 올림픽 디펜딩 챔피언 이상
화에게 평창 올림픽은 도전자와도 같았다. 올림픽 3연패에 도전
하지만 고질적인 무릎 부상의 여파가 남아 있던 때였다. 게다가
올림픽 시즌 월드컵 시리즈에서 일본의 고다이라가 전승을 달성

하며 랭킹 1위에 올라 있었고 시즌 기록이나 흐름이 상승세를 타고 있는 고다이라의 우세로 보고 있었기 때문에 이상화의 올림픽 3연패를 낙관적으로 보지는 않았던 게 사실이다. 역시나 결과는 고다이라의 승리. 이상화는 대한민국 한국 평창에서 열린 뜻깊은 올림픽, 그리고 마지막 올림픽 레이스, 게다가 부모님이 경기장을 방문한 가운데 처음 서는 올림픽 무대에서 금메달을 따지 못한 아쉬움에 눈물을 흘렸다. 이 모든 이야기를 알고 있는 절친 고다이라는 멈춰 서서 이상화를 기다렸다. 그리고 다가오는 이상화를 안으며 둘은 위로와 축하의 말을 건네며 웃는 모습으로 그 순간을 즐겼다. 이 모습에 한국과 일본의 팬들은 "평창 올림픽 최고의 장면"이라며 찬사를 보내기도 했다.

이상화는 평창 올림픽을 마친 후 1년여가 지난 2019년 5월 공식 은퇴를 선언했다. 은퇴 기자회견에서 이상화는 눈물을 흘리며 고질적인 무릎 부상 때문에 선수 생활을 마무리할 수밖에 없는 상황을 설명했다. 또한 "초등학교 1학년 때부터 스케이트를 시작했다. 오로지 목표만을 위해 달려왔다. 힘들어도 포기하지 않았다"며 "지금부터는 내려놓고 여유 있게 살고 싶다. 누구와도 경쟁하고 싶지 않다"고 선수 생활의 어려움을 토로했다. 2018 평창 올림픽이 끝난 후에도 "알람을 다 끄고 쉬고 싶다"라고 말해 화제를 모은 적이 있는 이상화는 그때야 7개의 알람이 꺼졌다고 밝히기도 했다. 그러면서 "이제 선수 이상화는 사라졌으니 일반인 이상화로 돌아가 소소한 행복을 누리고 싶다"며 빙속 여제를 만든 7개의 알람과도 작별을 고하고 17년간의 선수 생활을 마무리했다.

이작가의 *ADDITION*

지도자 이상화를 기다리며

이상화는 은석초등학교 시절 친오빠를 따라 처음 스케이트를 신었다. 어렸을 때부터 국내 무대를 평정한 이상화는 휘경여고 재학 시절 성인 선수들을 제치며 태극마크를 처음 달아 화제가 됐다. 이상화를 처음 만나 인터뷰를 했던 게 그때였다. 당시 국가대표들은 태릉선수촌에서 먹고 자고 훈련하는 때였고 동계 종목도 선수촌 옆에 자리한 태릉 국제 스케이트장에서 링크 훈련을 하며 태릉선수촌에서 합숙을 하던 때라 이상화의 인터뷰 역시 태릉선수촌에서 진행됐다. 태릉선수촌 입구에서 쭉 걸어 올라가면 정문에 선수회관이 있었고 그곳에서 주로 선수들과의 만남이나 인터뷰 등이 진행됐다. 20여년 전 일이지만 이상화를 본 순간은 또렷하게 기억이 난다. 국가대표지만 너무나도 앳된 소녀가 백팩 하나를 메고 내게 다가왔다. '아! 맞다? 이 선수가 이제 막 고등학생이 된 선수지?'라는 생각이 스쳤다. 당시 이상화는 16세, 하지만 휘경여중 시절 세계 주니어 스피드스케이팅 선수권대회에서 3위를 차지하는 등 '천재 스케이터'로 불리며 고등학생이 되자마자 국가대표가 돼 세간의 주목을 받는 때였다. 인터뷰 내용은 유망주들의 인터뷰가 그렇듯 어떻게 스케이트를 시작했고 어린 나이에 국가대표가 된 소감을 어떻고 앞으로 목표는 어떤지 별다를 게 없는 내용들이었다. 하지만 그 인터뷰가 기억에 남았던 건 어린 유망주 선수에게는 느끼기 힘든 당당함이었다. 당시에는 단거리 스피드스케이터라고 하기엔 왜소한 체격의 아시아 10대 선수에게 너무 큰 기대를 하는 건 아닌지 하는 생각을 했던 내게 이상화의 인터뷰는 이 선수의 미래가 기대된다는 마음의 변화를 가져왔다. 그래서 인터뷰 경험이 없는 이제 막 중학생 티를 벗은 선수와의 인터뷰가 생각보다 재밌었고, 선수회관을 나와 계단을 내려오는 길이 즐거웠던 기억이 있다. 그리고 다음 해 이상화는 아니나 다를까 2005년 국제빙상경기연맹 세계종목별선수권대회 여자 500m에서 동메달을 땄고 이상화가 인터뷰에서 밝힌 포부대로 2006년에는 올림픽 출전을 하고 2010년에는 올림픽 메달리스트가 되며 목표들을 하나하나 이뤄 갔다. 그사이 이상화는 유럽선수들과 견주어도 손색이 없는 근육질의 피지컬로 변모해 나갔다. 막 국가대표가 됐을 때의 이상화를 기억하는 나로서는 그렇게 되기까지 이상화의 노력이 어느 정도일지가 미루어 짐작이 돼 경이롭기까지 했다. 이상화를 지도했던 김관규 감독이 밝힌 바에 따르면 "여름 훈련 때 이상화는 170kg짜리 바벨을 들고 앉았다 일어나기를 반복했다"고 했다. "보통 외국 선수들은 140kg짜리 바벨을 든다"는 설명을 곁들이며 외국 선수들

에게 밀리지 않을 체격과 체력을 어떻게 완성했는지를 공개
했다. 올림픽 2연패, 네 번의 세계 신기록이 그냥 나오지는
않았을 터, 은퇴 후에도 최악의 무릎 연골 상태에 하지정맥
류, 굳은살이 박인 발바닥까지 영광의 상처가 남아 있었다.
그래서 은퇴 기자회견에서 이상화는 "향후 계획은 세우지
않았으며 이제는 그 누구와도 경쟁하지 않고 소소한 행복을
누리고 싶다"고 전했다. 하지만 링크는 이상화를 기다린다.
김민선이라는 이상화 키즈가 있고, 이상화를 떠나보냈던 평
창 올림픽을 보고 자란 '평창 키즈'들이 '제2의 이상화'를 꿈
꾸고 있다. 그리고 이들은 지도자를 고민해 보겠다던 이상
화의 말을 기억하며 함께할 날을 꿈꾸고 있다. 나 역시 국가
대표 유망주를 인터뷰했던 태릉에서 지도자로 시작하는 이
상화를 만나길 기대한다.

여자유도 첫 올림픽 금메달리스트

2024 파리 올림픽, 김미정 용인대 교수가 세 번째 올림픽에 참 가했다. 1992 바르셀로나 올림픽에서는 선수로 출전해 금메달을 목에 걸었고 두 번째 올림픽은 2004 아테네 올림픽, 2002년 A급 국제심판 자격을 얻은 뒤 2003년 오사카 세계선수권대회 심판으로 발탁된 데 이어 심판 최고의 영예인 올림픽 무대에 오르는 영광을 안았다. 그리고 20년 뒤 2024 파리 올림픽은 후배를 지도하는 여자대표팀의 감독으로 세 번째 올림픽에 임했다. 김미정 감독은 바르셀로나 대회 때 여자 72kg급에서 유도 종주국인 일본의 다나베 요코를 꺾고 한국 여자 유도 최초로 올림픽 금메달을 획득했으며 현역 은퇴 이후에는 심판으로 변신해 최고 무대인 올림픽까지 진출했고, 2021년에는 한국 유도 역사상 최초의 여성 감독으로 여자유도대표팀을 맡아 2024년 여름 파리로 향했다.

세 번의 올림픽

2021년 11월 한국 최초 여자유도 올림픽 금메달리스트인 김미정 용인대 교수가 여성 지도자로는 처음으로 여자유도대표팀 감독으로 선임됐다는 소식이 전해졌다. 김미정 감독이 도쿄 하계 올림픽을 마친 뒤 진행한 대표팀 지도자 채용 과정을 통해 여자 대표팀 지휘봉을 잡게 됐고 2022년 항저우 아시안게임과 2024년 파리 올림픽까지 여자 유도 대표팀을 이끌게 된다는 소식이었다. 한국 유도 역사상 여성 지도자가 대표팀 감독으로 선임된 건 이번이 처음이라는 점에서 더욱 눈길을 모았다. 기대가 클 수밖에 없었다. 한국 여자유도의 개척자이자 선구자이기도 했지만 현재에 안주하지 않고 언제나 도전하고 성취해 내며 아무도 가지 않는 길을 앞서가는 유도인이었기 때문이다. 김미정은 유도 여자 대표팀의 전성기를 연 스타 선수였다. 올림픽 역사에서 유도는 1964 도쿄 올림픽에서 처음 선보인 후 1972 뮌헨 올림픽부터 정식 종목이 됐다. 하지만 여자유도가 올림픽에 모습을 보이기까지는 시간이 좀 더 걸렸다. 여자유도는 1988 서울 올림픽에 시범 종목으로 도입된 후 1992 바르셀로나 올림픽에서 정식 종목으로 채택됐다. 정식 종목으로 채택되자마자 올림픽에서 금메달을 목에 건 선수가 바로 김미정이다. 당시 언론의 기사를 보면 김미정의 금메달에 대해 이렇게 평했다. "한국에 세 번째 금메달을 선사한 김미정의 쾌거는 한국 내의 여자유도 역사가 극히 일천한 가운데 이뤄졌다는 점에서 더욱 값진 것으로 평가되고 있다". 1991년 세계선수권대회에서 -73kg의 김미정과 +73kg의 문지윤

김
미
정

이 한국 여자 선수 사상 최초로 금메달을 획득하면서 한국 여자 유도는 국제 대회에 존재감을 드러냈다. 문지윤은 결승에서 중국의 장잉(장빈)을 일방적으로 공략한 끝에 왼쪽 엎어치기로 유효와 효과를 따 우세승을 거뒀으며 김미정은 지난 대회 준우승자인 일본의 타나베를 맞아 종료 6초 전 왼쪽 허벅다리 걸기를 성공시켜 값진 승리를 거두고 우승했다. 세계 최강이라는 일본을 이기며 세계선수권대회에서 사상 처음으로 금메달 2개를 획득하고 국제경쟁력을 확인한 여자유도는 김미정의 바르셀로나 올림픽 금메달로 전성기의 시작을 알렸다. 이후 김미정(92 바르셀로나 올림픽 금), 조민선(93, 95 세계선수권 2연패, 96 애틀랜타 올림픽 금), 정성숙 (2000 시드니 올림픽 동) 3인방이 활약했던 90년대 초·중반 여자유도는 남자유도 못지않게 인기를 끌었다.

경력 단절을 넘어선 유도 열정

서울체고에 투포환 선수로 입학했다가 고교 2학년 때인 1987년 뒤늦게 유도를 시작한 김미정은 유도를 시작한 지 3년 만인 1990년 베이징 아시안게임에서 동메달을 따낸 뒤, 1991년 세계선수권대회, 1992 바르셀로나 올림픽에서 한국 여자유도 사상 처음으로 우승을 차지했다. 김미정은 당시 상황을 TV 예능 프로그램 출연 때 자세하게 설명한 적이 있다. "당시 일본 유도 최강자가 다나베 요코 선수였다. 독보적인 선수라 그 선수가 당연히 1등을 하던 시기였다. 한국 여자 유도는 결승에 가 본 적도 없어 제가 당연히 질 거라고 생각했다"고 말했다. 하지만 김미정은 일본의 다나베 요코를 판정으로 누르고 우승했고, 우승이 확정되자 매트 위에 무릎을 꿇고 두 손을 꼭 잡으며 감격하던 모습은 지금도 사진으로 종종 소개가 되고 있다. 그리고 2년 후인 1994년 아시안게임에서 우승한 후 선수 생활을 접었다. 은퇴한 그해 역시 유도 국가대표 출신으로 1988년 세계유도선수권대회 금메달, 1992 바르셀로나 올림픽 동메달리스트인 김병주와 결혼하며 은퇴를 알렸다. 다음 올림픽은 2년 후 스물다섯의 나이로 올림픽을 한 번 더 나갈 수 있는 여지가 충분히 있는 상황이었지만 김미정은 미련 없이 선수 생활을 접었다. 당시 사회적 분위기도 한몫을 했다. 김미정의 설명도 다르지 않았다 "당시 여자 선수들은 대학을 졸업하면 선수를 그만두는 게 당연시됐고, 또 최고 위치에 있을 때 내려오고 싶은 생각이 있어 미련 없이 일찍 은퇴를 택했다"며 당시의 레전드들이 은퇴를 할 때와 다르지 않은 상황을 언급하기도 했다. 여성이기 때문에 어려웠던 것은 지도자 생활을 하면서도 겪을 수밖에 없었다. 1994년 말 결혼한 김미정은 1996년 말 대표팀 첫 여성 코치로 뽑혔다. 하지만 대회를 위해 일본으로 출국했다가 입덧 등으로 임신 사실을 알게 돼 선임 한 달 만에 그만뒀다. 지금으로 따지면 임신과 출산으로 인한 경력 단절이 시작됐다. 하지만 김미정은 가족들의 도움 덕분에 출산으로 쉬는 동안을 빼고는 긴 공백 기간을 갖지는 않았다. 그럼에도 불구하고 육아는 온 집안의 도움을 받아야만 가능했다. 김미정은 "우리나라는 가족이 도와주지 않으면 경력을 이어 갈 수가 없다. 다행히 나는 운동선수를 키웠던 시어머니(남편이 유도선수 출신)

가 '며느리가 아니라 아들 하나 더 생겼다'고 생각했다. 시어머니, 시댁 형님, 친정어머니의 도움을 받으며 아이 셋을 키우고 경력을 이어 갈 수 있었다"며 "그래서 셋째를 가졌을 때는 주변분들의 반응이 좋지 않을 게 뻔해 아무한테도 말을 못 하고 한동안을 지냈고 많이 울었다"고 회상했다. 그럼에도 김미정은 멈추지 않았다. 2003년 셋째 아이를 임신한 채 입덧을 하며 올림픽 심판 시험을 봤고 2004년 4월에 아이를 낳고 그해 7월 올림픽으로 향했다. "8개월째 의무적으로 심판 교육을 받아야 해서 해외를 가야 하는데 만삭인 내가 간다고 했더니 심판위원장이 상황을 알고 있으니 만삭의 몸으로 올 필요 없다고 오지 말라고 해서 교육을 면제받고 올림픽에 갔다" 본인의 의지와 주위의 도움이 있었지만 임신과 출산이 전혀 변수가 안 됐다면 그건 거짓말일 것이다. 이렇게 출산 및 육아와 유도를 병행하던 김미정이 다시 지도자로 돌아온 건 지난 2012년 여자 대표팀 코치로서였다. 그리고 2014 인천 아시안게임에 코치로 나서 대표팀의 금3·은1·동3의 성적을 이끌었다. 그사이 김미정은 27세에 '엘리트 선수 출신 여성들의 삶'이란 주제로 박사 논문에 통과한 다음, 29세의 나이에 모교인 용인대 정식 교수로 임용되며 후진양성에 힘쓰기 시작했고 이후 계속해서 교수로, 지도자로, 심판으로 국내외 유도계를 누볐다.

라떼를 버린 지도자

선수로, 심판으로 참가했던 올림픽을 지도자로 다시 한번 나가게 됐다. 57kg급 허미미와 78kg 이상급 김하윤을 비롯해 48kg 급 이혜경, 52kg급 정예린, 63kg급 김지수, 78kg급 윤현지 등 여섯 체급, 여섯 선수를 이끌고 파리로 향했다. 2014 아시안게임 때 코치로 대표팀 생활을 한 후 7년이나 지나서야 대표팀에 합류했다. 이번에는 올림픽이었고 감독이었다. 여자유도는 1992년 김 감독 자신과 1996년 애틀랜타 올림픽 조민선 이후 올림픽 금메달이 없었을뿐더러 세계선수권대회 우승도 1995년 대회 이후 맥이 끊긴 상태였다. 도쿄 올림픽에서는 노메달이었으니 욕심을 낼수 있는 상황이 아니었다. 하지만 선수들을 지도해 보면서 마음이 바뀌었다. 막상 세계 대회에 나가 보니 한국 선수들이 세계 다른 선수들과 비교해도 밀리지 않는다는 것을 느꼈기 때문이었다. 실제로 2022 항저우 아시안게임에서 김하윤이 여자 78kg 이상급에서 우승했고 파리 올림픽을 앞두고 열린 아랍에미리트 세계 선수권대회에서는 57kg급 허미미가 29년 만에 한국 여자유도대표팀에 우승을 안겼다. 그리고 김미정 감독의 확신이 틀리지 않았다는 게 파리에서 증명됐다. 여자유도는 매 경기 선전하며 여자 57kg급 허미미 은메달, 78kg이상급 김하윤이 동메달을 따내는 등 한국은 2000 시드니 올림픽 이후 24년 만에 남녀유도에서 5개의 메달을 획득하며 사존심을 회복했고 성공적인 세대교체와 함께 한국유도의 부활을 알렸다는 평가를 받았다. 그리고 메달리스트 선수들이 대부분 20대여서 2028년 펼쳐질 LA 올림픽에서는 끊겼던 유도 금맥을 이을 수 있겠다는 희망도 안겼다. 김미정 감독은 파리 올림픽에서 큰 성과를 낼 수 있었던 원동력으로 젊은 선수들과의 소통을 꼽는다. 유도선수 아들을 두고 있는 엄마의 마음도 한 몫을 했을 테고 또 그 또래 선수들이 어떤 것들을 원하는지 조금은 알고도 있었다. 그것은 소통이었다. 그래서 끊임없이 대화를 나눴으며 특히 철저히 지도자와 선수 관계로 지켜야 할 선을 지켜 줬던 것이 큰 도움이 됐다. 젊은 세대를 이해하기 위해 스포츠 심리학 교수의 강의를 들었고 책도 여러 권 읽었을 뿐만 아니라 전에는 관심 없었던 MBTI까지 연구하면서 선수들의 마음을 이해하려 노력했다고 말했다. 가장 중요한 건 라떼를 버리는 것이었다. "옛날에는 지도자가 '내가 이렇게 했으니 너도 이렇게 해'라고 하면 선수들이 들었지만 지금은 어떤 지시를 내리면 절대 그냥 받아들이지 않는다. 과학적 근거를 제시하고 설득을 해야 한다"며 선수들을 믿고, 그들이 할 수 있도록 힘을 불어넣도록 어른들이 도와준다면 MZ선수들은 무서운 힘을 발휘한다는 이야기도 전했다. 그럼에도 불구하고 세 번의 올림픽 중 감독으로서의 역할이 가장 어려웠다고 밝혔다.

━━━━━━ *Small Talk* ━━━━━━

2024 파리 올림픽 비하인드 스토리

MBTI까지 배워 가며 선수들을 이해하려 했다고?

우연히 대표팀 선수들이 이동 중에 MBTI 이야기를 하길래 나도
한번 해 봤어요. 2021년 대표팀을 막 맡았을 때였는데, 그때는
ESTJ-A (엄격한 관리자)로 나와더군요. 딱 맞다고 생각했어요.
그리고 2년 후에 다시 해 봤더니 완전히 다른 내가 나오는 거예요.
ISFJ-A (수호자)라는 결과가 나왔어요. 내가 생각하는 성향은 처음
게 맞는 것 같습니다. 그러니까 2년 사이에 대표팀 감독을 겪으면서
MBTI까지 바뀐 거예요. 저도 깜짝 놀랐어요. 대표팀 감독을
하면서 마음고생을 하며 많이 내려놓다 보니 마음가짐이 바뀌었기
때문이라고 생각했어요.

대표팀 감독은 처음이었는데?

아시안게임 대표팀에 코치로 임한 적은 있지만 대표팀 감독은
처음이었어요. 사실 지난 도쿄 올림픽까지만 해도 다 알고 있는
선수들이어서 그것만 생각하고 대표팀에 합류를 한 건데, 막상
들어가 보니 친분이 없는 선수들이 대다수, 그나마 용인대 출신
선수들이 있어서 얼굴은 아는 정도가 다였어요. 2014 아시안게임

때를 떠올리며 나름 잘할 수 있을 것이라고 생각하고 간 건데 전혀
아니어서 사실 굉장히 당황스럽고 힘들었습니다. 새롭게 만난
선수들은 대표팀에서 하는 나의 훈련을 부담스럽고 힘들어했어요.
이해도가 달랐던 거죠. 이런 부분을 맞춰 가는 게 힘들었습니다.
처음 대표팀에 들어갈 때 했던 인터뷰에서는 10년 전 아시안게임
때만 생각하고 선수들이 자녀들 나이이기도 하니까 힘든 상황에서
품어 주고 이해해 주겠다고 했는데 그게 쉽지 않았어요.

어떻게 극복했는지?

1년이 지난 시점에 진천선수촌 개최 세미나에서 정신과
심리선생님의 발표를 들었는데 거기서 들은 한마디가 큰 효과가
있었어요. "지도자 선생님들! 엄마가 되려고 아빠, 형 누나가
되려고 하지 마세요, 지금은 지도자와 선수 관계로 끝나야 합니다.
그래야 상처 안 받습니다"라는 말이 심장에 쿡 하고 와닿았어요.
1시간 강연이었는데 그것만 기억날 정도였으니까요. 생각해 보니
2014년 때는 내 경험을 바탕으로 설명을 해 주면 이유 불문하고
따라왔는데 지금은 부가적인 운동을 하나 할 때도 과학적인 근거와
논리가 곁들여진 설명이 필요했어요. 선수들이 이유 없이 따라가는
행동들은 없기 때문에 힘들었거든요. 그래서 심리선생님의 말에 더
꽂혔고 그렇다고 근육 운동 하나에 다른 공부들을 해 가며 지도를
할 시간도 여력도 없었기 때문에 요즘 선수들의 성향을 받아들이고
제 기준을 많이 내려놓고 지도를 하게 됐습니다. 그럼에도 불구하고
선수, 심판, 감독으로 세 번이나 올림픽에 나갔지만 감독이 제일

어려웠어요.

올림픽에서 선수들에게 가장 강조한 것은?

올림픽을 준비하면서는 체력 기술 힘 모두 강조하며 훈련했지만
파리에서는 나 자신을 믿으라고 말했어요. "자신을 믿어라. 부족한
걸 느끼는 순간 이미 진 거다." 이 말을 강조하면서 경기를 앞둔
선수들에게 힘을 불어넣어 줬습니다. 덕분에 허미미, 김하윤 선수가
포기하지 않고 끝까지 힘을 내서 메달을 따 준 것 같습니다.

바프 찍는 감독, 언제나 새로운 도전에 나서는 이유는?

일부러 새로운 것을 찾아서 도전하는 건 아니에요.
바프(바디프로필)는 한번 해 봤더니 그걸 왜 이제 했나 하며
후회했었죠. 그런데 이번에 딸이 바프를 한다고 하니까 다시
도전하려고 준비 중입니다. 올림픽 메달리스트로서 교수로서 외모도
책임져야 한다고 생각해 왔기 때문에 내 자신이 무너지는 게 너무
싫거든요. 나를 자극하는 게 그래서 너무 좋습니다. 지난 바프 때는
얼마나 열심히 했으면 유도 올림픽 금메달을 인정해 주지 않던
남편이 준비하던 걸 보더니 저 정도니까 금메달 땄다고 말했고,
미쳤다고 할 정도로 매진했고, 앞으로도 뭘 하고 싶다가 아니라 계속
자극을 받으면서 살 생각입니다.

김자인

한국 스포츠클라이밍 개척자

프랑스 샤모니에서 열린 2023 국제스포츠클라이밍연맹IFSC 월드컵, 한국의 김자인이 리드 부문 금메달을 차지했다. 김자인은 월드컵 리드 종목에서 서른 번째 금메달을 따내며 남녀를 통틀어 리드 종목 역대 최다 금메달리스트로 우뚝 섰으며 지난 2019년 일본 대회 이후 4년 만의 우승, 무엇보다 '엄마 클라이머'로서 첫 금메달이라 그 의미가 더했다. 2021년 출산을 한 후 은퇴까지 고민했던 '엄마 선수'였기에 더욱 특별했던 우승이었다. 출산하고 딱 1년 만에 나간 국가대표 선발전에서 떨어지고 김자인은 워킹맘들이라면 모두 할 수밖에 없는 고민과 갈등에 빠지기도 했다. 그때의 심정을 엄마로서 첫 우승을 한 인터뷰에서 이렇게 털어놓기도 했다. "나는 선수를 하고 싶어서 다시 시작했지만 그것 때문에 아이와 그만큼 시간을 못 보내고, 엄마 역할도 제대로 못 하는 거 같았다. 잘못하는 게 아닐까, 내 욕심 때문에 그냥 붙들고 있는 게 아닐까 고민도 많았다." 갈등 속에 김자인이 내린 결론은 계속 도전이었다. "아이가 커서 왜 그만뒀냐고 물어봤을 때 '너를 낳아서 선수 생활을 그만둘 수밖에 없었어'라고 말하고 싶지 않았다"라며 "출산과 육아를 은퇴 이유로 삼고 싶지 않았다"고 밝혔다. 이런 이유로 '클라이밍 맘' 김자인의 도전은 아직도 진행 중이다.

스포츠 클라이밍 집안의 막내

김자인은 스포츠클라이밍 집안에서 태어났다. 다소 특이한 이름도 클라이밍과 관련된 이름이다. 자인의 '자'는 등산용 밧줄을 뜻하는 독일어 자일의 '자, '인'은 산악의 메카이자 암벽등반의 메카인 북한산 인수봉의 '인'이다. 자인의 큰오빠 김자하는 '자일+하켄(암벽등반에서 바위의 갈라진 틈새에 박아 넣어 중간 확보물로 쓰는 금속 못)', 둘째 오빠 김자비는 '자일+카라비너(암벽등반가들이 쓰는 로프 연결용 금속 고리)'의 의미가 있다고 알려져 있다. 자녀들의 이름을 모두 암벽등반과 관련된 이름으로 지은 아버지 김학은 씨는 고양시 산악연맹 부회장을 지냈고, 어머니 이승형 씨는 클라이밍 1급 공인 심판이며 두 명의 오빠인 김자하, 김자비도 모두 스포츠클라이밍 선수였고 오빠 김자하는 김자인의 코치로도 활동 중이다. 산악회에서 만나 결혼한 부모님과 두 명의 오빠가 스포츠클라이밍을 하는 집안에서 2남 1녀 중 막내딸이었던 김자인은 당연한 듯 스포츠클라이밍을 접했고 초등학교 6학년 때부터

정식으로 스포츠클라이밍을 시작했다. 당연히 국내에서는 적수가 없을 정도로 빠르게 성장했다. 중2 때 이미 일반부에서 우승을 했고 최초, 최연소 등 여성 클라이밍 선수가 세울 수 있는 국내 기록을 모두 갈아치우며 국내 1인자가 됐다. 그러나 국제 대회는 달랐다. 국내에서 승승장구하던 김자인이었지만 2004년 첫 출전한 국제 대회 41위에 그치며 예선 탈락했다. 충격적인 결과였지만 우물 안 개구리에서 벗어나야겠다고 생각하는 계기가 됐으며 자신의 작은 신장을 보완하기 위한 노력에 더 매진하게 된 원동력이 됐다. 그래서 만들어진 게 김자인의 특기 '점프'다. 클라이밍 전문가들은 여자 선수의 경우 163cm가 이상적인 키라고 한다. 하지만 김자인의 키는 이보다 10cm나 작은 153cm. 10cm의 아쉬움을, 타고난 순발력과 훈련으로 극복했다. 유연성을 활용한 하이스텝(다리를 위아래로 찢는 동작)과 점프를 통해 높은 곳에 있는 홀더를 잡는 게 김자인의 경기 방식이다. 그래서 붙여진

별명이 '암벽 위의 발레리나'다. 작은 키도 훈련의 원동력으로 바꾼 김자인, "만약 키가 10cm 정도 더 컸더라면 지금처럼 악착같이 훈련에 매달리지 못했을 것"이라며 불리한 부분을 극복한 것은 타고난 소질이 아니라 노력과 열정이라고 말한다.

암벽 위의 발레리나

김자인의 국제 대회 우승은 그리 멀지 않은 시간에 찾아왔다. 국제 대회에 출전해서 41위에 그쳤던 2004년. 그해 아시아 스포츠 클라이밍 선수권대회 최연소 우승을 차지하며 16세에 아시아 최고 선수가 됐다. 이 우승을 시작으로 국제 대회에 이름을 알린 김자인은 아시아 무대를 넘어 2007년부터 월드컵에 나서게 됐고 2009년 일본 가조에서 열린 월드컵에서 준우승을 차지하면서 국제 대회에서의 입상이 시작됐다. 곧바로 같은 해 11월 체코 부르노에서 열린 월드컵에서 처음으로 우승 트로피를 들어 올렸고 다음 해인 2010년에는 출전한 12개의 대회에서 7차례 우승을 거뒀으며 특히 리드 종목에서 세계 랭킹 1위에 올랐다. 기량이 절정에 오른 김자인은 2010년 8월 중국 시닝에서 열린 월드컵부터 2011년 7월 프랑스 샤모니 대회까지 자신의 주 종목인 리드 종목에서 월드컵 6개 대회 연속 우승하는 진기록도 세웠고 2012년에는 프랑스 파리에서 열린 세계선수권대회에서 종합우승을 차지해 전 세계적으로 이름을 알렸다. 이 대회에서는 여자선수로서는 유일하게 리드, 볼더링, 스피드 3종목 모두 결선에 진출하는 괴력을 과시하며 한국 선수로는 최초로 세계선수권대회 종합우승을 차지하고 금메달을 목에 걸었다. 2103년에는 월드컵 개인 통산 스물여섯 번째 우승을 차지하며 클라이밍 월드컵 사상 역대 최다 우승 기록도 경신했고 2014년에는 세계선수권 리드 종목 첫 우승을 이뤘다. 2012년 세계선수권대회에서 종합 우승했지만 자신의 주종목인 리드 종목에서는 2009년, 2011년, 2012년 세계선수권대회에서 3회 연속으로 준우승에 머물렀기 때문에 리드 우승이 더 값지게 다가왔고, 특히 이 대회 결선에서 남녀 통틀어 유일하게 완등에 성공했을 뿐 아니라 예선과 준결승 그리고 결선까지 모드 완등을 해내는 완벽한 경기를 펼쳐 스스로도 꿈을 이뤘다는 생각에 완등 후 감격의 눈물을 흘리기도 했다. 2014년은 이 밖에도 아시아선수권대회 통산 10승, 월드컵 세계랭킹 1위를 동시에 석권했고, 2010년과 2012년, 2016년 등 여러 해 동안 세계랭킹 1위를 차지하며 최고의 클라이머로 정상에서 내려오지 않았으며, 2014년 월드컵시리즈에서 3연속 우승을 차지했던 프랑스 뷔앙송에서는 현지 중계방송 해설진이 김자인의 경기를 보고 "암벽 위의 발레리나"라며 "다른 선수들이 어려워하는 동작을 우아하고 아주 쉽게 해낸다"고 극찬해 화제가 됐다. 그 이후 김자인은 '암벽 여제'라는 수식어와 함께 '암벽 위의 발레리나'로 불리며 그가 보여 준 우아한 클라이밍은 후배 선수들의 롤모델이 됐다.

아기띠 매고 훈련하는 클라이밍 맘

김자인이 스포츠클라이밍 레전드로 평가를 받는 이유는 한국에서는 너무나도 생소했던 클라이밍을 대중화하기 위해서 애쓴 선구자이자 아무도 가지 않았던 길을 갔던 개척자이기 때문이기도 하다. 대중들의 시선을 끌기 위해 암벽 대신 도심 속의 빌딩을 직접 오르는 '빌더링'을 시작한 것도 김자인이었고, 결혼과 출산 이후에도 선수 생활을 이어 가며 30대의 클라이밍 선수가 할 수 있는 도전을 이어 가고 있는 것도 김자인이다.

　　김자인은 리드와 볼더링 통합 부문 세계 랭킹 1위에도 올랐던 2015년에 소방관 출신 오영환 전 국회의원과 결혼했다. 이후에도 변함없이 선수 생활을 이어 가던 김자인은 2018년 자카르타-팔렘방 아시안게임에서 스포츠클라이밍 여자 콤바인 동메달을 획득하며 2020 도쿄 올림픽에서 정식 종목이 된 스포츠클라이밍의 출전을 노렸다. 올림픽을 앞둔 2019년에도 시즌 막바지에 열린 월드컵 6차 대회 리드 종목에서 월드컵 통산 스물아홉 번째 금메달을 따냈으니 1년도 남지 않은 올림픽 출전도 가능하리라 봤다. 하지만 코로나 변수가 터졌다. 30대 선수에게 올림픽 1년 연기는 꽤나 치명적이었다. 코로나19 사태로 도쿄 올림픽이 1년 연기되고 올림픽 예선의 성격을 갖는 아시아선수권이 취소됐다가 부활하게 되면서 도쿄 올림픽 출전에 도전할 길이 열리기도 했지만 임신으로 이 대회 출전이 무산되면서 올림픽 출전의 꿈을 접게 됐다. 올림픽 출전의 꿈을 잠깐 뒤로 미루고 엄마가 된 김자인은 선수가 아닌 도쿄 올림픽 스포츠클라이밍 종목 해설위원으로 올림픽에 참가했다. 어떤 종목을 막론하고 여성 운동선수가 출산 이후 이전과 같은 경기력을 보여 주기란 쉽지 않다는 건 정설이다. 하지만 김자인은 포기하지 않았다. 오히려 "도 쿄 올림픽 때 해설위원으로 활동하면서 올림픽 출전에 대한 열 망이 더 커졌다"고 했다. 임신과 출산으로 2021년에 열린 2020 도쿄 올림픽에 출전하지 못했지만, 다음 올림픽을 위해 복귀를 준비하고 2021년 3월 출산 후 1년 만에 다시 경기에 나갔다. 아 이를 낳고 3주 뒤부터 가벼운 운동을 시작했고 임신한 상태에 서도 몸에 무리가 가지 않는 선에서 가볍고 쉬운 코스는 오르기 도 했고, 또 아이를 등에 업고 턱걸이를 하면서 출산 한 달 반 후 부터 다시 몸을 만들고 있었기 때문에 복귀에 무리가 없다고 봤 다. 하지만 국가대표 선발전에서 고배를 마셨고 선발전을 준비 하는 과정에서 아이와 그만큼 시간을 못 보내고, 엄마 역할도 제 대로 못 하는 거 같은 기분에 은퇴까지도 생각할 만큼 많은 고민 을 한 것으로 전해졌다. 출산 후 첫 번째 국가대표 선발전에서 고 배를 마신 후 파리 올림픽을 1년 정도 앞두고 대표선발전에 다시 도전했다. 출산 전과 비교해도 체중과 근력 등 몸 상태가 만족스 러웠지만 이번엔 부상이 변수였다. 대회를 일주일 앞두고 볼더링 훈련 도중 손가락이 홀드에 부딪혀 인대가 부분 파열된 것이다. 회복까지 6~8주 걸린다고 해서 좌절했지만 최선을 다해 치료를 한 후 출전했고 결국 3위에 올라 3년 만에 다시 태극마크를 달게 됐다. 어렵게 2024 파리 올림픽에 도전할 수 있는 첫 번째 관문 인 국가대표 선발전을 통과한 후 프랑스 샤모니에서 열린 2023 국제스포츠클라이밍연맹IFSC 월드컵 9차 대회에 출전해 압도적 1위를 차지했다. 2년여의 공백이 무색할 정도로 완벽한 경기력으로 2019년 10월 일본 인자이 월드컵 이후 4년 만이자 리드 부문 서른 번째 금메달을 목에 걸며 새 역사를 썼다. 하지만 김자인에게 올림픽은 이번에도 허락되지 않았다. 파리 올림픽 직행 티켓이 걸려있던 2023 국제스포츠클라이밍연맹 세계선수권대회 여자부 콤바인 종목에서 종합 5위를 차지하며 1~3위 선수에게 주어지는 파리 올림픽 출전권 확보에 실패했다. 이어진 아시아 예선전에서도 출전권을 획득하지 못하고 13위까지 본선 티켓이 주어지는 올림픽예선시리즈oqs에서도 김자인이 14위를 기록하며 아쉽게 파리 올림픽 도전의 여정을 마무리했다.

　　김자인은 '은퇴'를 언급하지 않고 있다. 파리 올림픽이 끝난 후 가진 인터뷰에서 은퇴라는 말로 다음 도전을 제한하고 싶지 않다고 밝혔을 뿐. 그저 클라이밍을 계속 즐기다가 대회에 나가고 싶은 마음이 생기면, 언제라도 다시 해 볼 수 있을 것 같다고 말하는 김자인이다. 전성기 시절에 '철저한 자기 관리'로 세계 정상을 지켰던 김자인, 여자 운동선수 커리어에 큰 변수가 되는 출산을 경험했지만 "몸 자체나 컨디션보다는 코스 추세를 따라가는 게 더 힘들다"고 말하는 걸 보면 한동안은 현역 클라이머 김자인을 볼 수 있을지도 모르겠다. 그러면 자연스레 "엄마 선수로 우승하면서 이미 출산을 하신 운동선수뿐만이 아닌 모든 어머니분들에게 조금이라도 힘이 됐으면 한다"는 김자인의 바람이 누군가에게는 올림픽 출전만큼이나 큰 울림으로 다가올 수도 있지 않을까.

지소연

한국 여자축구, 유럽의 문을 연

2010년은 한국 여자축구 '황금 세대'의 등장을 알린 해였다. 지소연을 앞세운 대표팀이 20세이하 FIFA 월드컵 조별리그 첫 경기, 스위스전부터 지소연의 해트트릭을 앞세워 4 대 0으로 대승을 거둔 것을 시작으로 화끈한 골 잔치를 벌이며 월드컵 3위에 올랐다. 지소연은 이 대회 6경기에서 무려 8골을 몰아치며 지메시라는 별명과 함께 세계적인 스타로 떠올랐다. 최인철 감독이 이끄는 한국 여자축구 20세 이하 대표팀은 독일 빌레펠트에서 벌어진 2010 U-20 여자월드컵에서 콜롬비아와의 3, 4위전에서도 특급 골잡이 지소연이 천금같은 결승골을 터뜨려 1-0으로 짜릿한 승리를 거뒀다. 이로써 한국은 남녀 각급 대표팀을 포함해 건국이후 최초로 FIFA 주관 국제 대회에서 세계 3위에 오르는 쾌거를 이뤘다. 한국축구는 남자 대표팀을 포함해 1983년 멕시코 세계청소년선수권대회(現 FIFA U-20 월드컵)와 2002년 한·일 월드컵에 이어 세 번째 4강에 올랐지만 모두 결승 진출에 실패했고 3, 4위전에서도 이긴 것이 처음이었다. 또 대표팀 스트라이커 지소연은 10골을 넣은 독일의 알렉산드라 포프에 득점왕(골드 부트)을 내줬지만 8골로 실버 부트 상을 받았으며 기자단 투표로 결정되는 최우수 선수상(골든 볼) 부문에서도 포프에 이어 2위(실버 볼)를 차지했다. 이 대회를 계기로 여자 축구의 아이콘으로 떠오른 지소연은 세계 축구계가 주목하는 선수가 됐고, 해외 진출이라는 지소연의 꿈은 현실로 다가오게 됐다.

초등 축구부, 유일한 여자선수

지소연이 축구를 시작한 건 초등학교 2학년 때, 남자아이들과 공차는 모습이 김광열 당시 이문초등학교 축구부 감독 눈에 띄어 발탁됐다는 건 많이 알려진 얘기다. 김광열 감독은 지소연의 재능이 아까워 남자아이들과 함께 훈련하게 했고 지독한 연습 벌레에 타고난 재능을 갖춘 지소연은 또래 남자 선수들보다 기술적으로 앞서 있어 초등학교 5학년부터 베스트11로 고정 출전했다는 것도 유명한 이야기다. 당시 지소연이 속한 이문초등학교는 2002년 제주시장배 전국 초등학교 축구대회에서 우승했는데, 5학년 지소연은 '홍일점' 선수로 총 10골을 몰아치며 특별상을 받았다. 그때 함께 축구를 하던 동기들 가운데 지소연만 유일하게 축구선수가 됐다는 이야기도 있다. 2022년 가수 이승윤도 비슷한 경험담을 전한 적이 있다. JTBC 예능 '뭉쳐야 찬다 2'(이

하 '뭉찬2')에 출연해 본인이 축구 선출이라며 "첼시에서 뛰셨던 지소연 님의 동문"이라고 밝혔고, 8개월 동안 지소연과 축구부를 같이 다녔지만 그만뒀는데, 그 이유 중 하나가 지소연 때문이라고 했다. "어린 시절 부푼 꿈을 안고 축구부에 갔는데 세계 최고 축구선수가 한 학년 어린 친구로 있으면 좌절감이 크다. '저 정도가 아니면 선수를 하면 안 되겠구나'라고 생각했다"고 설명했다. 출연진들은 이어 지소연이 그때도 그렇게 축구를 잘했냐 질문했고 "너무 자존심이 상할 정도로 잘하셨다"고 회상했다. 남자 선수들 사이에서도 돋보였던 지소연은 초등부 여자팀이 따로 있었던 것도 아니고 어려서부터 남자들과 함께 뛰고 노는 것이 당연했기 때문에 빠르고 강한 축구를 할 수밖에 없었다. 무엇보다 축구를 좋아했다. 그래서 축구 선수로서 단점이라는 평발도, 여자라는 성별도 장애가 되지 않았다. 그러던 중 오주중 축구부를 지도하던 최인철 감독이 이문초를 찾은 걸 계기로 지소연은 본격적인 축구선수의 길에 접어든다. 남자아이들과 함께 공을 차고 있어도 이상하지 않을 정도로 남다른 재능을 확인한 최인철 감독은 지소연을 오주중학교로 진학시켜 본격적으로 여자축구를 시작하도록 했다. 오히려 중학생이 되며 여자축구단에 입단한 지소연은 남자 선수들 사이에서 뛰는 홍일점이 아니라 여자축구팀에서 기술과 체력 면에서 선배들을 월등히 앞서는 에이스로 축구계에 관심을 받기 시작했다. 2000년 창단한 오주중 여자축구부는 지소연이 합류한 후 2004년과 2005년 전국대회 2년 연속 4관왕으로 전성시대를 열었고, 2003년부터 2005년까지 3년 연속 전국소년체육대회 금메달을 따는 등 각종 여자축구대회에서 상위권을 차지하면서 국내 대표적인 '여자축구 명문'으로 알려지게 됐다. 당시 오주중 사령탑으로 지소연의 잠재력과 가능성을 단번에 알아봤던 최인철 감독은 오주중으로 지소연을 데려온데 이어 이후 동산정보고 감독을 맡으면서도 지소연과 함께했고 15세부터 시작된 각급 대표팀에서 함께 호흡을 맞췄다. 지소연은 동산정보산업고에 진학한 후 국가대표로 발탁됐다. 2006년 만 15세 8개월인 고등학교 1학년, (당시 기준으로) 역대 최연소 국가대표 발탁이었다. 첫 태극마크를 달고 나선 대회는 2006년 신설된 여자축구 국가대항전 '피스퀸컵'이었다. 지소연은 2006년 10월 서울월드컵경기장에서 열린 제1회 피스퀸컵 조별리그 1차전 브라질과의 경기에서 후반 시작과 동시에 교체 투입돼 생애 처음으로 A매치에 나섰다. 지소연의 15세 8개월 나이는 한국 축구 남녀 통틀어 최연소 A매치 출전 기록이었고 최연소 A매치 데뷔골 기록도 지소연이 갖고 있다. 2006년 12월 카타르 스포츠클럽에서 열린 도하 아시안게임, 타이완과의 여자축구 B조 1차전에서 전반 13분과 후반 23분 2골을 몰아넣어 한국의 2-0 승리를 이끌었다. 15세 282일의 지소연은 남녀 통틀어 한국 축구 국가대표 최연소 골이라는 신기록을 작성했다. 2006년 10월 28일 브라질과의 경기에서 남녀 축구 최연소 국가대표 데뷔에 이은 최연소 A매치 데뷔골 기록까지 갈아치우며 화제 속에 대표팀에 자리를 잡은 지소연은 이후 각급 연령별 대표팀과 국가대표팀에서 꾸준한 활약을 펼쳤다.

월드컵이 주목한 지메시

각급 연령별 대표팀에서 에이스로 자리를 잡아 가던 지소연이 월드컵 무대에 첫 선을 보인 건, 2008년 FIFA U-17 월드컵이었다. 뉴질랜드에서 2008년 열렸던 FIFA U-17 월드컵에서 D조에 속했던 한국은 세계 최강 미국과의 8강전에서 2대 4로 패하며 4강 진출이 좌절됐다. 나이지리아, 브라질, 잉글랜드 등 강팀들이 즐비한 조별 예선에서 1위로 8강에 진출한 것이어서 4강 진출 실패는 아쉬울 수밖에 없었다. 4강 진출 좌절 후 지소연은 언론과의 인터뷰에서 "미국에 진 사실보다 주눅이 들어 제대로 플레이하지 못한 것이 속상했다"며 아쉬워했지만 당시 주장으로 뛰면서 대표팀을 8강까지 이끈 지소연은 이 대회를 계기로 해외 팀들의 관심 대상이 되기 시작했고 이 경험은 2년 후 독일에서 벌어진 20세 이하(U-20) 여자월드컵에서의 활약과 3위 등극에 큰 밑거름이 됐다. 대표팀을 3위에 이끌었을 뿐 아니라 8골을 넣으며 득점 2위에 올라 실버 슈와 함께 최우수 선수 2위에 해당하는 실버 볼까지 받은 지소연의 활약은, U-17 월드컵에서부터 지소연을 눈여겨 본 해외 스카우트들에게 확신을 줬으며 161cm의 작은 키에도 뛰어난 볼 컨트롤과 패싱 능력, 골 결정력까지 갖춘 지소연을 축구팬들은 '지메시'로 부르며 환호했다. 지소연의 기세는 무서웠다. 2010년 U-20 여자 월드컵에서 8골을 몰아넣으며 팀을 3위로 이끈 뒤 전가을 등 언니들과 함께한 피스퀸컵(10월)에서는 우승을 차지했다. 당시 피스퀸컵 개막전에 3만 4천 명의 관중이 몰릴 정도도 '지소연 효과'는 대단했다. 이게 끝이 아니었다. 한 달 뒤인 2010년 광저우 아시안게임에서는 요르단과의 경기에서 지소연은 해트트릭을 기록하며 4강에 이은 한국 여자축구 아시안게임 사상 첫 동메달 획득이라는 쾌거를 안겼다. 한국 여자축구대표팀의 인기는 삼성경제연구소에서 발표한 '2010년 10대 히트상품'으로 선정될 정도로 대단했다. 여자축구대표팀와 함께 스마트폰, 슈퍼스타K2, 소셜미디어, 태블릿 PC, 기아자동차 K시리즈, 아바타, 블루베리, 발열의류, 제빵왕 김탁구 등이 '2010년 10대 히트상품'으로 선정된 걸 통해서 당시 분위기를 짐작할 수 있을 것이다. 지소연이라는 스타 탄생과 연이은 여자축구의 선전으로 2010년은 '여자축구 재도약의 해'로 인식되기 시작했고, 이와 함께 새로운 여자축구팀 창단이 논의되는 등 여자축구에 대한 이슈가 대중들의 큰 관심을 받았던 해였으며 더불어 지소연의 거취도 큰 관심사로 떠올랐다.

잉글랜드 리그의 문을 열다

지소연의 선택은 일본이었다. 2010년 여자 월드컵 이후 미국팀의 오퍼가 들어왔던 것으로 알려졌지만 일본 여자축구 1부 리그의 아이낙 고베 구단과 입단 계약을 발표했다. 지소연은 우승과 주전 확보라는 두 가지 목표를 한 시즌 만에 이뤘다. 일본 실업리그 진출 첫해, 2011시즌 우승 트로피를 들어 올렸고 8골 6도움 등을 기록했다. 일본에서 세 시즌 동안 팀을 정규리그 3연패로 이끌며 총 48경기 21골을 넣었고, 2012~2013년 2년 연속 리그 베스트11에 선정됐으며 2013년에는 리그, 리그컵, 몹캐스트컵

클럽선수권, 황후배 전일본선수권 우승컵을 들어 올려 팀을 전무
후무한 일본 여자축구 시즌 4관왕으로 이끌었다.

　　일본 무대의 성공적인 정착은 지소연을 유럽으로 데려
갔다. 2013년 11월, 잉글랜드 여자슈퍼리그WSL 소속 팀인 첼시
FC위민은 지소연에게 공식 영입 제안을 했다. 그해 12월 일본에
서 열린 국제여자클럽선수권 결승전이 공교롭게도 고베 아이낙
과 첼시의 맞대결이었고 이 경기에서 지소연은 1골 1도움을 올
리며 팀의 4-2 승리를 이끌어 냈다. 이 활약으로 지소연은 첼시

에 확실하게 눈도장을 찍을 수 있었고 이 대회 MVP로 선정된 지소연에게 엠마 헤이스 첼시 감독이 "영국에서 다시 봤으면 좋겠다. 같이 일하고 싶다"는 내용이 적힌 쪽지를 건네면서 영입 절차가 시작됐다. 감독의 제안으로 2014년 1월, 23세의 지소연은 잉글랜드 여자 프로축구팀 첼시FC위민(당시 첼시FC레이디스)에 입단했다. 일본 고베에서 뛰던 당시 '낯선' 9번을 달며 탐탁지 않았던 마음도 날려 버리며 자신이 원했던 '10번'을 당당히 달고 첼시에 입단했고 무려 8년의 세월을 첼시의 선수로 살았다. 이적 첫해 11월까지 잉글랜드 여자슈퍼리그wsL에서 12경기에 출장해 3골, WSL 콘티넨탈컵 4골 등 총 19경기에서 9골로, 팀 내 최다골을 기록했다. 그해 2014년 지소연은 FA(잉글랜드축구협회) 위민스 어워드에서 WSL 올해의 선수로 선정됐는데 올해의 선수상은 WSL 선수들이 최고의 선수를 한 명씩 지목해 가장 많은 표를 받은 선수에게 주어지는 상이므로 선수들이 인정할 만큼 유럽 진출 첫해부터 지소연은 주전의 입지를 확실히 했다. 지소연은 첼시의 첫 FA컵 우승과 첫 WSL 우승의 주역이었다. 2014-2015시즌에 이어 2017-2018, 2020-2021시즌에도 위민스 FA컵에서 우승하는 데 기여했고, 2015년 10월 WSL 정규리그 마지막 경기인 14라운드 선덜랜드 레이디스와의 경기에서는 경기 시작 7분 만에 선제골을 터트리며 첼시의 승리를 견인하고 1992년 창단 후 처음으로 WSL 챔피언 자리에 올렸다. 이후 첼시는 2017-2018, 2019-2020, 2020-2021시즌에도 WSL 우승을 하며 리그 최다 우승을 기록했으며 그 영광의 순간을 지소연이 함께했다. 지소연은

8년을 첼시에서 뛰며 188경기 53골을 기록했고 열한 번의 우승 트로피를 들어 올렸다. 지소연의 활약은 한국 선수들의 유럽행에도 큰 영향을 미쳤다. 2019년 당시 30대의 조소현이 웨스트햄 유니폼을 입어 한국 여자축구 선수로는 두 번째로 잉글랜드 여자슈퍼리그wsL에서 활약했다. 노르웨이의 아발드스네스를 떠나 잉글랜드축구협회FA 여자슈퍼리그 소속의 웨스트햄으로 이적하면서 조소현은 잉글랜드 진출의 공을 후배 지소연에게 돌렸다. 조소현은 "소연이가 영국에서 좋은 모습을 보이고 잘했기 때문에 저도 진출할 수 있었다고 생각한다"라고 말했다. 이어 이금민이 한국 여자축구 3호 잉글랜드 리거가 됐고 전가을, 박예은, 최유리의 잉글랜드 여자축구리그 진출에, 장슬기의 스페인리그행 등 유럽 진출이 계속 이어졌다.

저무는 황금 세대

지소연이 물꼬를 튼 한국 여자축구의 활발한 유럽 진출은 자연스럽게 대표팀에도 긍정적인 영향을 미칠 것으로 기대했다. 2010년 17세 이하 월드컵 우승과 20세 이하 월드컵 3위로 보여준 선수들의 활약에 지소연을 중심으로 조소현, 이금민, 장슬기로 이어지는 황금 세대는 끊임없이 월드컵과 올림픽에 도전했다. 특히 지소연을 중심으로 한 이 황금 세대는 2010년부터 10여 년이 넘는 시간 동안 여자축구 사상 첫 월드컵 16강, 아시안컵 결승 진출 등 굵직한 족적을 남겼지만 사실상 이들의 마지막 월드컵일 수 있는 2023 국제축구연맹FIFA 호주·뉴질랜드 여자월드컵에서 한국은 1무 2패(승점 1), 조 최하위로 대회를 마쳤다. 4년 전 프랑스 대회의 3전 전패보다 좋은 성적이지만 다시 한번 조 최하위에 머물렀고 황금 세대의 시작이 화려했기에 이들의 초라한 마무리가 더욱 아쉽게 느껴졌다. 더 아쉬운 것은 지소연의 국내 복귀 결정에 월드컵이 큰 영향을 미쳤다는 것이다. 8년간 잉글랜드에서 뛰었던 지소연은 국내 복귀를 결정하면서 모든 초점을 월드컵에 맞췄다. 선수 생활의 마무리를 국내에서 하고 싶었던 마음도 있었으나 잉글랜드 첼시에서 승승장구하던 그가 2022년 5월 수원FC 위민 유니폼을 입고 국내로 오는 데는 월드컵 준비에 대한 계산이 깔려 있었다. 수술 일정까지도 월드컵을 염두에 두고 결정한 지소연이었다. 어쩌면 자신의 마지막 월드컵이 될 수 있는 호주 · 뉴질랜드 대회에서 모든 것을 쏟아붓겠다는 각오로 최고의 컨디션을 만들기 위해 해외 생활을 마치고 처음으로 국내 팀과 계약을 맺었고, 오른쪽 발목 부상 수술도 진행하는 등 월드컵을 바라보며 움직였지만 황금 세대의 마지막 월드컵이 단 3경기 만에 마무리됐고 이제 일부 고참들이 빠지는 빈자리를 메워야 하는 숙제를 받아 두고 있다.

　　지소연은 미국으로 향했다. 다시 한번 세계 최고의 리그로 갔다. 시애틀 레인FC가 2024년 1월 구단 공식 홈페이지를 통해 "한국 공격수 지소연을 영입했다. 2025시즌까지 함께한다"고 발표했다. "우리 구단 역사에 있어서 중요한 영입이다. 지소연은 잉글랜드리그에서 활약한 검증된 공격수"라고 밝히면서 기대감을 나타냈다. 시애틀이 소속되어 있는 미국여자프로축구NWSL는 잉글랜드 여자슈퍼리그wsl와 함께 세계 최고의 여자축구 무대로 꼽히고 팀만 14개로 여자축구리그 중에선 규모가 제일 큰 것으로 알려져 있다. 그가 가는 길이 역사인 지소연은 이번에도 한국 여자축구선수 중 최초로 미국과 잉글랜드리그를 모두 경험하는 또 하나의 역사를 만들어 가고 있다. 축구 선수로 황혼기에 접어들고 있는 지소연에게도 미국행은 현명한 선택일 수 있다. 지도자 혹은 축구 행정가로 제2의 삶을 고려하고 있다면 세계 최고 무대로 평가받는 미국을 더 알 필요가 있다. 지금도 대표팀의 대체 불가 에이스, 센추리 클럽 가입자, 2021년엔 한국프로축구선수협회 회장을 맡았으며 "여자축구도 프로리그 출범·유스 시스템 필요하다"고 말하고 "A매치 기간 좋은 상대들과 경기를 해서 경험을 쌓아야 한다. 메이저 대회가 없다고 그냥 손 놓고 있으면 안 된다. 당장 큰 대회가 없다고 해서 지금이 중요하지 않은 시기가 아니다. A매치 기간에 계속 경기를 할 수 있게끔 협회 쪽에서 준비를 해 주셨으면 좋겠다"며 소신들을 거침없이 밝혀 오던 선수가 지소연이다. 비록 황금 세대는 저물고 지소연도 선수 생활의 마무리를 생각할 시점이지만 최고 리그라는 미국에서 여전히 주목받으며 한국 여자축구가 나아가야할 길을 언제나 고민하는 지소연이 있기에 황금 세대는 다른 모습으로 한국 여자축구를 이끌어 갈 수도 있을지 모르겠다.

4

역
사
가

되
다

장미란

임춘애

최윤희

이채원

역도

8월 8일 개막한 2008년 베이징 올림픽이 반환점을 돌고 있던 2008년 8월 16일 대한민국은 새 역사의 한 장면을 기다리고 있었다. 그날 오후 베이징항공항천대학 체육관에서는 여자 역도 최중량급(+75kg) 경기가 열렸다. 라이벌 중국의 무솽솽의 불참으로 대한민국의 장미란은 이견 없는 우승 후보로 손꼽히고 있었고 단지 어느 정도의 기록으로 금메달을 목에 거는지가 관건일 뿐이었다. 장미란은 시작부터 여유가 있었다. 인상 1차 시기에서 130kg을 가뿐히 들어 올리더니 2차 시기에서 136kg도 성공시키며 딩메이얀의 올림픽 기록(135kg)을 넘어선 데 이어 3차 시기에서 140kg을 들어 올려 무솽솽(139kg)의 세계기록까지 갈아치웠다. 그리고 이어진 용상. 장미란은 1차 시기에서 175kg을 들어 올려 금메달을 확정짓는다. 그리고 세계 신기록 도전을 이어 갔다. 2차 시기, 힘찬 기합과 함께 183kg을 들어 올리며 탕궁훙의 종전 세계기록(182kg)을 갈아치웠고 3차 시기에서 186kg을 번쩍 들어 올려 다시 한번 세계기록을 경신했다. 인상 140kg과 용상 186kg, 합계 326kg, 합계 기록에서도 무솽솽이 보유했던 종전 세계기록(319kg)보다 7kg이나 더 들어 올렸고 결국 인상, 용상, 합계까지 모두 세계 신기록을 작성했다. 당시 2위였던 우크라이나의 올하 코로브카보다 49kg이나 앞서는 기록이었으며 인상과 용상, 합계에서 모두 다섯 차례 세계 신기록을 수립한 장미란은 한국 여자역도 사상 처음으로 올림픽 금메달을 딴 주인공이 됐다.

역도계를 들뜨게 했던 장미란의 등장

장미란이 역도를 시작한 것은 15세였던 중3 겨울방학 때였다. 아버지 손에 이끌려 아버지 지인인 역도 감독님에게 갔던 것이 시작이었다. 처음에는 도망도 여러 번 갔고 훈련도 자주 빼먹었다. "여자애가 무슨 역도"라는 편견 때문에 마음에 상처를 크게 받았기 때문이었다. 하지만 장미란은 타고난 역사였다. 바벨을 잡은 지 열흘 만에 출전한 강원도 내 중학생 대회에서 덜컥 우승을 했으니 말이다. 물론 당시에는 여자 역도선수가 많지 않았던 때라 두 명만 출전했다고 하지만 그 우승은 장미란이 역도를 새롭게 바라보는 계기가 됐다. 그리고 역도는 장미란에게도 꽤나 맞는 운동이기도 했다. 이에 대해 "나는 사실 반복하는 걸 좋아한다. 정해져 있고 이대로 하면 되는구나 싶더라. 역도가 사실 기록 경기니까 하다 보니 기록도 늘고 그게 재밌었다"고 밝힌 적이 있다.

그렇게 하다 보니 ."자세가 아주 좋다", "하나를 가르쳐 주면 둘 을 안다", "너무 잘한다" 등의 선생님과 선배들의 칭찬이 이어졌 고 장미란을 자연스레 역도의 매력에 빠져들기 시작했다. 역도를 새롭게 바라보게 되면서 재미가 붙었고 체계적인 훈련을 시작한 장미란은 짧은 시간에 전국구 선수로 떠오르게 된다. 중3 겨울방 학 때 역도를 시작해 열흘 만에 중학교 대회 우승으로 가능성을 안겼다면 고1이 되고 6개월 만에 나선 전국 대회에서는 3위에 오 르면서 존재감을 드러냈다. 1999년 6월 전국여자역도선수권대 회로, 합계 177.5kg을 들어 3위에 올랐고 그 후 1년 만에 자신의 합계 기록을 70kg 늘렸다. 그때부터는 쭉 1위를 기록하며 장미란 은 역도계에서 한국 역도의 희망으로 거론되기 시작했다.

중국의 벽을 넘어라!

장미란의 등장은 침체된 한국 역도에 활기를 불어넣었다. 희망 을 본 역도연맹은 바르셀로나 올림픽 금메달리스트 전병관 이사 에게 상비군 감독을 맡기고 장미란을 고3 때부터 집중 조련케 했 다. 전병관 감독은 체력적으로는 손색이 없는 장미란이기에 기 본 자세 수정에 집중했다. 특히 바벨을 들어 올릴 때 손목의 움직 임을 집중적으로 조련했고, 그 효과는 바로 나타났다. 장미란은 2001년 10월 전국체육대회에서 합계 260kg을 들어 처음으로 한 국 신기록을 세웠고 다음 해 2002년 부산 아시안게임에서는 은 메달을 획득하며 국제 무대에 등장했다. 장미란은 중국의 탕공홍 에 밀렸다. 현재도 마찬가지지만 역도 여자 +75kg급(최중량급)에

서 중국은 탁구의 만리장성과도 같은 철옹성이었다. 하지만 장미란의 등장으로 그 견고했던 큰 벽에도 흠집 정도는 생길 여지가 생기게 됐고, 장미란은 그때부터 그 높고 단단한 벽을 넘기 위한 험난한 도전과 경쟁을 이어 나갔다. 2002년 부산 아시안게임에서 자신의 등장을 알린 장미란이 국제 무대에서 중국의 대항마로 이름을 본격적으로 알린 건 2년 후 2004 아테네 올림픽이었다. 이미 어느 정도는 예상된 일이었다. 2004 아테네 올림픽 국가대표 선발전에서 장미란은 비공인 세계 신기록을 들어 올리며 올림픽 금메달 가능성을 높였기 때문이다. 인상 1차 시기에서 120kg의 한국 타이 기록 수립을 시작으로 2, 3차 시기에서 5kg씩 늘리면서 연거푸 한국 신기록을 작성했던 장미란은 이어 용상 1차 시기에 곧바로 160kg을 신청했다. 자신의 종전 한국기록 (157.5kg)보다 2.5kg 무거웠지만 쉽게 성공했다. 2차 시기에서 5kg을 늘린 165kg에 도전, 보란 듯이 또 성공했다. 그리고 다음 중량을 표시하는 스코어 보드에 170kg이 찍혔다. 성공이면 세계 신기록이었다. 경기장은 술렁거렸다. 관중들의 긴장감과는 달리 장미란은 이미 들어 올려 봤다는 듯 가볍게 바벨을 들어 올렸다. 이로써 2003년 10월 세계대학생선수권대회에서 중국의 순단이 세웠던 종전 세계기록(168.5kg)을 1.5kg 넘어섰고 인상에서도 한국 신기록 130kg을 들어 합계에서도 300kg으로 딩메이유안(중국)이 시드니 올림픽에서 세운 세계기록과 타이를 이뤘다. 물론 이 대회는 국제역도연맹IWF이 공인한 대회가 아니어서 공식 기록으로 인정받지 못했지만 장미란은 이날 인상과 용상 각각 2개, 합계

3개 등 총 7개의 한국 신기록에 세계기록을 뛰어넘으면서 한국
역도계를 흥분시켰고, 이 소식은 여자역도 최중량급을 점령하고
있던 중국을 긴장시키기에 충분했다. 그리고 아테네 올림픽이 시
작됐다. 그리스 아테네 역도경기장, 인상경기가 끝났을 때 장미
란은 130kg, 탕궁홍은 122.5kg을 기록 중이었다. 이제 남은 용상
세 번의 시기에서 메달 색깔이 가려지는 상황이었다. 이때부터는
치열한 수싸움도 관건이었다. 선수들은 각 시기별로 들어 올릴
중량을 운영본부 측에 미리 신청해야 한다. 오승우 대표팀 감독
과 장미란은 용상 1차 시기를 앞두고 신청 중량을 3차례나 수정
했다. 오승우 감독은 장미란이 인상에서 탕궁홍보다 7.5kg을 앞
서고 있으니 탕궁홍이 용상 1차시기에서 이 격차를 줄이기 위해
장미란보다 무조건 7.5kg 무거운 중량을 신청할 것으로 예상했
다. 그래서 장미란이 실제 들어 올리려고 마음먹은 중량은 165kg
이지만 처음에는 운영 본부 측에 155kg을 적어 냈다. 탕궁홍이
장미란의 신청 무게를 알아본 뒤 중량을 정할 것이란 계산을 한
것이다. 155kg보다 7.5kg 무거운 중량은 162.5kg이니까 탕궁홍
이 이 무게를 신청하면 장미란은 경기 직전 재빨리 신청 중량을
165kg으로 바꾸려는 계획이었다. 이 예측이 맞아떨어진다면 탕
궁홍과의 합계(인상+용상) 격차를 더 벌려 2, 3차 시기를 여유 있
게 이끌어 갈 수 있다고 봤다. 하지만 탕궁홍은 장미란의 작전
을 정확히 예측하고 172.5kg을 적어 냈다. 이에 장미란은 160kg
으로 신청 중량을 수정했다. 이 숫자를 보고 탕궁홍이 무게를 다
소 낮추길 바랐다. 172.5kg은 탕궁홍에게도 힘겨운 무게라고 봤

던 것인데. 하지만 탕궁홍은 그대로 밀고 나갔다. 결국 오승우 감독과 장미란은 165kg으로 신청 중량을 세 번째 수정했다. 장미란이 160kg으로 경기를 진행하면 두 선수 모두 성공할 경우 합계에서 오히려 장미란이 뒤지기 때문에 원래 마음먹었던 165kg으로의 수정은 불가피했다. 세 번의 중량 수정은 있었지만 장미란은 이미 계획돼 있던 상황이었고 힘든 중량도 아니었으므로 하던 대로 하면 되는 상황이었다. 무리한 쪽은 오히려 탕궁홍이었다. 그리고 탕궁홍은 용상 1차 시기를 실패했다. 장미란은 당연히 성공. 용상 2차 시기까지 장미란이 합계 10kg 더 앞서나갔다. 그러자 탕궁홍은 모험을 건다. 마지막 시기에서 도저히 불가능해 보인 182.5kg을 신청했고 자세 논란은 있었지만 이 무게를 성공시키며 금메달을 가져갔다. 장미란으로서는 최선을 다한 경기였지만 아쉬움이 남는 은메달이었다. 당시 송진 가루에 피범벅이 된 장미란의 손이 중계방송 화면에 잡히면서 메달 결정의 순간을 숨죽이며 지켜봤던 국민들은 장미란의 투혼에 감동했고, 장미란의 경기를 핏빛 투혼이라며 아테네 올림픽 최고의 명장면으로 꼽기도 했다.

역도 최강국 중국의 심장에 태극기를

장미란은 이렇게 2004 아테네 올림픽을 통해 세계 '톱 클래스'에 진입하며 여자역도 최중량급에서 중국의 독주를 막기 위한 대항마로 지목받기 시작했다. 장미란에게 중국을 이겨야 하는 이유는 또 있었다. 만약 중국의 벽을 넘지 못하면 아시안게임 금메달도 따지 못하고 영원한 2인자로 남을 수도 있었기 때문이었다. 아테네 올림픽에서 특히 중국 역도에 긴장감을 불어넣었던 장미 란은 기록을 늘리는 데 주력했다. 그 결과 장미란은 2005년 5월 카타르 세계선수권대회에서 우승을 차지했고, 2006년 5월 처음 으로 합계 318kg의 세계 신기록을 세웠다. 하지만 2006년 말 도 하 아시안게임에서 탕공홍의 뒤를 잇는 무솽솽(중국)에 뒤져 은 메달을 땄다. 이때부터 단일 역도 대회가 아닌, 올림픽과 아시안 게임 같은 종합대회에서 약하다는 '종합대회 징크스'가 따라다니 기도 했고 실제로 장미란도 심리적으로 위축됐었다고 고백한 적 이 있었다. 하지만 '무솽솽아 너 준비한 거 다 해라, 나도 준비한 거 다 할 테니까'라고 생각을 바꾸고 나간 2007년 세계선수권대 회에서 장미란과 무솽솽은 준비한 것을 다 보여 주는 명승부를 펼쳤다. 장미란은 인상 138kg과 용상 181kg 등 합계 319kg로 라 이벌 무솽솽과 같은 무게를 들었고 장미란이 몸무게가 덜 나가 우승을 했다. 이 경기가 베이징 올림픽에도 영향을 미쳤다. 무솽 솽이 2005년에 이어 2007년 세계선수권에서도 장미란에게 밀려 우승에 실패하자 2008 베이징 올림픽에 장미란 체급인 최중량 급에 중국이 아예 선수를 출전시키지 않았다. 당시 출전 쿼터가 4종목으로 제한되어 있는 만큼, 금메달 가능성이 없는 최중량급 을 포기한 것이다. (파리 올림픽은 남녀 5개 체급씩 총 10개 체급이 정 식 종목으로 채택됐으며 나라별로 최대 남녀 세 명씩, 총 여섯 명이 출전할 수 있었다) 결국 장미란의 두드림에 중국 여자역도의 벽에 균열 이 갔다는 얘기였다. 여자역도만 놓고 봐도 중국에서는 매해 뛰어난 유망주가 새로 떠오른다. 당시에도 중국에 무솽솽과 비슷한 수준의 유망주가 10명 정도 있다는 이야기가 있을 정도였다. 그 후에도 장미란이 상대한 중국 선수가 멍쑤핑와 저우루루까지 두 명이나 더 있었으니 중국 여자역도의 저변이 어느 정도였는지는 미루어 짐작이 가능할뿐더러 그 사이에서 그 오랜 시간 장미란이 세계 정상을 유지하고 있었다는 것이 얼마나 위대한 일인지도 새삼 느껴지는 대목이다. 하지만 장미란에게 '어부지리' 금메달리스트라는 말은 듣기 싫었다. 그래서 기록에 더 매진했다. 그 결과 2008 베이징 올림픽에서 장미란은 다섯 번이나 세계 신기록을 내며 우승했다. 대회 여자 최중량급(+75kg) 경기에서 인상 140kg과 용상 186kg, 합계 326kg을 들어 올려 277kg을 기록한 우크라이나의 올하 코로브카를 49kg이나 앞서며 우승을 차지했다. 인상과 용상에 이어 합계 기록에서도 무솽솽이 보유했던 종전 세계기록(319kg)도 7kg이나 높이며 장미란은 무솽솽이 출전했어도 금메달은 자신의 것이었단 걸 증명하듯 바벨을 거침없이 들어 올렸다. 그것도 중국의 심장 베이징에서, 중국 100년의 꿈이라 불렸던 올림픽에서.

퇴장까지 아름다웠던 장미란, 그리고 그 후

올림픽 금메달리스트로 등극한 장미란은 다시 세계선수권대회에 도전했다. 고양시 킨텍스 역도 특설 무대에서 열렸던 2009년 세계역도선수권대회에서 4연패에 도전한 장미란, 인상에서 136kg, 용상에서 세계 신기록인 187kg을 들어 올려 합계 323kg

으로 용상과 합계에서 2관왕을 차지하며 홈팬들에게 우승의 감동을 선사했다. 이로써 장미란은 2005년부터 4회 연속(2005년, 2006년, 2007년, 2009년) 세계선수권 정상에 올랐고 2008 베이징 올림픽을 포함하면 5년 연속 최고 권위의 국제 대회에서 우승을 이어 갔다. 장미란은 다음 해 5회 연속 세계선수권 우승에 도전했지만 인상 130kg, 용상 179kg, 합계 309kg을 들어 올려 종합 3위에 머무르며 5년 동안 지켜 온 챔피언 자리를 합계 315kg에 성공한 러시아의 타티아나 카시리나에게 물려줬다. 하지만 이 아쉬움은 두 달 후에 열린 2010년 광저우 아시안게임에서 가볍게 날려 버리게 된다. 광저우 둥가 체육관에서 열린 2010년 광저우 아시안게임 역도 여자 75kg이상급 경기에서 인상 130kg, 용상 181kg을 들어 올려 합계 311kg을 기록하며 금메달을 목에 걸었던 것이다. 그냥 금메달이 아니었다. 이 금메달로 장미란은 세계선수권, 올림픽 제패에 이어 아시안게임에서도 금메달을 따내며 대망의 그랜드 슬램을 이뤘다. 그렇게 다 이룬 장미란은 유종의 미를 위해 런던으로 향했다. 장미란은 유종의 미를 위해 최선을 다했다. 하지만 2009년에 당한 교통사고와 부상의 후유증은 장미란의 경험과 노련함만으로 이겨 낼 수 없는 것이었다. 결국 인상 125kg, 용상 164kg, 합계 289kg의 기록으로 4위에 오르며 메달 획득에 실패했다. 장미란이 올림픽을 향한 도전을 멈추지 않았던 이유는 국민들의 높은 기대였음을 잘 알기에 국민들은 최선을 다한 그녀의 '아름다운 퇴장'에 아낌없는 찬사를 보냈고 장미란은 "올림픽을 준비할 수 있어서 정말 행복했습니다."라는 말로 자신의 선수 생활을 마무리했다. 이후 2013년 현역에서 공식 은퇴를 선언한 장미란은 자신이 설계했던 제2의 삶을 차근차근 실현해 나갔다. '장미란재단'을 설립해 비인기 종목 선수와 스포츠 꿈나무를 후원했고, 기부 활동을 하기도 했으며 은퇴한 이후에도 끊임없는 자기 계발을 통해 체육학 박사 학위를 취득, 용인대 교수로 임용됐고 2023년에는 문화체육관광부 2차관에 임명됐다. 역대 최연소 차관이다. 올림픽 금메달리스트 출신도 최초이며 엘리트 스포츠인 출신으로는 2013년 박종길, 2019년 최윤희 차관 이후 세 번째였다. 이들에 대한 평가가 엇갈렸기에 장미란 차관을 바라보는 시선에도 기대와 의심이 교차했다. 하지만 비장애인, 장애인 종목을 막론하고 국내외 현장을 계속 찾아다니며 선수들을 직접 격려하고 소통하며 잘못된 행동을 하면 쓴소리도 아끼지 않는 모습으로 의심의 눈초리를 지워 가고 있다. '역도 여제' 장미란을 보면서 꿈을 키운 '장미란 키즈' 박혜정이 2024 파리 올림픽에서 장미란 이후 12년 만에 올림픽 역도 최중량급 은메달을 따내는 성과를 이뤄 냈다. 이렇게 스포츠행정가로 후배 선수들에게는 영원한 영웅이자 길라잡이로 한국 스포츠에 장미란의 시대는 계속되고 있다.

임춘애

'라면 소녀'라 불렸던 육상 레전드

1986년 10월 4일 잠실 주경기장. 현장의 5만 관중과 TV 앞에 있던 당시 4천만 국민의 이목은 금방이라도 쓰러질 듯한 모습으로 트랙을 달리는 한국 소녀에게 쏠려 있었다 여자 육상 800m에서 우승하고 1,500m까지 금메달을 목에 걸며 깜짝 스타도 떠오른 임춘애라는 한국의 17세 선수가 3,000m 경기에서도 금메달을 따기 직전이었기 때문이었다. 서울 아시안게임 폐막을 하루 앞두고 163cm, 43kg의 깡마른 17세 소녀 임춘애는 400m 트랙을 7바퀴 돌아 직선 코스에 접어듦과 동시에 결승선이 시야에 들어오자 속도를 높였다. 이제 앞으로 100m, 그의 앞에는 중국의 장슈윈이 막판 스퍼트를 하고 있었다. 임춘애도 역시 사력을 다해 스퍼트에 들어갔고 거리를 좁혀 가는 임춘애의 모습에 관중들은 자리를 박차고 일어나 목 터져라 응원의 함성을 보냈다. 응원 덕분인지 결국 임춘애는 줄곧 선수들 앞을 달리던 장슈원을 제치고 결승선을 가장 먼저 통과한다. TV 중계에서는 "20m 앞… 임춘애 확실합니다. 골인 금메달!"이라는 멘트가 흘러나왔고 기록은 9분 11.92초, 아시안게임 신기록이었다. 이로써 임춘애는 한국 육상 최초의 아시안게임 3관왕이라는 대기록을 남겼으며 80년대 가난에서 벗어나고 있던 한국의 시대적 배경과 맞물려 '헝그리 정신'의 대명사로 자리매김하게 됐다. 임춘애는 국내에서는 두각을 나타내고 있던 선수였지만 국제적으로 잘 알려진 선수는 아니었다. 김번일 코치에게 발탁돼 육상에 입문한 것이 1977년 성남 상원초등학교 3학년 때였다. 타고난 운동 능력과 김 코치의 스파르타식 훈련 덕에 어릴 적 일찌감치 기대를 모았던 임춘애는 6학년 때 소년체전 600m에서 3위에 오른 뒤 중학교 입학 후에는 800m와 1,500m 두 종목에서 단연 두각을 드러냈고 고1 때 전국체전 1,500m 우승 등 국내 대회에서 우승을 휩쓸며 한국 여자 중·장거리의 희망으로 떠올랐다. 하지만 곧바로 아시안게임 대표팀에 선발된 것은 아니었다. 임춘애는 서울 아시안게임 국가대표 선발전에서 탈락했다. 하지만 대회 3개월 전에 열린 6월 전국체전 3,000m에서 한국 신기록을 세우고 1,600m계주와 10km 단축마라톤에서 우승했으며 다음 달 비호기대회 1,500m에서 4분 19.85초의 한국 기록을 세우며 한국 기록들을 갈아치우고 있었으니 임춘애를 외면할 수 없었다. 국내에서 처음 열리는 아시안게임인데도 뚜렷한 메달 주자를 내세우지 못하고 있던 육상연맹 입장에서는 임춘애가 필요했다. 연맹은 임춘애를 부랴부랴 대표팀에 합류시켰는데, 그때가 불과 아시안게임 3개월 전이었다. 게다가 당시 한국 육상은 이렇다 할 여자 스타를 배출하지 못했던 때였고 국내에서는 1인자일지라도 국제 대회에서는 큰 주목을 받지 않은 무명이라고 할 수 있는 임춘애가 곧바로 아시안게임에서 메달을 목에 걸 거라는 기대와 바람은 있을지언정 확신은 할 수 없었다.

그런데 첫 경기 800m부터 금메달이었다. 행운이 따른 금메달이긴 했다. 원래는 2위였다. 임춘애는 열심히 달려 피니시 라인을 통과했지만 가장 먼저 결승선을 통과한 인도의 쿠리신칼 아브라함의 뒤였다. 800m는 큰 기대를 하지 않았으므로 은메달도 나쁘지 않은 성적이었다고 생각했다. 그런데 1등이었던 인도 선수 아브라함이 라인 침범 반칙으로 실격 처리가 되면서 금메달이 임춘애에게로 왔다. 행운의 첫 금메달로 자신감을 갖게 된 임춘애는 개천절인 10월 3일 1,500m에 나섰다. 그때부터는 행운이 아닌 임춘애의 '진짜 실력'이 나오기 시작했다. 여자 1,500m에서 무서운 막판 스퍼트로 앞서 나가는 선수를 모두 제치며 1위에 올랐다. 특히 1,500m에서 우승 후보들인 중국의 쟁쟁한 선수들을 마지막 순간 제치고 깜짝 우승을 차지했다. 중국 선수들이 1, 2위로 달리고 한국의 임춘애와 김월자가 3, 4위로 달리며 우승 경쟁을 했다. 200m 정도를 남겼을 때 2위로 올라선 임춘애는 결승선 50m 정도를 남기고 선두로 달리던 중국 선수까지 제쳤다. 1, 2위로 달리던 중국 선수들은 은메달을 하나 목에 걸었을 뿐, 한국 선수에게 금, 동메달을 내줬다. 시상대에는 임춘애와 김월자가 금, 동메달리스트로 함께했다. 이 1,500m 금메달을 계기로 임춘애는 제대로 스포트라이트를 받았고, 국내뿐만 아니라 아시아 육상계에서도 임춘애를 주목하기 시작했다. 그리고 나선 경기가 3,000m였다. 그리고 또다시 역전극이 펼쳐졌다. 마지막 한 바퀴를 남기고 역전극을 펼친 임춘애는 우승을 차지하며 관중들의 엄청난 박수를 받았다. 아시안게임 육상에서 3개나 금메달을 따낸 것도 예상치 못한 일이었기에 더 대단하게 여겨지기도 했지만 무엇보다 금방이라도 쓰러질 듯한 갸날픈 몸으로 최선을 다해 역주를 펼친 장면은 더 큰 감동을 안겼고 특히 3,000m를 달린 뒤 경기장 트랙에 털석 주저앉아 힘겹게 운동화, 양말을 벗은 후 맨발로 트랙을 도는 임춘애를 보며 경기장에 온 모든 사람들이 뜨거운 기립 박수를 보냈던 장면은 당시 서울 대회뿐 아니라 역대 아시안게임 최고의 명장면으로도 기억되기에 충분했다. 이렇게 한국 육상사상 최초의 아시안게임 3관왕이 탄생했다. 자신이 3관왕을 차지한 것에 대해서 임춘애는 "내가 출전한 세 종목에서 중국 선수들이 워낙 잘 뛰어 기록 차이가 큰 상황이었다"며 "운 좋게 기대도 하지 않았던 1,500m와 3,000m에서 우승했다"고 회고했다. 하지만 행운도 준비된 자에 오는 것이다. 3관왕 뒤에는 임춘애의 피나는 노력과 가난하고 어려운 가정환경을 이겨내고 이룬 성과라는 게 알려지면서 승리의 감동은 더했다.

"라면 먹고 운동했어요"는 오해

임춘애가 더 유명해진 데는 라면도 한 몫을 했다. 정확히는 임춘애가 라면만 먹고 운동했다는 식으로 보도가 되면서 열일곱 소녀의 역전극을 더 극적으로 만들었다. 실상은 임춘애를 키운 김번일 코치가 언론과의 인터뷰에서 '임춘애가 라면 먹고도 잘 달렸다'고 말한 것이 당시 임춘애가 어려운 가정 형편 때문에 라면만 먹고 뛰었다는 식으로 보도가 되면서 임춘애의 '라면 투혼'으로 확대됐던 것이었다. 임춘애는 "당시 저를 발굴하고 길러 주신 김번일 코치 선생님이 하신 인터뷰에서 열악한 학교 육상부의 처지를 설명하면서 '선수들이 간식으로 라면을 먹는다. 조금 환경이 좋은 학교는 우유도 지원된다'고 말씀하신 것인데 '임춘애가 17년간 라면만 먹고 뛰었다', '우유 먹는 아이들이 부러웠어요'라고 쓰는 바람에 이후 제가 '라면 소녀'로 불리고 '헝그리 정신'의 대명사처럼 된 것이다"라고 해명하기도 했다. 하지만 가난을 벗어나 개발도상국에서 한 단계 도약하고자 몸부림치던 당시 대한민국의 상황과 맞물려 국민적인 영웅이 됐고, 영화 대사('넘버 3': "헝그리 정신! 현정화 걔도 라면만 먹고 육상해서 금메달 3개씩이나 따 버렸어." "임춘애입니다, 형님.")에도 언급될 정도로 헝그리 정신의 대명사로 두고두고 회자돼 왔다. '우유라도 맘껏 먹고 뛰었으면 좋겠다', '열일곱 해를 사는 동안 밥보다 라면을 더 많이 먹고 자랐다', '라면 1개로 하루를 때웠다' 등등의 애절한 문구들이 신문에 실리며 독자들의 눈물샘을 자극했고 우유 회사에서 우유를 공짜로 주겠다고 나설 정도로 커다란 사회적 반향이 뒤따랐다. 이렇듯 임춘애의 금메달은 가난하고 어려운 가정환경이라는 '양념'이 곁들여지면서 감동적인 신데렐라 스토리로 확대됐다. 물론 임춘애의 훗날 해명으로 밥 대신 라면만 먹고 뛰지도 않았고 알려진 만큼 형편이 몹시 어렵지만도 않았다지만 그래도 사회적 · 정치적으로 기댈 곳이 필요했던 80년대 국민들에게 임춘애의 감동 스토리는 위안이자 희망이 됐다. 허약하기 짝이 없어 보이는 체격, 두 눈이 커 왕눈이라는 별명을 가진 이 소녀의 인간 승리는 막 성장을 하기 시작한 나라, 가난에서 탈출해 자가용을 몰고 다니는 사람들이 생기기 시작한 시점과 오버랩되며 사회적 이슈가 됐다. 이미 언론을 통해 수차례 해명했음에도 불구하고, 임춘애와 라면 그리고 우유 이야기는 올림픽과 아시안게임이 열리는 때마다 선수들의 헝그리 정신을 강조할 때마다 그것이 비록 라떼라는 말로 치부될지언정 빼놓을 수 없는 에피소드로 거론되고 있다.

임춘애에 대한 관심과 기대는 88 서울 올림픽에까지 이어졌다. 대회 개막을 알리는 개회식부터 임춘애는 모습을 드러냈다. 선수단 입장 순서에 나오는 평범한 선수의 모습이 아닌 서울 올림픽 성화 봉송 최종 주자로 개회식에 등장했다. 잠실 주경기장에 고 손기정 선생이 성화를 들고 들어오고 임춘애가 성화 최종 주자로 트랙을 돌았다. 당시 베를린 올림픽 영웅 손기정 선생은 여론조사 결과 최적임자로 선정되었으나 일제시대와 남북분단으로 점철된 불우한 근대사를 종지부 찍고 힘차게 뻗어 가는 밝고 희망찬 미래를 상징하기 위해 젊은 선수에게 양보한 것이라는 이야기도 있었고 손기정 선생으로 낙점돼 있었으나 개회식 전에 노출이 돼 변경했다는 설도 있었다. 임춘애 본인도 하루 전

에 최종 주자라는 걸 알았다고 하니 전해지는 이야기들이 신빙
성 있게 들리는 것도 사실이다. 어떤 이유에서든 임춘애는 1988
서울 올림픽 개회에서 손기정 옹으로부터 성화를 받아 들고 잠
실 주 경기장을 돌았고 성화 점화의 영광은 당시 노태우 대통령
의 '보통 사람' 시대 구호에 걸맞게 세 명의 평범한 시민에게 돌
아갔다. 올림픽에서 성화 최종 주자의 역할을 맡길 만큼 큰 기대
를 받았던 임춘애지만 역시 세계의 벽은 높았다 모두 예선 탈락
하며 자신의 첫 올림픽을 마쳤다. 88 서울 올림픽 무대에서 예선

탈락하자 '배가 불러서 그렇다'는 비난에 시달리기도 했지만 당시는 지금보다 아시아와 세계 육상의 격차가 더 컸던 때였다. 게다가 몸 상태도 완전하지 않았다. 당시는 스파르타 훈련이 정답으로 인식되던 때라 쉼 없이, 그리고 강압적으로 운동은 이어졌고, 그 혹사는 결국 씻을 수 없는 부상으로 이어졌다. 임춘애는 훗날 "아시안게임이 마지막 기회라는 생각으로 몸을 혹사하면서 훈련했었다"며 그 후유증으로 몸이 안 좋아져 서울 올림픽에선 좋은 성적을 올릴 수 없었다고 안타까운 심정을 털어놓기도 했다. 실제로 아시안게임이 끝난 후 끊임없이 부상에 시달렸고 고질적인 부상 탓에 성화 최종 주자라는 영광스러운 순간도 온전히 만끽할 겨를이 없었다. 결국 임춘애는 서울 올림픽에서 예선 탈락의 고배를 마셨고, 1990년 베이징 아시안게임 때까지 뛰어 달라는 육상계의 부탁에도 은퇴를 택했다. 아시안게임 이후 골반이 너무 아파 찾은 병원에서 무리하게 운동을 한 탓에 골반 근처 뼈가 다 자라지 못했다는 진단을 받았던 임춘애는 계속된 부상에 시달리며 88 올림픽에서도 성적을 내지 못한 상황에서 1990년 베이징 아시안게임을 준비하다 피로골절이 오자 선수 생활이 더 이상 어렵다고 판단해 전격 은퇴를 결정했다.

최
윤
희

원조 국민 여동생에서 아시아의 인어로

한국 수영이 국제 대회에서 두각을 나타낸 시기를 박태환이 활약했던 2000년대부터라 생각하는 사람들이 많지만 그 전에도 한국 수영은 아시아 정상에 서면서 국민들의 큰 관심과 기대를 받은 적이 여러 번 있었다. 한국 수영은 1970년 방콕아시안게임과 1974년 테헤란 아시안게임 2관왕을 차지하며 '아시아의 물개'로 불리던 고 조오련이라는 스타 선수를 보유한 적이 있었다. 하지만 타고난 피지컬을 자랑하는 서양 선수들 사이에서 '아시아의 일인자'라는 타이틀은 올림픽에서 통하지 않았다. 한창 전성기를 달리던 1972 뮌헨 올림픽에 출전해 예선 탈락의 고배를 마시면서 세계 수영과의 격차를 실감했던 게 한국 수영의 현실이었다. 그러다 80년대가 되면서 다시 한번 한국 수영이 국제 대회에서 두각을 나타낸다. 초등학교 3학년 때 국가대표로 선발될 정도로 '수영 신동'으로 불리던 최윤희의 등장 덕분이었다. 최윤희가 수영 선수가 된 데는 언니 최윤정의 영향이 작지 않았다. 자매 모두 서울 은석초등학교에 다닐 때 수영을 배웠고 언니 역시도 소년체전에서부터 두각을 나타냈을 정도로 유망주였다. 1976년 6월 서울에서 열린 소년체전에서 최윤희의 언니 최윤정이 초등부 배영 여자 100m와 200m에서 우승하며 자매 수영 선수로 주목받기 시작했고, 언니에 이어 최윤희는 1979년 5월 충청북도에서 열린 제8회 같은 대회 초등부 배영 여자 100m에서 1분 20.75초, 200m에서 2분 49.08초를 기록하며 2관왕에 올랐다. 당시 여중부에 출전한 언니 최윤정(서울 서울사대부속중)도 배영 100m와 200m에서 각각 1분 09. 03 초, 2분 28. 05초로 우승했다. 같은 운동을 하는 자매이자 경쟁자로 한국 수영을 대표하는 선수로 성장해 가던 중 최윤희는 언니의 기록들을 깨며 언니를 넘어서기 시작했다. 1982년 4월 상비군 평가전 여자 배영 100m에서 1분 6.47초로 2년 전 언니 최윤정이 세운 한국 기록을 1.30초 단축하며 생애 첫 대한민국 신기록을 세운 게 시작이었다. 훗날 최윤희는 수영을 배우는 한 예능 프로그램에 나와 수영선수로서 경쟁하던 언니와의 일화를 털어놓기도 했다. 처음 수영을 시작하게 된 계기로 최윤정을 꼽으며 "저희 언니가 수영을 잘했다. 저는 언니가 하니까 같이 했다. 우리 둘은 연년생이었다"고 말했다. 그러면서 "하필 같은 종목으로 해서 선의의 경쟁 상대였다. 그러다 최고의 라이벌이 된 것"이라며 "저는 1982년도에 똑같은 종목에서 금메달 3개를 땄고, 언니는 은메달 3개를 땄다. 그때 이후로 저희 자매 사이가 무척 나빠졌다"고 말했다. 실제로 당시에는 라이벌을 넘어서 적과의 동침이라고 느낄 만큼 사이가 안 좋았던 때도 있었다고 한다. 언니 최윤정은 "동생에게 지면서 불가능과 좌절을 처음 느꼈다"고 말하며 라이벌 동생이 '원수'로 떠오르는 순간이 있었다고 말할 정도였다. 유명세를 먼저 탄 것은 언니 최윤정이었으니 좌절감이 더 컸을 터이다. 수영 신동이라 불리며 1978년 방콕 아시안게임에 최연소(12세)로 출전해 동메달을 3개나 목에 걸었고 그 모습을 부러워하며 질투하는 동생이 최윤희였다. 그러다 최윤희가 급성장하며 둘은 운명의 라이벌이 됐고 1982년 뉴델리 아시안게임을 앞두고는 두 선수의 기록 향상을 위해 대표팀 내에서도 일부러 경쟁을 시키기도 했는데, 이것이 둘을 숙명의 라이벌로 만든 계기가 됐으며 1982년 12월 뉴델리 아시안게임에서 둘의 희비는 엇갈린다. 같은 종목에 나란히 출전한 두 선수, 동생 최윤희는 여자 배영 200m에서 2분 21.96초로 아시아 신기록을 세우며 금메달을 땄고 이어 배영 100m와 개인혼영 200m에서도 각각 아시아 최고 기록을 세우며 우승해 아시안게임 수영 사상 최초로 3관왕에 올랐다. 언니 최윤정은 동생에 밀려 은메달만 3개를 목에 건 채 대회를 마쳐야 했다. 좌절감 때문인지 최윤정은 이 대회 직후 은퇴를 하고 수영계를 떠났다.

　　이때부터 최윤희는 국민적인 사랑을 받는 '국민 여동생'이 됐다. 청순한 외모의 최윤희는 당시 폭발적인 인기를 얻으면서 전에 없던 '스포츠 아이돌'의 이미지가 만들어졌고 뛰어난 수영 실력에 귀여운 외모까지 갖춰 지금의 '김연아 못지않은 인기를 누렸다. 그리고 4년 후 서울 아시안게임에서는 배영 100m와 200m에 출전해 금메달 2개를 따내면서 '아시아의 인어'라는 타이틀까지 얻었다. 1982년 뉴델리 대회 배영 100m와 200m, 개인혼영 200m에서 금메달로 한국 수영 사상 첫 아시안게임 3관왕, 이어 4년 후 서울 대회에서도 2관왕에 오르며 아시안게임에서만 모두 5개 금메달을 목에 걸었다. 최윤희가 당시 청순 여자 스타들만 찍던 모 음료 CF 광고료로 당시 강남 아파트 한 채 값의 2배가량인 1억 원을 받았다고 하니 그 인기가 어느 정도였는지를 미루어 짐작할 수 있다. 아쉬운 것은 88 올림픽 도전을 하지 못한 채 은퇴를 했다는 것이다. 86 아시안게임이 끝난 후 만 19세의 젊은 나이에 돌연 은퇴를 선언하면서 1988 서울 올림픽에는 출전하지 않았다. 당시에는 20대에 접어든 여성의 운동선수가 은퇴를 하는 것이 이상한 일이 아니었기에 별 의문 없이 받아들여진 탓인지 어떤 이유에서 은퇴를 결정했는지에 대한 이야기가 없었다. 그러다 한참 세월이 지난 후 최윤희가 한 인터뷰에서 그 이유를 유추해 볼 수 있었다. "대학교 1학년 열아홉 살, 그 당시만 해도 여자 선수로서는 환갑의 나이였다. 4년 후에도 금메달을 딸 수 있을까 하는 이야기를 많이 들었다"고 말했다. 60~70년대생 여자 선수들이 지금은 운동선수로 전성기라고 불리는 20대 초반에 예상보다 일찍 은퇴를 했는지가 조금은 이해되는 말이기도 했다. 만약 당시에 좀 더 체계적인 훈련 시스템이 있었고 해외 전지훈련 등 선진기술들을 배울 수 있는 장치들이 많았다면 아시안게임 5관왕의 선수가 19세의 나이에 은퇴하는 일은 없었을 것이며 한국 수영 사상 첫 올림픽 파이널 진출도 그의 몫이었을지도 모르겠다. 한국 수영 사상 첫 올림픽 결선 진출은 한참이나 지난 2004 아테네 올림픽에서 나왔으니 말이다. 당시 서울대에 재학 중이던 19세 남유선이 여자 개인혼영 400m 예선에서 4분 45. 16초를 기록, 전체 8위에 올라 올림픽 수영 경영 결승에 오른 첫 한국 선수가 됐으며 결승에서는 순위를 하나 더 끌어올려 7위로 마치는 새 역사를 썼다. 그 후에도 2008 베이징 올림픽, 2016 리우 올림픽에 참가했고, 특히 리우 올림픽을 앞두고는 서른한 살의 나이에 여자 개인혼영 국제수영연맹 A기준기록을 당당히 통과하며 자력으로 올림픽 티켓을 거머쥐었으니 20세의 나이에 은퇴를 생각해야 했던 최윤희의 전성기 시절과 비교하면 격세지감을 느낄뿐더러 최윤희의 이른 은퇴가 아쉽게 느껴지기도 한다. 최윤희는 은퇴 이후 가수 유현상과의 깜짝 결혼으로 다시 한번 화제의 중심에 섰다. 워낙 인기가 많았던 터라 집안의 반대를 무릅쓰고 비밀 결혼식을 올렸을 때 많은 팬들은 충격과 놀라움을 금하지 못했다. 은퇴 후 방송 생활을 했지만 결국 지도자로 돌아오길 바랐던 팬들의 실망감은 유현상을 향한 비난으로 이어질 정도였다.

스포츠 행정가 최윤희로

서서히 대중들의 시선에서 멀어졌던 최윤희는 2001년 미국 워싱턴주의 시댁에 갔다가 그곳 수영클럽의 지도자로 일하게 됐고 수영 선진국인 미국에서 최윤희는 뛰어난 지도자로 인정받았다.

"미국에서도 여자 코치는 거의 보지 못했고 게다가 동양인은 내가 유일했다. 처음 아이들을 만났더니 한 고교생이 영 미덥지 않은지 나한테 수영을 한번 해 보라고 해서 시범을 보였더니 학생들이 모두 기립 박수를 치더라. 대학원 논문 준비를 위해 귀국을 결심했는데 클럽 헤드코치는 물론 학생들도 다들 아쉬워하며 붙잡는 걸 보면 미국에서 지도자로 인정받았구나 하는 생각에 뿌듯했다"고 말한 적도 있다. 최윤희는 이후 2004년 스포츠 전문 외교 인력을 양성하기 위한 국비장학생으로 선발돼 이듬해 미국 워싱턴대에 2년간 어학연수를 다녀왔고 2007년엔 꿈나무 발굴을 위해 최윤희스포츠단을 창단하고 대한올림픽위원회 상임위원으로 2014년 인천아시안게임 유치에도 힘을 보태는 등 왕성한 활동을 이어 갔다. 2017년에는 은퇴한 여성 체육인들의 모임인 ㈜한국여성스포츠회 회장으로 선출됐고, 대한체육회 이사로도 활동했다. 그리고 경기인 출신에 여성 최초로 한국체육산업개발 대표이사로 취임했고 1년이 지난 후에는 국가 체육 업무를 총괄하는 자리인 문화체육관광부 2차관에 전격 임명이 되며 큰 화제를 모았다. 국가대표 출신 스포츠 선수가 차관에 발탁된 건 지난 2013년 임명된 '사격 스타' 박종길 전 문체부 차관에 이어 두 번째였다. 여성 최초라는 점 때문에 크게 이슈가 됐고, 체육계와 정치권은 서로 다른 반응을 보이기도 했다. 한편으로는 여성 체육인들이 '유리 천장'을 깰 수 있는 선구자적인 역할을 해 주길 바라는 시선들이 컸던 것도 사실이다. 하지만 최윤희 차관이 취임하고 난 직후, 전 세계에 불어닥친 코로나19 여파가 국내 체육계까지 뒤덮었고 급기야 2020 도쿄 올림픽이 연기되는 일이 벌어졌다. 게다가 체육계 갑질 및 폭력으로 인해 사망한 트라이애슬론 유망주 '최숙현 사건'까지 터지면서 전체적으로 이렇다 할 결과물을 내놓지 못했다는 평가 속에 차관의 행보를 마무리했다.

크로스컨트리스키, 철인

중국 장자커우 국립크로스컨트리스키센터에서 펼쳐진 '2022 베
이징 동계 올림픽' 크로스컨트리스키 여자 10km 클래식, 대한민
국의 이채원이 완주하며 75위(34분 45.05초)로 들어왔다. 체격과
체력이 월등한 북유럽 선수들과 경쟁하며 유럽 선수들이 한 발
짝 갈 때 두 발짝을 떼며 달려와 드디어 결승선을 통과했다. 레이
스가 끝나자 심장이 터질 것 같은 고통이 밀려온다. 한참 숨을 몰
아쉬며 무사히 경기를 마친 것에 감사하는 이채원, 이것이 한국
여자크로스컨트리스키의 살아 있는 전설 이채원의 개인 통산 여
섯 번째이자 마지막 올림픽 레이스였다. 1981년생의 이채원은 한
국 선수단의 최고령 선수로 베이징 동계 올림픽에 참가했다. 독
감 주사를 두 차례 맞는 등 현지에서 어려움을 겪었고 그래서 목
표했던 30위권의 레이스는 이루지 못했지만 '완주'라는 의미 있

는 마무리를 통해 여섯 번째 올림픽 무대에서 행복하게 내려왔
다. 2002 솔트레이크 올림픽을 시작으로 2006 토리노 올림픽,
2010 밴쿠버 올림픽을 거치고, 2014 소치 올림픽에 이어 자신의
고향에서 열린 2018 평창 올림픽을 끝으로 은퇴를 생각했지만
은퇴 의사를 거둬들이고 나선 2022 베이징 올림픽까지, 20대에
시작된 올림픽 도전을 40대에 마무리 지으며 설원의 작은 거인
은 올림픽과의 작별을 고했다.

전국체전 금메달만 78개

이채원은 태어나 보니 평창, 평창 하면 스키, 그래서 이채원은 스
키. 이런 연결고리로 당연한 듯 스키를 탔다. 어려서부터 운동을
좋아해 초등학교 때는 육상 장거리 선수로 활동했던 때가 잠깐
있었지만 지구력을 눈여겨본 스키부 코치의 권유로 크로스컨트
리스키를 시작했다. 크로스컨트리스키가 뭔지도 몰랐던 열네 살
때 코치의 권유도 권유지만 운동이 좋아 당연한 듯 무작정 스키
부에 들었다. 평창에서 태어나 스키는 익숙했지만 알파인스키만
을 떠올렸지 크로스컨트리스키가 무엇인지도 몰랐고 그 종목을
할 거라고는 생각조차 하지 않았다. 그래선지 처음에는 너무 힘
이 들어 왜 시작했나 하는 후회도 했고, 다른 종목으로 전향해 볼
까 하는 갈등도 컸지만 그러면서도 어느새 두각을 나타내고 있
는 자신을 발견했다. 평창 대화중학교 1학년 때 스키를 시작해
중학교 2학년인 1996년 처음 동계 체전에 출전해 금메달을 따더
니 이어 고등학교 1학년 때는 처음으로 태극마크를 달았다. 그

이후 이채원은 국내에서 만큼은 정상에서 내려온 적이 없다. 첫 메달 이후 1996년부터 2020년까지 24년간 전국동계체육대회 금메달만 78개를 획득하며 동계 체전 최다 메달 기록도 보유하고 있고 동계 체전 MVP에도 3차례(2008년, 2010년, 2015년)나 선정됐다. 이런 기록이 가능했던 이유는 꾸준한 노력 때문이었다. 다른 선수들보다 머리 하나 크기 정도 작을 만큼 불리한 체격 조건으로 운동을 시작했던 터라 잠깐의 게으름도 이채원에겐 용납되지 않았다. 불리한 체격 조건을 지구력 하나로 메우며 20년 넘는 시간동안 눈밭에 살다 보니 전국체전에서는 첫 우승 후 2012년 출산을 위해 쉰 것을 제외하고는 매년 다관왕을 차지했을 정도로 한국 크로스컨트리스키의 간판이자 버팀목이 됐고 올림픽에 여섯 번이나 출전할 수 있었으며 2011년 아스타나-알마티 동계 아시안게임에서는 한국 크로스컨트리스키 사상 첫 금메달을 획득했다. 이채원은 당시 카자흐스탄 알마티 바이애슬론·크로스컨트리 스키장에서 열린 크로스컨트리스키 여자 10km 프리스타일에서 36분 34.06초의 기록으로 1위를 차지했는데, 그간 여자 크로스컨트리스키 10km 프리스타일에서는 종전 대회 2연패를 한 카자흐스탄을 비롯해 일본과 중국 등이 메달을 독식해 온 터라 이변에 가까운 귀한 메달이었다. 게다가 국내에서는 최강의 위치를 지켰지만 국제 대회에서는 고전했던 이채원이었기에 이 금메달은 그간의 아쉬움을 털어 내기에 충분한 성과였다.

임신 9개월의 스키 선수

오랜 시간 국내 정상에 군림했고 신장 154cm의 단신임에도 스피드와 체력 그리고 근성에서 유럽 선수들에 밀리지 않으며 국제 무대에서도 선전했던 이채원이지만 유독 올림픽에서만은 부진했다. 2002 솔트레이크시티 올림픽, 그리고 2006 토리노 올림픽과 2010 밴쿠버 올림픽까지 대부분 50위권으로 하위권을 맴돌았다. 그러다 2014 소치 올림픽 30km 프리에서 33위를 기록해 한국 크로스컨트리스키 사상 올림픽 최고 성적을 냈다. 이 순위가 더 놀라웠던 건, 이채원이 출산을 한 지 2년도 안 된 후의 성적이라는 것이었다. 이채원은 2010년에 결혼하고 2012년 딸을 낳았다. 여자 선수에게 임신과 출산은 선수 생명을 위협할 정도로 큰 변수가 되곤 한다. 하지만 이채원은 임신 기간에도 운동을 멈추지 않는 것으로 이 변수를 지웠다. 무려 임신 9개월까지 배 속에 아기가 있는 상황에서도 스키 훈련을 다른 사람들과 똑같이 해냈다. 임신했다는 것을 가족 외에 아무에게도 알리지 않았다. 그의 일상이 변함없었기 때문에 주변사람들이 눈치조차 채지 못할 정도였다. 아이를 생각하면 질타받을 만한 일이기도 하지만 이채원은 이유가 있었다고 했다. "아이에게 정말 미안했다. 하지만 '이채원은 이제 끝나는구나' 하는 이야기가 너무 듣기 싫었다. 이런저런 이야기가 떠도는 것이 싫었고, 내가 경기를 뛰면서 관리해 온 포인트도 잃는 게 아까웠다. 남편과도 충분히 상의하고 그래서 병원에도 자주 갔었는데 마음을 졸인 것도 사실이다. 그래서 건강하게 태어나 준 딸이 너무도 고맙고 소중했다"며 당시 상황을 전했다. 그렇게 엄마가 된 이채원은 복귀 후 차근차근 포인트를 관리해 소치 올림픽에 출전했고 30km 프리 종목에서 33위를 기록해 한국 크로스컨트리스키 사상 올림픽 최고 성적을 냈다. 이 성적으로 대회 전 이채원이 한 말이 빈말이 아니었음을 증명했다. "아이를 낳고 몸이 더 좋아졌다. 쉴 새 없이 달려오다 3개월간의 산후조리 기간 동안 재충전의 시간을 가졌고 그 기간 몸 관리를 잘한 탓인지 심폐력이 좋아졌으며 근육이 많이 발달해 기록이 30초 이상 단축됐다"는 얘기였다. 그래서 이채원은 소치 올림픽에서 중상위권에 들겠다는 목표를 세웠고, 그의 말대로 30위권에 들며 임신과 출산이 선수에게 결코 걸림돌이 아님을 몸소 증명해 냈다. 그리고 이 성적은 자신의 고향인 평창에서 열리는 올림픽에 도전할 수 있는 용기와 힘을 줬다.

여섯 번의 올림픽, 라스트 댄스는 베이징에서

네 번이나 올림픽에 참가한 최고참, 은퇴를 했어도 이미 했어야 하는 37세의 나이에 이채원은 또 한 번의 올림픽을 준비했다. 당시 평창군청 소속으로 평창 출신인 '평창의 딸' 이채원은 자신의 고향에서 열리는 올림픽에서 자신의 올림픽 커리어를 마치고 싶었다. 소치 올림픽에서 그토록 바라던 30위권의 성적표를 받은 만큼 욕심을 내 볼 만하다고 생각했다. 게다가 평창 올림픽을 앞둔 2017년 2월 올림픽 테스트 이벤트로 진행된 국제스키연맹FIS 월드컵 스키애슬론에서는 한국 월드컵 사상 최고 순위인 12위를 차지하기도 했기 때문에 유종의 미를 거두기에 최상의 조건이라

고 봤다. 게다가 자칭 이채원의 열혈 팬이라는 열 살 후배인 주혜리와 함께하는 레이스가 예정돼 있다는 것도 의미를 더했다. 평창 올림픽 당시 주혜리는 "한국 크로스컨트리스키 역사에 한 획을 그은 이채원 선수를 가장 존경한다"며 "존경하는 선수와 이번

올림픽을 함께할 수 있어서 기쁘다. 이채원 선수와 함께 평창 동계 올림픽에서 좋은 모습을 보여 준 선수로 기억되고 싶다"고 말하기도 했다. 두 선수가 함께한 평창 동계 올림픽 크로스컨트리 스키 여자 팀 스프린트 준결승에 19분 19.17초로 결승선에 골인하며 최종 순위는 11개 팀 가운데 최하위에 머물러 결승 진출에는 실패했고 앞선 경기에서 이채원은 여자 15km 스키애슬론 경기에 나서 46분 44.05초의 기록으로 57위, 이어 여자 10km 프리에서는 28분 37.05초를 기록해 출전 선수 90명 가운데 51위로 경기를 마치면서 하위권에 머물렀지만 이채원은 남편과 귀여운 딸의 응원을 받으며, 올림픽 고별전을 마쳤다는 데 만족했다. 그리고 은퇴를 선언했지만 이채원은 번복하고 다시 눈 위에 섰다. 분명히 평창이 '마지막'이라고 했다. 하지만 다시 '올림픽'이 돌아왔고 이채원은 아직 힘이 남아 있었다. 그리고 크로스컨트리스키가 여전히 좋았다. 게다가 국내에는 적수가 없기도 했다. 2022 베이징 올림픽을 앞두고 강원 평창에서 열린 국제스키연맹FIS 극동컵 겸 대한스키협회 올림픽 국가대표 선발전 여자 5km 프리에서 14분 33.08초로 1위에 올랐다. 국가대표 선발전에서 당당하게 1위로 자신의 여섯 번째 올림픽에 출전할 자격을 얻어 베이징으로 향했다. 한국 스포츠 역사 속 올림픽 6회 출전은 이규혁(빙상), 최서우, 최흥철, 김현기(이상 스키)만 보유한 대기록이었지만 2022년 이채원이 이 대기록에 한 명을 더 추가했다. 그리고 2022년, 한국 나이로 42세의 이채원은 베이징 동계 올림픽에 출전하는 한국 선수 중 최고령자로 이름을 올리기도 했다. 출전 자

체가 역사인 이채원은 베이징에서도 완주에 성공했다. 여자 크
로스컨트리스키 7.5km + 7.5km 스키애슬론 경기에서 이채원은
55분 52.06초를 기록하며 예순한 번째로 결승선을 통과했고, 개
인 스프린트 프리스타일에서는 감기 증세 등 컨디션 난조로 뛰
지 않았지만 크로스컨트리스키 여자 10km 클래식에서는 34분
45.05초의 기록으로 일흔다섯 번째로 결승선을 통과하며 개인
여섯 번째이자 마지막 올림픽에서 끝까지 완주하며 유종의 미를
거뒀다.

순위는 의미가 없었다. 여자 15km 스키애슬론에서 함께
출전한 20대 후배 한다솜이 완주에 실패한 것만 봐도 40대 이채
원의 도전에는 순위로만 판단할 수 없는 위대함이 있었다. 대한
민국 크로스컨트리스키 선수 이채원으로, 엄마여서 더 강해진 이
채원으로, 그래서 언제나 강했던 이채원은 베이징에서 여섯 번째
올림픽을 출전하고서야 그의 도전을 멈췄다.

이작가의 ADDITION

아이를 키우는 데 온 마을이 필요하다

소치 올림픽을 앞두고 관련 콘텐츠 때문에 이채원 선수를
가까이에서 인터뷰할 일이 있었다. 그날은 크로스컨트리스
키 대회가 평창 알펜시아리조트 크로스컨트리스키 경기장
에서 열리는 날이었고 스키협회의 도움으로 현장 취재와 이

채원 선수의 인터뷰를 진행했다. 당연히 초점은 아이에 관련된 것이었다. 임신과 출산을 경험한 나로서는 임신을 한 채 운동을 했다는 것이 이해가 되지도 믿기지도 않아 나도 모르게 주제도 모르고 쓴소리를 할까 봐 걱정하며 인터뷰를 진행했다. 그러나 배 속에 있는 내내 걱정했고 건강하게 태어나 줘 고마웠다는 말을 하며 흐뭇하게 웃는 모습에서 나는 엄마 이채원을 봤다. 그리고 실제로 건강하게 잘 자라고 있는 아이를 자연스레 떠올렸다. 그 아이를 이채원을 만나기 전에 봤기 때문이었다. 평창은 스키 선수들의 부모들이 아주 많다. (많다는 걸 그때 알았다.) 크로스컨트리스키 대회가 마치 동네 축제처럼 치러지고 있었다. 지역적 특색이 한 몫을 했으리라 생각하며 크로스컨트리스키 경기가 시작하길 기다리고 있던 그때 주목받을 일이 없는 경기를 보러 온 외지인인 내게 관심이 쏟아졌다. 결국 나는 이채원 선수를 취재 온 작가로 그 공간에 있는 모두에게 알려지게 됐고, 관중이자 선수들의 부모님들은 내게 이채원 선수에 대한 정보를 하나라도 더 주려고 노력했다. 그러던 중 누군가가 "저 아기 안고 있는 분 보이죠? 그분을 취재해 보세요"라고 알려 줬고, 나는 그 아이가 이채원 선수의 딸일 거라 직감했다. 그리고 아이를 안고 있는 분은 이채원의 어머니 또는 시어머니 둘 중 한 분이 아닐까 하며 다가갔다. 그런데 다 틀렸다. 이채원의 아이를 안고 있던 아주머니는 스키선수 가족으로 이채원의 딸 (장)은서를 집으로 데려와 보살펴 주고 있는, 말

그대로 동네 지인이었다. "100일 정도부터 내가 봐주기 시작했다. 나도 크로스컨트리스키를 하는 딸과 아들을 키우고 있다 보니 도와주고 싶은 마음에 자연스럽게 맡게 됐는데, 은서가 엄마와 떨어져 있을 때가 많아선지 엄마만 보면 떨어지지 않으려고 한다. 그럴 때는 안쓰럽다"고 말했다. 그렇게 온 마을이 응원을 보내며 큰 아이 은서는 훌쩍 성장해 2022 베이징 동계 올림픽 당시 초등학교 4학년이 됐고 한국 선수단 결단식에서 엄마에게 보내는 음성 편지로 베이징 출국을 앞둔 엄마와 언니, 오빠 선수들을 응원하기도 했다. '한 아이를 키우려면 온 마을이 필요하다', 많은 사람들의 도움 속에 아이들이 성장할 수 있다는 아프리카 속담이다. 10년이 지난 지금도 평창에서 만난 이채원과 이채원의 딸, 그리고 아기 은서를 안고 있던 그분으로 인해 한국 스키 역사의 레전드 이채원을 생각하면 나는 자연스레 이 속담이 떠오른다.

5

팀보다 위대한 선수는 없다

핸드볼 국가대표팀

컬링 국가대표팀

2004 아테네 올림픽

그리스 아테네 헬레니코 실내체육관에서 펼쳐진 2004 아테네 올림픽 여자핸드볼 결승전, 12년 만의 금메달을 노리는 대한민국과 올림픽 3연패의 역사를 쓰고 싶은 덴마크가 만났다. 운명의 장난처럼 1996 애틀랜타 올림픽 결승에서 대한민국의 3연패를 저지했던 덴마크가 우리를 상대로 3연패를 하겠다고 나섰다. 8년 만에 올림픽 결승 무대에서 다시 만난 두 팀은 경기 내내 접전을 벌었다. 역전과 재역전이 이어지며 양 팀은 전반을 14-14 동점으로 끝낸다. 후반전에도 서로에게 3점 차 이상의 리드를 허용하지 않은 채 허순영의 포스트 플레이와 골키퍼 선방으로 우리가 18 -16으로 앞서 나가기도 했지만 이후 후반 22분에는 덴마크가 22-22 동점을 만든 뒤 25분에는 25-22로 역전에 성공한다. 종료 1분 전 다시 승부를 25-25 동점으로 만든 한국, 하지만 마지막 공격 찬스를 제대로 살리지 못하며 이 경기는 연장에 돌입한다. 첫 번째 전·후반 10분간의 연장승부, 연장 전반을 27-26으로 한국이 1점 앞섰지만 결국 29-29 동점을 허용한다. 2차 연장 후반전, 이번엔 한국이 내리 두 골을 뽑아내며 앞서 나갔지만 다시 덴마크의 추격으로 33-33, 종료 23초를 남기고 김차연이 포스트에서 득점, 하지만 덴마크가 종료 8초를 남기고 또다시 동점골을 성공시킨다. 달아나면 쫓아가고 다시 뒤집고 쫓아가기를 거듭하며 전·후반 60분과 10분씩의 연장전 2차례를 포함해 모두 80분을 소화했지만 전광판에 쓰인 점수는 34-34 동점. 이제 승부는 잔혹한 슛아웃 대결만이 남았다. 승부던지기의 결과는, 임오경과 문필희의 슛을 막아 낸 덴마크 골키퍼 모르텐센의 활약에 한국은 2 대 4로 패하고 대한민국과 덴마크의 2004 아테네 올림픽 여자핸드볼 결승전은 2시간이 넘는 명승부 끝에 덴마크의 우승으로 끝이 났다. 이 경기는 AP통신이 '아테네올림픽 10대 명승부'로 선정하는 등 전 세계에 화제를 낳았다.

우리 생애 최고의 순간

경기장의 선수도 울고, 관중도 울고, 한국에서 TV로 경기를 본 팬들도 모두 울었다. 패배의 아쉬움은 당연하겠지만 한국 여자핸드볼의 환경을 아는 사람들이라면 이 경기를 감히 졌다고 말할 수 없었다. 사회적 관심과 지원이 덴마크에 비할 수 없을 만큼 열악한 상황에서 딴 올림픽 은메달이었다. 당시 덴마크는 클럽팀이 1,000개가 넘고 100~200명의 작은 마을에도 핸드볼 클럽이 있을 정도이며 당장 국가대표로 뛰어도 손색없는 특급 선수만 100명이 넘는다고 알려져 있었다. 실업팀은 5개, 국가대표 선수 일당은 2만 원에 불과하고 선수가 모자라 은퇴한 선수까지 불러 들여야 했을 정도로 열악한 상황이었던 우리와는 비교가 불가했다. 이런 열악한 여자핸드볼의 환경과 처우가 알려지자 국민들과 언론들은 '가장 아름다운 패자', '금빛 은메달', '아줌마 투혼' 등의 수식어를 붙여 주며 선수들에게 찬사와 응원을 보냈다. 당시 2004 아테네 올림픽이 끝난 후 한국갤럽이 만 20세 이상 성인남녀 525인을 대상으로 전화조사(신뢰수준 95%, 표본오차 ±4.3%포인트)한 결과 응답자의 50.2%가 대접전 끝에 패배한 여자핸드볼을 가장 재미있게 봤다고 답했고 가장 아쉬웠던 경기로도 여자핸드볼 결승전(61.3%)이 압도적이었을 정도로 여자핸드볼은 최고의 감동을 선사했다. 이 영화 같은 스토리는 3년 후 정말 영화가 된다. 2007년 '우리 생애 최고의 순간'이란 영화로 2004 아테네 올림픽 여자핸드볼대표팀은 다시 재조명됐고 '우리 생애 최고의 순간'(이하 우생순)의 줄임말인 '우생순'은 여자 핸드볼의 대표적인 수식어로 지금도 불리고 있다.

하마터면 우생순의 감동을 느끼지 못할 뻔했다. 2004 아테네 올림픽 아시아 지역 예선에서 탈락을 했었기 때문이다. 1988 서울 올림픽에서 금메달을 따며 대한민국 올림픽 구기종목 사상 첫 금메달을 땄고 4년 후 바르셀로나 올림픽에서도 우승하며 올림픽 2연패를 이루고 1996 애틀랜타 올림픽에서 은메달을 땄던 여자핸드볼이 2000년 시드니 올림픽에서는 노메달에 그

치고 2004 아테네 올림픽을 앞두고는 아시아지역 예선을 통과
못 했으니 비상사태였다. 다행히 마지막 기회는 있었다. 2003년
12월 크로아티아에서 열리는 세계선수권대회에서 5위 안에 들
면 올림픽에 나갈 수가 있는 상황, 대한핸드볼협회는 승부사 임
영철 감독에게 팀을 맡기고 세계선수권 대회 준비에 돌입했다.
가장 어려웠던 것이 선수들을 모으는 것이었다. '우생순' 영화에
서도 나왔지만 국내 실업팀이 5개밖에 없고 스타플레이어들은
해외로 진출했으니 선수 구성부터 난항을 겪었다. 당시 해외에
있던 임오경, 오성옥을 비롯해서 오영란, 허영숙 등 '아줌마' 선
수를 다시 불러들여야 했다. 임영철 감독은 대답할 때까지 전화
를 걸어 이들을 설득했고 일명 '아줌마 부대'를 만들어 세계선수
권대회에서 깜짝 3위를 차지하면서 결국 아테네행에 성공했다.
이게 '우생순'의 시작이었다. 결혼한 선수만 네 명, 이 중 임오경
과 오성옥은 아이 엄마였다. 임영철 감독은 이 선수들을 올림픽
대표로 다시 선발했다. 임영철 감독은 "기술과 경험에서 우리 선
수들이 앞서 있고, 젊은 선수들을 로테이션으로 풀가동하면 체
력적으로도 크게 문제될 것이 없다"고 자신했고 주포 임오경과
오성옥, 세계선수권대회 올스타팀에 뽑힌 우선희, 장소희의 좌
우 속공, 이상은, 최임정의 중거리포가 훌륭한 조화를 이루고 있
어 기술적으로 해볼 만하다고 생각했다. 하지만 일명 '아줌마 팀'
을 꾸렸고 체격이 좋은 유럽 선수들을 이겨야만 메달권 진입이
가능한 만큼 체력 보강에 공을 들일 수밖에 없었다. 임영철 감독
은 특별 훈련을 준비했다. 2002년 한 · 일 월드컵 축구를 앞두고

거스 히딩크 감독이 실시했던 '파워 트레이닝'에 '퀵퀵테스트'를 개발해 훈련에 접목시켰다. 신장이 크고 힘이 센 유럽 선수를 상대하기 위해 스피드와 지구력을 키우는 훈련으로, 퀵퀵테스트는 10m 셔틀런을 10분 이상 실시하고 실전 경기를 20분 더 뛴 뒤 젖산을 검사하는 방법인데 핸드볼이 축구에 비해 더 많은 운동량을 필요로 하기 때문에 셔틀런 외에 실전을 뛰는 것을 추가했다. 극한까지 몸을 내몰기 때문에 아테네 직전 훈련에서는 탈진하는 선수들도 여러 명 나왔고, 아예 구급차를 대기시켜 놓는 경우도 있었다고 전해질 정도였다. 당시 주장이었던 이상은은 "장소희가 실신해서 구급차에 실려 간 적도 있었다"며 구급차 에피소드가 실제했다는 것을 증명해 줬다. 덕분에 올림픽 기간 내내 우리 선수들은 강철 체력으로 유럽 팀과 맞섰다. 이 선수들과 경기를 하려면 한국 선수들은 매 경기 온몸을 던졌어야 했고 그러다 보니 경기가 끝나면 선수들이 온몸에 파스로 붙일 수밖에 없었는데, 파스 때문에 몸이 화끈거려 대회 기간 내내 제대로 잠을 못 잤다는 이야기도 선수들의 이야기로 전해졌다. 그럴 수밖에 없었던 것은 같은 조에 어떤 팀들과 묶였는지만 봐도 미루어 짐작이 가능하다. 우리나라는 덴마크, 프랑스, 스페인, 앙골라 등 유럽 최강 팀과 예선 같은 조에 배치됐다. A조에 개최국 그리스와 우크라이나, 헝가리, 중국, 브라질 등이 포진된 반면, 올림픽 직전 해인 2003년 세계선수권 우승국 프랑스와 올림픽 2연패의 덴마크 등 강호들이 B조에 모두 모이면서 우리나라가 속한 조는 일명 죽음의 조로 불릴 정도로 조별리그 통과조차도 쉽지 않은 상황이었다.

구급차까지 대기시켜 놓을 정도의 혹독한 훈련은 최악의 조 편성 속에서 오히려 빛을 냈다. 한국 여자 핸드볼 대표팀의 기세는 조별 예선 1차전부터 대단했다. 올림픽 3연패를 노리는 덴마크를 상대로 무승부를 거뒀고, 이어 세계선수권 우승 팀 프랑스, 유럽의 복병 스페인까지 어렵지 않게 이기면서 결국 조별 예선에서 한 번도 패하지 않은 3승 1무의 성적으로 B조 1위에 올라 A조 4위로 8강에 턱걸이한 브라질을 상대로 4강행을 노리게 됐다. 브라질전도 당초 한국의 낙승이 예상됐지만 막상 경기가 시작되니 브라질의 돌파에 한국 수비가 뚫리면서 엎치락뒤치락했다. 3점 차까지 추격당했지만, 문필희와 최임정의 슛이 터지면서 26-24, 두 골 차로 이길 수 있었다. 이렇게 4강에 올라온 한국을 기다리고 있는 팀은 헝가리를 이기고 올라온 세계선수권 우승 팀 프랑스였다. 조별 예선에서 프랑스를 30 대 23, 7점 차로 이겼던 만큼 한국의 결승 진출 가능성이 높다는 전망이 많았고 우리 선수들도 자신 있게 4강전에 임했다. 하지만 세계선수권 우승 팀은 달랐다. 전반을 15-15 동점으로 마친 우리나라는 7점 차까지 달아나기도 했지만 경기 종료 1분을 남긴 상황에서의 점수는 32-31, 1점 차까지 쫓겼다. 프랑스의 마지막 슛을 오영란 골키퍼가 막아 내며 결승으로 갈 수 있었다. 힘겨웠던 4강 승부를 넘어 결승까지 올라선 한국 여자핸드볼팀은 우크라이나와의 준결승전에 29-20으로 승리하고 결승에 진출한 덴마크를 만났다. 만나기만 하면 명승부가 만들어지는 덴마크와의 경기가 금메달로

가는 길목에서 기다리고 있었다. 꼭 이겨야 하는, 이기고 싶은 이
유가 또 있었다. 한국의 여자핸드볼은 1988 서울 올림픽과 1992
바르셀로나 올림픽에서 우승하며 올림픽 2연패를 차지했고 1996
애틀랜타 올림픽에서도 예선부터 파죽지세로 결승에 올라 올림
픽 3연패의 가능성을 높였다. 그러나 줄곧 리드를 지켜 나가다가
종료 직전 동점을 허용하며 연장전을 벌인 끝에 패하며 3연패를
이루지 못하고 은메달에 그쳤는데, 당시 결승전 상대가 덴마크였
다. 그러니까 한국 여자핸드볼의 올림픽 3연패를 막은 팀이 덴마
크였는데, 8년 후 아테네에서는 덴마크가 올림픽 3연패를 노리
는 과정에서 대한민국을 만나게 되는 묘한 인연이 성사됐다. 역
시나 눈물겨운 명승부가 펼쳐졌다. 2차 연장전에 이어 슛아웃(승
부던지기)까지 가는 접전 끝에 덴마크가 금메달, 한국이 은메달로
희비는 엇갈렸지만 메달 색깔로 승패를 나눌 수 없을 정도의 큰
감동을 안기며 2004 아테네 올림픽 여자핸드볼의 일정이 마무
리됐다. 아쉬운 패배임에는 틀림없지만 실업팀은 5개뿐이고 주
전 선수 중 네 명이 무적 상태였던 한국 여자핸드볼 대표팀이 유
럽의 강호들 사이에서 조 1위로 8강 토너먼트에 올라 결승까지
오르고 세계 최강 덴마크를 상대로 127분간의 한 치 앞을 알 수
없는 명승부를 펼쳤다는 것만으로도 기적이었다. 핸드볼에 대한
관심과 환경은 올림픽 예선 탈락 수준이지만 올림픽에서 실망
을 시키지 않았던 이유, 클럽팀만도 1,000개가 넘는 나라를 5개
의 실업팀만을 보유한 나라가 이길 수 있었던 이유는 '한마음'이
됐기 때문이다. 올림픽에서라도 핸드볼에 대한 관심을 갖게 하고

싶은 마음, 또 핸드볼의 매력을 알리고 싶은 마음, 그래서 그것이 핸드볼 저변 확대로 이어지길 바라는 마음이 이들을 하나로 뭉치게 했다. 그리고 운동 환경이나 연봉, 인기 등에서 선수 개개인으로는 이길 수 없었던 유럽 팀을 이길 수 있었다. 위대한 팀이 이룬 기적이었다.

===== *Interview* =====

최승돈 아나운서
: 우생순 다음은 '언니들의 졸업식'이었다

우생순의 기적은 4년 후 2008 베이징 올림픽에서 또 다른 감동으로 이어졌다. 우생순의 신화를 이룬 오성옥과 오영란이 36세의 나이에 아테네에 이어 베이징에서도 올림픽 대표로 올림픽 무대에서 활약했다. 역시나 약체라는 평가 속에 나섰지만 조 2위로 8강에 올랐다. 중국을 꺾고 4강에 올랐지만 오심 논란 속에 한국은 유럽 선수권 챔피언인 강호 노르웨이를 맞아 28 대 29로 아쉽게 패하고 동메달 결정전에 나섰다. 그리고 헝가리와의 동메달 결정전, 33 대 28, 5점 차로 이기고 있던 종료 1분 전이었다. 임영철 감독이 작전시간을 요청했다. 승리가 굳어진 경기라 굳이 작전타임이 필요 없는 상황이었다. 하지만 임 감독은 선수들을 벤치로 불러 모았고 선수 교체를 시작했다. 노장 선수들의 이름을 하나하나 부르며 코트로 불러 모았다. 이 대회를 끝으로 더 이상 올림픽 무대에 설 수 없는 고참들에게 마지막 출전 기회를 준 것이다. 이날의 경기는 '언니들의 졸업식'이라고 말한 중계 캐스터의 명언으로 더욱 화제를 모았다. 여자핸드볼의 우생순만큼이나 유명한 그 명언을 만들어 낸 주인공은 KBS 최승돈 아나운서다.

핸드볼과의 인연은 언제부터?

2004년 아테네 올림픽이다. 갑자기 올림픽 중계 캐스터 명단에
들었다는 것을 알았고 올림픽 중계팀 발대식에서 핸드볼을
중계하는 걸 인지했다. 얼마나 핸드볼에 무지했냐면, '핸드볼은 몇
명이 하지'라고 생각했을 정도였다. 그뿐 아니다. 아테네로 갈 때
프랑크푸르트에서 경유하게 됐다. 그런데 내 앞에 아테네 올림픽
대표로 가는 윤경신(당시 유럽에서 활약하던 핸드볼 스타)이 있었다.
윤경신이라는 것은 시간이 조금 걸려 알았지만 뭐라도 정보를
얻을 수 있는 상황에서도 내가 준비된 것이 없으니 무엇으로 말을
시작해야 하는지조차 몰라서 말을 못 걸었을 정도였다.

2004년 아테네 올림픽에 대한 기억은?

아직도 기억이 많이 난다. 남녀 모두 올림픽에 출전하던 때라
남녀 경기가 번갈아가며 매일 있었다. 오가는 길이 만만치 않았다.
사무실인 국제방송센터IBC가 우리나라로 따지면 종로에 있었고,
숙박을 하는 미디어 빌리지는 구리 쪽에, 핸드볼 경기장은 인천
쪽에 있는 상황이었다. 그래서 미디어 버스가 IBC에 있으니 자고
일어나면 구리에서 종로로 가, 다시 미디어 버스를 타고 인천에 있는
경기장으로 가는 일정을 매일 소화한 셈이다. 그러다 우리나라가
결승에 가는 과정이 감동이었다 보니 중계에 대한 호평이 이어졌고
관심도 높아졌다. 그래서 결승전이 있던 날은 미디어 숙소 앞에
어디선가 공수된 세단이 서 있었다. 그 세단을 타고 곧바로 경기장을
갔고, (중계석 자리가 있어야만 중계가 가능한데 다른 방송사는 그 준비가 돼

있지 않아 당시 현장 그림을 낼 수 있는 방송사가 KBS밖에 없었다) 동승한
카메라 기자가 ENG 카메라로 오프닝을 찍고 테이프를 가지고
IBC로 들어간 후 나와 강재원 해설위원은 아침부터 경기장에서
결승전 중계 준비를 했다.

덴마크와의 결승전은?

승부던지기로 간다면 진다고 생각했다. 내가 판단할 수 있는 근거는
양 팀의 과거 전적 등 자료 속에 있는 기록이었다. 상대는 골키퍼가
세 명이고 그 방어율이 두 자릿수라면 우리는 한 자릿수, 기록상으로
그랬다, 물론 그럼에도 불구하고 잘되길 바랐다. 방송에는 전혀 티가
안 났을지 모르지만 중계 현장은 우왕좌왕이었다. 결승전이니까
연장전 한 번은 맞는 것 같은데, 두 번 하는 게 규정에 맞는지,
핸드볼은 언제나 그런지 올림픽만 그런 건지를 설명해 줘야 하는데
이런 경우가 드물다 보니까 정확한 규정을 알 수 없어서 중계
피디들은 그 규정을 찾느라 애쓰고 중계 안팎으로 너무 정신이
없었다. (다행히 중계엔 티가 나지 않았다고⋯.)

이 경기가 영화로도 만들어졌다

이후 핸드볼 중계를 더 많이 하게 되고 그러면서 핸드볼 협회
관계자들과 친해졌다. 그러던 어느 날 협회 직원이 "영화사에서
연락이 안 갔어요?"라고 물었지만 연락이 없어서 나를 안 쓰려나
보다 하며 약간 서운해하고 있었는데, 나중에 관계자가 찾아왔고
강재원 해설위원과 함께 영화에도 출연했다. 제작사 입장에서는

해설자 강재원의 덕도 많이 봤다. 유럽 스타이자 유럽에서
지도자까지 했던 사람이라 상대 선수 역할을 하는 북유럽 선수들을
모두 실제 프로팀 선수들로 공수하는 데 도움을 줄 수 있었다. 그
덕에 영화에서 더 리얼하게 경기 장면이 나왔다.

극적인 경기마다 어록들을 만들어 내기도 하는데?

스포츠 중계에서 미리 준비할 수 있는 건 자료 정도지 멘트는
준비해서 들어갈 수도 없다. 준비했다 해도 그걸 할 수 있는 상황이
되지 않는 경우도 허다하다. 머리가 잘 돌아가는 상태를 만들려고
노력하고 있기도 하지만 나는 가장 중요한 게 몰입이라고 생각한다.
몰입을 잘하기 위해서 그 선수의 이름부터 어떻게 살아왔고 그날의
경기가 어떤 의미가 있는지를 자세하게 알고 있는 게 중요하다고
생각한다. 사실 아테네에서도 마무리 멘트가 괜찮았다. (적어 놓으면
더 멋있지만) "우리 선수들 울지 마세요. 하지만 기쁨의 눈물이라면
마음껏 흘려도 좋습니다". 중계를 보면 후루룩 지나갔지만 내 마음에
그런 심정이 가득했구나가 느껴져서 기억에 남는다. 그리고 가장
유명한 '언니들의 졸업식'은 가장 몰입이 잘된 결과물이라고 보고
있다. 2008 베이징 올림픽 3, 4위전이었다. 헝가리는 이미 예선에서
만났던 상대였고 크게 이겼던 상대였다. 우리가 결승을 못 간 게
아쉬울 뿐이지 걱정했던 상대가 아니었는데, 그래도 초반에는
박빙의 승부를 이어 갔다. 그러다 후반에는 여유 있게 앞서가게 됐고
경기 종료 1분을 남겨 둔 시점이었다.
갑자기 임영철 감독이 작전타임을 불렀다. 감독이 선물 같은 표정이

아니라 늘 그랬듯 작전 지시하는 냉철한 감독 그 모습 그대로
"순영이, 정호, 영란이" 등등 선수들 이름을 부르더니 7명을 맞췄다.
그러고는 "7명 맞나. 올셋! 들어가!" 이어서 후배들을 쳐다보며
"이해해 줘야 돼 마지막 선배들이야(선배들의 마지막이야)"라고 했다.
그 마음이 읽히더라. 내가 말하는 몰입이 잘 적용된 케이스가
그때였던 것 같다. 이미 이해하고 있을 후배들의 마음과 올림픽을
마무리하는 언니들의 마음과 이 모든 것들이 그저 그런 서술형
문장 하나로 넘어가 버리는 게 너무 아쉬웠다. 그렇다고 경기가 1분
후면 끝나는데 생각할 시간은 없었고 그러다가 입에서 튀어나온
말이 그것이었다. "여러분, 언니들의 졸업식입니다". 훗날 해설자로
만난 임영철 감독에게 물어봤다. 미리 준비했는지. 뭐든 해 주긴 해
줘야겠다고 생각했다 하더라. 나 역시도 울컥했던 순간이었다.

핸드볼 침체의 아쉬움

나는 여전히 지금도 마음은 핸드볼인이다. 사실 핸드볼 중계를 하고
싶어 미치겠다. 관계자들을 만나면 매번 물어본다. 뭔가 방법이
없을지. 주니어들은 여전히 괜찮은 성적을 내고 있다. 주니어가
시니어가 되는 과정에서 사장되는 일들이 있다 보니 침체가
이어지는 것 같다. 시스템이 무너진 것 같다. 너무나도 아쉽다.

컬링 국가대표팀

2018 평창 동계 올림픽 팀 킴

2018 평창 동계 올림픽, '영미의 마법'이 돌풍을 일으키고 있었다. 한국 여자컬링대표팀의 경기가 열릴 때면 관중들은 일제히 "영미~!"를 외쳤다. 영미는 여자컬링대표팀의 리드 김영미의 이름, 안경 선배로 불렸던 김은정 스킵이 김영미에게 스위핑 방향과 속도를 지시하면서 부르는 '영미'라는 이름이 전 국민이 다 알고 부르게 된 영미가 됐다. 영미를 부르며 4강에 오른 한국의 팀 킴은 결승 길목에서 일본을 만났다. 일본은 예선 2차전에서 우리에게 패배를 안긴 팀이었다. 예선 전적 8승 1패 중 1패가 바로 일본전이었다. 예선에서 5 대 7의 패배를 당한 만큼 설욕전이기도 했지만 예선의 스코어에서도 알 수 있듯이 이긴다고 해도 수월하게 이길 수 있는 상대는 아니었다. 스킵(주장) 김은정을 비롯해 김경애(서드 · 바이스 스킵), 김선영(세컨드), 김영미(리드) 그리고

후보 김초희로 구성된 우리 컬링대표팀 팀 킴은 1엔드에서 3점, 3엔드에서 1점, 5엔드에서 2점을 얻어 5엔드까지 홀수 엔드에서는 일본을 이기고 짝수 엔드에서는 모두 일본에 점수를 내줬다. 일본이 2엔드에서 2점, 4엔드에서 1점, 6엔드에서 1점을 가져갔다. 다시 말하면 경기는 엎치락뒤치락 아슬아슬한 승부가 이어졌다는 얘기다. 7엔드에서 양 팀 모두 득점을 하지 못한 가운데, 8엔드에서 한국 대표팀은 1점을 내며 일본에 3점 차로 리드했지만 9엔드에서 선공으로 시작한 한국이 일본에 2점을 내줘 1점 차로 쫓겼다. 그리고 10엔드 후공에도 일본에 스틸을 당하며 결국 7-7로 연장전까지 갔다. 하지만 11엔드의 후공 역시 한국이었다. 치열한 접전 끝에 11엔드에서 김은정이 마지막 스톤을 가장 중앙에 갖다 놓으며 경기를 끝냈고 우리는 1점을 더하는 데 성공하며 결승으로 향했다. 은메달을 확보한 한국 여자컬링대표팀 팀 킴은 한국 컬링 사상 첫 올림픽 메달이라는 새 역사를 썼다.

"영미!"로 세계를 달궜던 컬링 대표팀 '팀 킴'

2018년 2월, 대한민국의 겨울은 빙판에 있어 뜨거웠고 컬링이 있어 즐거웠다. 경기 규칙도 모르고, 이름도 낯선 종목이 한국에서 최초로 열리는 동계 올림픽 컬링경기장에서 우리나라 선수들에게 메달을 안겨 줄 수 있는 가능성이 높아지면서 갈수록 관심이 커졌다. 전 국민이 컬링에 열광했고 컬링과 관련된 각종 패러디가 유행처럼 번졌다. 다섯 명의 선수 모두의 성이 김씨여서 '팀 킴'으로 불리는 한국 여자컬링대표팀 때문이었다. 청춘만화 같은 팀 킴의 탄생 배경부터 큰 화제였다. 의성컬링센터가 설립된 2006년, 당시 고등학생들을 대상으로 체험 활동을 진행했고 이 과정에서 흥미를 느낀 김은정이 컬링을 선택하게 됐다. 이어 인원을 충원하라는 체육 선생님의 말에 김은정이 친구 김영미를 섭외한 게 그 시작이었다. 김은정과 김영미에 '영미 동생' 김경애, 그의 친구 김선영이 합류했고 마지막에 김초희까지 합류하면서 팀을 완성했는데, 스킵의 성을 따서 팀명을 만드는 컬링 전통에 따라 스킵인 김은정의 이름을 따서 팀 킴Team Kim으로 만들어졌지만 공교롭게 다섯 명 모두 김씨여서 '팀 킴Team Kim'으로 불리는 게 더욱 자연스러웠다. 이렇게 인구 5만의 작은 도시 의성에서 취미로 운동을 시작한 동네 친구들은 다른 팀들은 가질 수 없는 탄탄한 조직력으로 국내 및 국제 대회에서 입상을 이어 가며 2012년부터 국내 최정상 팀으로 떠올랐고 소치 동계 올림픽 출전도 무난할 것으로 예상됐지만 국가대표 선발전에서 경기도청에 출전권을 내주며 좌절을 맛봤다. 팀 킴은 곧바로 4년 후를 준비하기로 했다. '우물 안 개구리'에서 벗어나기 위해 세계적 선수들이 참가하는 것은 물론 대회가 1년 내내 열리는 캐나다, 스웨덴 등지로 투어를 떠나 국제 경쟁력을 키웠다. 이때부터 국제 컬링계도 한국의 '팀 킴Team Kim'을 주목하기 시작했다. 경북체육회 여자컬링팀 '팀 킴'은 2016년, 2017년 2년 연속 아시아태평양선수권대회에서 우승했고 2017년 삿포로 동계 아시안게임 은메달을 목에 걸었다. 그 기세는 2018 평창 동계 올림픽 국가대표 선발전에서도 이어졌다. 물론 올림픽 선발전이 쉬웠던 것은 아니

다. 국가대표 1차 선발전에서 여고생 돌풍의 송현고에 불의의 일
격을 당해 올림픽 출전이 좌절될 뻔도 했다. 하지만 2차 선발전
에서 우승한 뒤 인터뷰 요청마저 고사하며 3차 선발전에 집중했
다. 그리고 7전 4선승제로 치러지는 송현고와의 최종 선발전(3차
선발전) 5차전에서 경북체육회는 송현고를 8-2로 누르고 4승 1패
로 태극마크를 차지하며 평창 올림픽에 나섰다. (참고: 팀워크가 무
엇보다 중요한 종목인 컬링은 대표팀을 뽑을 때도 한 명씩 따로 선발하지
않고 한 팀을 대표로 정한다.) 4년을 기다려 올림픽 출전의 꿈을 이
룬 '팀 킴'의 다음 목표는 대한민국의 첫 올림픽 컬링 메달이었
다. 한국 컬링은 1994년 대한컬링경기연맹 창설 이후 2001년 아
시아태평양컬링선수권대회 여자 팀 우승, 2007년 동계아시안게
임 금메달 등 단기간에 급성장하며 올림픽 메달도 기대했지만
2014 소치 동계 올림픽에서 8위를 기록하며 메달의 목표는 이
루지 못했다. 그리고 4년 후 맞이한 평창 동계 올림픽, 역시나 올
림픽 메달권이라는 기대 속에 컬링은 라운드 로빈 방식의 예선
을 시작했다. 10개팀이 돌아가며 한 번씩은 경기를 해야 하는 방
식, 한 팀당 9경기를 치르게 되는 예선, 올림픽 본선에 올라온 팀
들이니만큼 9경기 중 한 경기도 수월한 경기가 없을 걸 알았지
만 첫 경기부터 만난 상대가 '세계 최강' 캐나다인 것은 큰 부담
이었다. 역시나 경기 초반부터 막상막하의 승부를 펼치며 7엔드
까지 동점, 하지만 8 대 6, 2점 차의 승리를 거뒀다. 그리고 같은
날 일본을 상대로 한 예선 2차전이 이어졌다. 예상처럼 접전이었
다. 3엔드까지 2-2, 5엔드까지 3-3으로 팽팽하게 진행된 경기는

한국의 5-7로 역전패, 한국은 세계 1위 캐나다를 이긴 기세를 이어 가지 못하고 1승 1패를 기록했고 반면 일본은 미국, 덴마크에 이어 한국까지 물리치고 3연승으로 1위로 나섰다. 3차전 상대는 세계 2위 스위스였다. 스위스가 경기 초반 연이은 실수로 경기력이 크게 흔들렸고 이 기회를 놓치지 않은 우리나라가 초반 기선 제압에 성공했다. 결국 차근차근 점수를 획득한 한국이 7 대 5로 승리했다. 2승 1패가 된 한국의 팀 킴은 컬링의 종주국이라고 하는 영국을 4차전에서 만났다. 8엔드까지 4-4 동점, 승부는 9엔드에서 갈렸다. 우리나라가 9엔드에서 2점을 뽑아내면서 6-4로 간격을 벌렸고 10엔드에서도 1점을 추가하며 세계 랭킹 4위 영국을 7-4로 이기고 예선 전적은 3승 1패를 만들었다. 5차전에서 중국을 상대로 12-5로 완승을 거둔 한국은 스웨덴을 만났다. 세계 랭킹 5위이며 예선 5차전까지 한 차례도 패하지 않고 단독 1위를 달려온 스웨덴은 역시 쉽지 않은 상대였다. 경기 초반부터 극단적인 수비 전략을 꺼내 들었던 스웨덴의 계획대로 경기가 흘러가는 듯했지만 4엔드에서 우리가 3-1 리드를 잡으면서 흐름이 달라졌다. 결국 스웨덴마저 7-6으로 꺾은 4연승으로 예선 전적 5승 1패를 기록하며 스웨덴과 함께 공동 1위 자리에 올랐다. 그때부터 평창에 모인 외신기자들은 세계 8위의 한국이 캐나다(1위)와 스위스(2위), 영국(4위), 그리고 스웨덴(5위) 등을 연이어 꺾는 모습에 '강팀 킬러'라는 별명을 붙여 줬고 팀 킴의 승리 비결을 묻는 질문을 쏟아내기도 했다. 그때마다 우리 대표팀의 대답은 '강철 멘탈'이었다. 이 과정에서 멘탈을 관리하기 위해 올림픽 기간 동안 선수촌에서 휴대전화도 사용하지 않고 있다는 게 알려지면서 더욱 화제가 됐다. 팀 킴은 경기에만 집중하겠다는 각오로 휴대전화를 자진 반납해 외부 소식을 차단했기 때문에 당시 자신들을 향한 관심이나 인기, 그리고 컬링 열풍도 실감하지 못했다. 선수촌과 경기장만 왔다 갔다 하던 상황이라 점점 뜨거워지는 관중 응원 열기와 취재진과의 인터뷰에서 인기를 어림짐작할 뿐이었다. 그렇게 경기에만 집중했던 팀 킴은 예선 7차전에서 세계 랭킹 7위 미국을 9-6으로 이기며 5연승을 달렸고, 이로써 한국 여자컬링대표팀은 예선 전적 6승 1패로 단독 1위를 유지하며 남은 2경기 결과에 관계없이 가장 먼저 4강 플레이오프 진출에 성공했다. 한국이 1위를 유지한다면 준결승에서 4위와 맞붙게 되니 결승 진출에 유리할 것으로 전망되는 상황, 4강행은 확정했지만 남은 경기들에서 승리가 중요했던 이유다. 예선 8차전은 러시아 출신 올림픽 선수OAR와의 경기였다. 11-2로 완승을 거둔 우리 대표팀은 예선 전적 7승 1패를 기록하며 남은 1경기 결과에 관계없이 예선 1위를 확정했다. 그리고 편안한 마음을 치른 덴마크전에서도 9-3으로 승리하며 7연승, 예선 전적 8승 1패의 압도적인 성적으로 준결승에 진출했다.

평창 올림픽 명승부, 여자컬링 4강 한일전

팀 킴에 대한 인기는 더 높아져 덴마크전이 열린 강릉컬링센터에는 선수들의 이름을 크게 쓰거나 얼굴을 그린 대형 플래카드를 흔드는 '열성팬'들까지 등장했다. 관중석에서는 '대~한민국'

이라는 응원 구호 외에도 선수들의 이름을 부르며 응원하는 목
소리가 커져 갔고 팬들은 선수들에게 선물을 전달하며 사진 요
청도 하는 등 메달 가능성이 커질수록 인기 또한 높아져 갔다. 결
승전 길목에서 다시 치르게 된 한일전은 그래서 예선 한일전과
는 비교가 안 될 정도의 큰 관심 속에 치러졌다. 특히 예선에서
우리에게 유일한 1패를 안긴 상대가 일본이었으니 예선 4위와
의 대결이라 해도 긴장의 끈을 늦출 수가 없었다. 예상대로였다.
1위 대 4위의 대결이 아닌 마치 결승전 같은 긴장감이 경기 내내
이어졌고 이 경기는 11엔드까지 가는 연장 접전을 펼쳤다. 10엔
드까지 7-7 동점, 경기는 엑스트라 엔드(연장전)에 돌입하게 됐
다. 연장 11엔드, 후공 기회를 잡은 한국의 스킵 김은정이 마지막
스톤을 버튼 가장 가까운 위치에 올려놓는 드로우샷(다른 돌을 건
드리지 않고 하우스 안쪽에 보내는 샷)을 던지면 결승으로 갈 수 있었
다. 마지막 샷 직전까지도 일본의 스톤이 원 중심 안쪽에 자리하
고 있었기 때문에 꼭 이 샷이 필요했다. 그리고 김은정의 손을 떠
난 마지막 스톤은 절묘하게 그 안을 파고들면서 승부가 결정됐
다. 이렇게 올림픽 여자 컬링 결승에 진출한 최초의 아시아 팀을
탄생시킨 한일전은 지금도 평창 대회의 최고 명승부 중 하나로
기억되고 있다.

　　　이 기세가 결승전에도 이어지길 바랐다. 하지만 준결승
전에서 너무 힘을 뺀 탓인지 우리나라 선수들의 샷 정확도와 정
교함이 스웨덴에 밀리는 양상이었다. 한국은 1엔드 선제점을 뽑
았지만 3엔드에서 역전당한 후 전세를 뒤집지 못했다. 한국은

3엔드 스웨덴에 2실점, 5엔드에 다시 후공으로 나섰는데도 1실점, 1-4로 점수 차가 벌어졌고 6엔드 후공으로 1점을 얻어 2-4로 따라붙었지만 스웨덴은 7엔드 후공으로 3득점하면서 다시 멀리 도망갔다. 8엔드에서는 한국이 1점을 얻었지만 9엔드의 1실점 이후 뒤집기는 무리였다. 한국은 패배를 인정하는 악수를 청하는 것으로 결승전을 마무리했다. 한국은 예선에서는 스웨덴을 이겼지만 다시 결승에서 만난 스웨덴에는 3 대 8로 지며 팀 킴의 도

전은 우승 문턱에서 멈췄다. 그러나 팀 킴의 은메달은 한국 컬링 최초의 메달이자 아시아 국가 중 최고 성적이었다. 이 새 역사는 그냥 쓰인 게 아니다. 컬링의 불모지에서 긴 인내와 기다림, 그리고 묵묵히 준비한 시간이 쌓이고 쌓여서 만들어 낸 땀방울과 노력의 결실이었다. 방과 후 활동으로 시작해 국내 대회 입상에 이은 국가대표 선발 그리고 아시아대회에 이어 올림픽 출전, 그것도 자신의 나라에서 펼쳐지는 최초의 동계 올림픽에서 마치 세계 강국을 도장 깨기 하듯 하나씩 무너뜨리며 결승까지 가는 스토리는 마치 한 편의 드라마를 보는 듯한 감동과 재미를 선사했다. 국제올림픽위원회IOC도 팀 킴을 '평창의 영웅'으로 선정하며 극찬했다. IOC는 한국 여자컬링대표팀을 '마늘 소녀들'로 지칭하며 "그들은 세계 정상급의 팀들을 연달아 이기면서 한국에 컬링에 대한 영감을 불어넣었고, 소셜 미디어의 국가적인 센세이션을 일으켰다"고 평했고 이어 "비록 결승전에서 스웨덴에 패했지만 그들의 한국 최초 은메달은 한국에 이정표를 세웠다"고 설명했다. 워낙 "영미"를 많이 불러서 컬링을 응원하는 모든 사람이 이 이름을 알게 됐고 '영미'를 경기 용어로 잘못 알고 있는 외국인이 있다는 말까지 나왔으며 한 방송사에서는 스킵 김은정이 한 경기에서 '영미'를 몇 번이나 외칠까? 해서 세어 봤더니 예선전이었던 영국과의 경기에서는 모두 52회의 '영미'가 나왔다는 일화도 이들이 남긴 재밌는 에피소드들이다. '팀 킴'은 2018 평창 동계 올림픽에서 세계 강호를 연달아 제압하여 아시아 팀으로는 최초로 올림픽 결승에 진출했고 은메달을 목에 걸었으며 대회 기간 내내 경기장 안에 울려 퍼진 '영미~!'는 평창을 대표하는 단어가 되기도 했다. 스킵(주장) 김은정을 비롯해 김경애(서드·바이스 스킵), 김선영(세컨드), 김영미(리드) 그리고 후보 김초희까지 하나된 마음이 있었기에 가능한 일이었다. 팀 스포츠가 주는 짜릿한 감동과 반전의 묘미를 컬링의 팀 킴을 통해서 만끽했던 2018년 2월이었다.

PS

2018 평창 동계 올림픽이 열렸던 그해 11월 팀 킴은 경북체육회 감독단으로부터 부당 대우를 받았다는 사실을 폭로했다. 곧바로 문화체육관광부와 경상북도, 대한체육회가 합동으로 특별감사를 실시했고, 이듬해 2월 선수들이 제기한 인권 침해 내용의 대부분이 사실이었던 것으로 확인됐다. 그렇게 지도자 갑질 파문이 일단락됐지만, 그 사이 컬링 열풍은 서서히 사그라졌고, 논란이 지속되는 동안 팀 킴은 제대로 훈련을 하지 못한 데다 주장 김은정마저 출산으로 팀을 이탈하면서 춘천시청과 경기도청에 잇따라 태극마크를 내주고 말았다. 하지만 2년 뒤인 2020년 11월 재기에 성공하며 3년 만에 태극마크를 다시 달았다. 출산 후 돌아온 김은정을 비롯해 서드 김경애, 세컨드 김초희, 리드 김선영, 후보 김영미 등 평창 멤버 그대로였다. 하지만 2020년 말 경북체육회와 재계약에 실패하며 소속 팀 없이 개인 훈련을 하는 등 힘겨운 시간을 보내다 2021년 3월 강릉시청이 컬링 팀을 창단하면서 팀 킴은 뒤늦게 새로운 보금자리를 찾았다. 그리고

우여곡절이 있었지만 2022 베이징 동계 올림픽에 출전했다. 예선 전적 4승 5패 8위 성적으로 2회 연속 메달에는 실패했지만 온갖 어려움을 딛고 올림픽에 진출해 여전히 건재함을 보여 줬던 팀 킴의 여정에 큰 박수를 보내며 2026년에 열릴 밀라노 동계 올림픽에서의 도전을 기대해 본다.

이작가의 *ADDITION*

팀 킴 전에 팀 킴이 있었다

2012년 한국 컬링은 새로운 전기를 맞이한다. 캐나다 세계 선수권에 출전한 한국 여자컬링대표팀이 4강에 오르며 세계 컬링계를 깜짝 놀라게 한 사건(?)이 있었다. 2002년 첫 출전 당시만 해도 9전 전패의 수모를 당했고, 아시아에 두 장 주어지는 출전권 중 하나를 획득해 세계선수권대회에 나간다 해도 10위권에 머물렀던 한국 컬링이 세계 4강에 들어 세계 랭킹 8위에 오르게 됐고 이 4강의 기적은 사상 첫 올림픽 진출로 이어졌다. 그렇게 한국 여자컬링은 2014 소치 동계 올림픽의 출전권을 따내며 사상 처음으로 동계 올림픽 무대를 밟게 된 것이었다. 그 역사를 만들어 낸 팀이 당시의 국가대표 경기도청이었다. 스킵 김지선, 이슬비, 신미성, 김은지, 엄민지로 구성된 경기도청 여자컬링팀, 스킵의 이름을 팀 이름으로하는 컬링의 방식대로 하면 김지선의 이름을 따서 '팀 킴'이다. 2018 평창 동계 올림픽 전에 2014 소치 동계 올림픽 팀 킴이 있었다는 얘기다.

나는 소치 올림픽을 앞두고 올림픽 동계 종목을 소개하고 선수들을 인터뷰하는 콘텐츠를 의뢰받아 태릉선수촌 컬링 경기장에서 국가대표팀인 경기도청팀을 만났다. 당시에는 컬링이 워낙 생소한 종목이다 보니 이들이 어떻게 컬링을 시작하게 됐고, 컬링은 어떤 방식으로 진행되는지부터 물어가며 인터뷰를 진행했고 이때 컬링은 대표팀을 팀으로 뽑는다든지, 스킵의 이름을 따서 팀명을 부른다든지 하는 컬링의 기초 상식들을 선수들과 지도자들에게 배우는 것으로 인터뷰를 시작했던 기억이 난다. 무엇보다 잊지 못할 내용은 이들이 컬링을 놓지 않았던, 놓을 수 없었던 사연들이었다. 그들의 이야기들을 기억나는 대로 전해 보려 한다.

경기도청은 컬링계의 외인 구단이었다. 교감 선생님으로 빙상부를 이끌고 나간 해외 전지훈련 중에 우연찮게 접한 컬링을 보고 반해 컬링팀을 만들어 보겠다고 나선 정영섭 감독의 노력으로 창단된 경기도 체육회 소속 1세대 선수 신미성, 컬링 유학파로 중국 컬링선수와 결혼해 한·중 컬링 커플을 이룬 김지선, 고등학교 컬링부가 해체돼 컬링을 포기했다 정 감독의 권유로 다시 스톤을 잡게 된 이슬비, 학비가 없어 대학교를 휴학하고 운동도 포기하려 했던 김은지, 취미로 시작해 선수가 된 엄민지까지, 이 팀에는 누구 하나 자신만의 사연이 없는 이가 없었다. "다들 컬링 외에 할 것이

없고, 갈 팀도 없는 그런 처지들이었고 이렇게 모아 조합하
기도 무척 어려웠는데, 이들이 하나가 되니 어느 순간 강팀
이 돼 있더라"는 게 정 감독의 이야기였다. 당시 다시 컬링
을 하게 해 준 정 감독을 인생의 은인으로 생각하는 이슬비
는 "우리 팀은 어느새 가족이 된 것 같다. 언제부턴가 감독
님께는 고향에 계신 아빠를 떠올리며 '서울 아빠'로 부른다"
며 팀 내 끈끈한 정을 자랑하기도 했다. 우연히 찾아오는 기
적은 없다. 우연 전에 그 누군가의 노력이 분명히 존재한다.
전용 훈련장 2개, 몇 안 되는 실업팀, 비인지 종목이자 비인
기 종목, 얕은 저변 등 열악함을 묵묵히 견뎌 내며 하나의
꿈을 향해 나아간 소치의 팀 킴이 있었기에 함께 경쟁하고
발전하며 새롭게 올림픽에 도전한 평창의 팀 킴이 있을 수
있었다. 그리고 지금도 선수 구성과 팀 이름은 바뀌었을지
모르지만 라이벌로 경쟁하며 또 다른 기적을 준비하고 있
다.

초판 1쇄 펴낸 날 | 2024년 11월 15일

지은이 | 이유미
펴낸이 | 홍정우
펴낸곳 | 브레인스토어

책임편집 | 김다니엘
편집진행 | 홍주미, 이은수, 박혜림
디자인 | 참프루, 이예슬
마케팅 | 방경희

주소 | (03908) 서울시 마포구 월드컵북로 375(상암동 1654) DMC이안상암1단지 2303호
전화 | (02)3275-2915~7
팩스 | (02)3275-2918
이메일 | brainstore@publishing.by-works.com
블로그 | https://blog.naver.com/brain_store
페이스북 | http://www.facebook.com/brainstorebooks
인스타그램 | https://instagram.com/brainstore_publishing

등록 | 2007년 11월 30일(제313-2007-000238호)

ⓒ 브레인스토어, 이유미, 2024
ISBN 979-11-6978-042-1 (03810)